长篇历史小说

谁欲试刀

赵安东◎著

图书在版编目（CIP）数据

谁欲试刀 / 赵安东著. -- 北京 : 中国文联出版社,2017.12

ISBN 978-7-5190-3184-8

Ⅰ. ①谁… Ⅱ. ①赵… Ⅲ. ①中篇小说—小说集—中国—当代 Ⅳ. ①I247.5

中国版本图书馆 CIP 数据核字(2017)第 260946 号

谁欲试刀

作　　者：赵安东

出 版 人：朱　庆

终 审 人：奚耀华　　　　复 审 人：王柏松

责任编辑：周小丽　　　　责任校对：张　瑜

封面设计：東方朝阳　　　　责任印制：陈　晨

出版发行：中国文联出版社

地　　址：北京市朝阳区农展馆南里 10 号，100125

电　　话：010-85923036（咨询）85923000（编务）85923020（邮购）

传　　真：010-85923000（总编室），010-85923020（发行部）

网　　址：http://www.clapnet.cn　　http://www.claplus.cn

E - mail：clap@clapnet.cn　　zhouxl@clapnet.cn

印　　刷：北京长宁印刷有限公司

装　　订：北京长宁印刷有限公司

法律顾问：北京天驰君泰律师事务所徐波律师

本书如有破损、缺页、装订错误，请与本社联系调换

开　　本：710×1000　　1/16

字　　数：233 千字　　印 张：16.75

版　　次：2018 年 6 月第 1 版　　印 次：2018 年 6 月第 1 次印刷

书　　号：ISBN 978-7-5190-3184-8

定　　价：56.00 元

目录

Contents

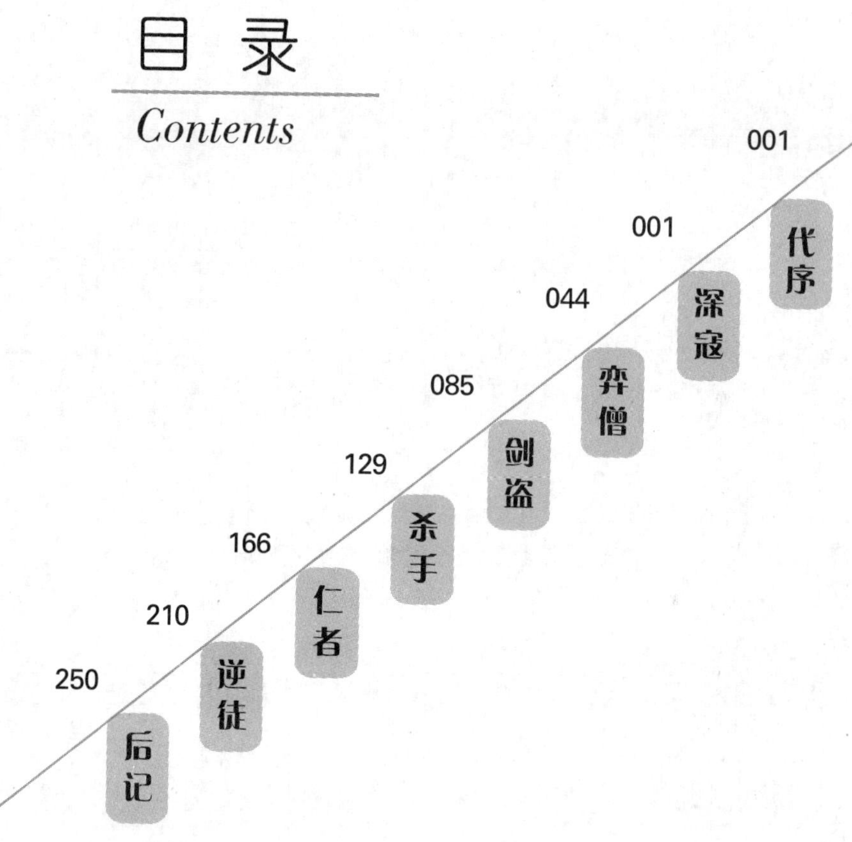

代序

写好中国历史故事

吴达宣

不久前，习近平总书记在《人民日报》（海外版）创刊30周年时指示，要向世界讲述好中国故事。赵安东先生的新作《谁欲试刀》以文学的形式，为我们描绘了发生在明代的六个抗倭故事，展开了一幅东南沿海军民，英勇抗击倭寇，保卫家园，可歌可泣、意蕴深刻的历史画卷。

《谁欲试刀》写的是抗击日本侵略者的重大历史题材，但安东先生没有用宏大叙事的方式去表现。他以冷静的眼光、老辣的笔法、质朴去雕琢的语言，不动声色地用一批小人物面对财色诱惑和民族大义，面对倭寇凶残和人性坚守做出的选择，具体生动而又举重若轻地实现了自己创作的追求。

让我们从这部作品结构故事、人物塑造、语言特点、主题立意诸方面做些具体分析。

一、以大众审美结构故事

金庸、梁羽生、古龙等老一辈武侠小说大家，以盖世武功的大开大阖，爱恨情仇的悲欢离合，为读者提供了超越时空的想象空间，而读者的情感神经也持续受到小说情节与人物命运的刺激和牵引。正基于此，武侠小说相当长时间得到社会认可和被读者喜爱。

当生活走进 21 世纪，老一辈武侠小说宗师离世的离世，封笔的封笔，读者渐渐对曾经令人眼花缭乱的绝世武功，以及让少男少女意乱情迷的爱情童话产生了审美疲劳，终于他们清醒地认识到：那都是虚构的。

其实，小说就是虚构的。但当大众审美在一个愈加讲求现实的氛围中，再好的虚构也被视作没有实际意义。纯文学的作家们，塑造的人物和讲述的故事，同样遭遇到被漠视的命运，走上一条衰退的道路。

武侠小说作为通俗文学，它应该顺应大众审美的需求，不能也不应墨守成规，以贵族式的高傲无视生活在这一时期的选择。

赵安东先生清醒地认识到了这一变化，所以他在创作中，始终坚持既不背离大众审美，又积极引导大众审美。

武侠小说讲述的都是历史故事。在中国文学史中，历史故事有两种讲法：一种以司马迁的《史记》为代表，故事和人物都是真实的，表现手法是文学的，这相当于现在的纪实文学。第二种是以《三国演义》和《水浒传》为代表，主要人物和背景是真实的，故事基本是虚构的。安东先生选择了第二种写法。他《谁欲试刀》中的六部小说，在背景选择和敌我双方主要人物设置上，都尽可能忠于历史，尤其是故事发生的年代和地点，都有当地地方志和抗倭历史记载作为佐证。比如，作品中所述倭寇窜扰至金陵城外，历史就有明确的记载。本书中倭寇总头目丰臣秀吉站在地图前窥视中华全境，此人正是历史上日本对华侵略的始作俑者。

从纯粹虚构到有史可循，这一转变就使年轻的读者有了某种历史的皈依感，使他们正在寻求方向的审美趣味，不再因为厌恶虚构而连同文学本身也一起抛弃。

安东先生多年的创作都遵奉着一个信条：为自己所处的这个时代写作，为可能读到自己这些作品的读者写作。

正基于这样的创作态度，所以安东先生在结构故事时，一改他擅长的叙事方式即以情节发展娓娓道来，而是设置悬疑，抽丝剥茧，层层推进，用情理之中意料之外的人物和情节，紧扣读者的心扉。显然，在《谁欲试刀》这部作品中，作家有意识地借鉴了推理小说的若干结构方式，别开生面，增加了读者的阅读兴趣。这既是对大众阅读兴趣的尊重，也是一种尝试和引导。

如果说通俗文学还希望被大众喜爱，那一定要学会和善于从大众审美兴趣入手，如安东先生的探索一样，在结构故事时，抛弃一切程式化的教条，首先考虑读者的好恶，更不是一味地随心所欲。

二、以文学规律塑造人物

其实，文学是没有规律的。如果作家按照一套清规戒律去创作，如现在若干高校专门设置文学小说创作专业，工业化式地成批制造作家和作品，那文学就必然走进没有出路的死胡同。

而文学又是有规律的。这个规律就是用生动鲜明的艺术形象，真实地反映时代和生活。在小说创作中，就是要塑造出独特的“这一个”，亦即恩格斯所说：“典型环境中的典型人物。”如鲁迅笔下的阿Q形象，反映了半封建半殖民地中国农民的愚昧、落后，同时用阿Q的精神胜利法，折射了扭曲的国民性。又如车尔尼雪夫斯基笔下的薇拉和罗普霍夫、吉尔沙诺夫这组俄罗斯革命前的新人形象，以及他们用博爱、自由、平等的方式回答三角恋该“怎么办”的浪漫情节，喻示了新人对人人享有幸福和尊严社会理想的追求。

文学的规律是从传世的文学作品中总结出来的，而经典绝不是按规律的条条框框去创作的，这是一个朴素显见的道理。

让我们来解析一下《谁欲试刀》中的六个故事，看看赵安东先生用什么方法，为读者塑造了哪些艺术形象？

首先是典型环境的萃取。

倭寇，是16世纪明嘉靖年间，发生在东南沿海的一个东洋毒瘤。抗击倭寇，是中国与日本之间的一场非对称战争。其时，中国东南沿海正处于资本主义的萌芽期，商兴民富；而日本正值战国时期，国内分裂为众多的诸侯，对内压榨日本人民，对外加紧武装掠夺中国。

由于是非对称战争，所以作家无法用描写一般战争的方法，去铺陈环境，继而塑造人物。他必须要研究倭寇窜犯沿海，突入内陆，烧杀奸淫，抢掠钱粮等战争罪行的特点，并从这些特点出发，构思萃取出这场特殊战争的典型环境。

倭寇流窜作战，对窜扰地区的情报需求成了战争的关键，作家抓住这一情节枢纽，成功地解决了典型环境提炼的基本问题。

于是围绕内奸卧底铤而走险的情节主轴，沿海官民斗智斗勇，清除内奸，勇歼倭寇，每一个故事都拥有一个独特的典型环境。比如官衙内奸，铺陈了六扇门内的波诡云谲；军中内奸，揭示了祸起萧墙的隐忧危机……

再看典型人物的塑造。

安东先生把历史上中日非对称战争的焦点，集中在培植内奸和清除汉奸上，在这样的典型环境中，一批内奸的鲜活形象便跃然纸上。

军中内奸吴可狂妄地对戚继光将军说：“倭人出你身价万两黄金，我眼里还有什么‘王法’？”衙门内奸项天立大言不惭地对同伙说：“我们也正好发上一笔！你可得把口开大点。”江湖内奸江中月无耻地说：“东瀛大官许诺赏我钱财、封我地盘、授我权力。在这里，我能得到这些吗？”以及市井内奸袁元通无不是因财色、权势而丧失了灵魂。

在中国历史小说中，如此集中地塑造一批内奸形象，以警示后人，《谁欲试刀》一书可谓无出其右者。

本书中的弈僧抱月和杀手蒋白，又是另一类典型，即杀身悔过的艺术形象。其中尤以蒋白这一形象具有独特的价值。一个由军中内奸多年钉下的暗桩，在出手刺杀抗倭英雄戚继光的千钧一发之际，知晓了真相，自知参与非正义侵略行动罪孽深重，毅然反戈杀敌，并自裁以谢罪民族，揭示了战争性质对胜负有决定性影响的战争逻辑。

作品在正面形象的塑造上，也充分体现了非对称战争的特点。

《剑盗》中的老杨隐姓埋名于倭寇阵营中，以其坚韧的毅力，过人的机智胆略，不惜牺牲全家生命的勇气，为抗击倭寇的战争提供情报。因其特殊的身份，作者用墨不多，但寥寥数笔，就把一个为民族而战、为正义献身的光辉形象，矗立在武侠英雄人物的队列中。

《仁者》是《谁欲试刀》一书中最别致的一篇。故事撷取了中日非对称战争中的一个特殊场景，即倭酋之女病危，名医乔观云被劫持到深山，虽倭刀引颈仍大义凛然。在这样的典型环境中，医者仁心，乔观云救死扶伤义不容辞，但对于倭酋雄龟太郎犯下的重罪，必须向大明认罪投降。仁者"能好人，能恶人"（引自《论语 · 里仁》），雄龟太郎的兽性在中华传统文化力量的冲击下，开始消退，人性有了复苏，他应诺女儿得救后，到官府自首。作家此时塑造仁者形象的笔触又宕开一笔，将不谙世事的孩子与倭酋切割开来，让这个"十岁离开渔村"，"很久没与和蔼善良、可亲可信的人生活在一起"的无辜日本少女，远离杀戮和鲜血，从生活的阴影中走出来。乔观云的一颗仁者之心，跨越了国界、种族，畅行于天下，他甚至为杀戮者承担起养育孩子的人伦之责。

"子曰：仁远乎哉？我欲仁，斯仁至矣。"（《论语 · 述而》）作家为我们塑造的这个仁者形象，也将长久地屹立在武侠小说的长廊之上。

三、依生活节奏斧凿语言

当代生活的节奏，在科技创新力量的推动下，已经快得令人有些窒息。跟上时代的节奏，就成为一个远足者；跟不上这一节奏，就变成生活的落伍者。各行各业，概莫能外。

安东先生的武侠小说创作，在如此快变的生活节奏中，也迅速地做出了响应。这就是对于作品语言风格的定位，必须适应当下快节奏的生活，方便阅读，易于理解。

在这样的定位下，《谁欲试刀》在语言上形成了两个特色：一是语言洗练、明快；二是吴方言的使用。以下我分别加以评析。

语言是思想的表现形式，而文字则是语言的可视载体。在这里，我把文本中的文字视作物化的语言。

文学是靠语言表达的，无论诗歌、散文、小说都是一种语言的艺术。明清以前，中国文学一直是诗歌的天下；直到近代，小说方成为文学的主流。在现当代小说创作中，以语言特色而名动文坛的作家并不多、大家较为共识的恐怕一是老舍，一是沈从文。朴实的意味和浓郁的乡土风情，至今仍在文学长路上散发馨香。

安东先生《谁欲试刀》的语言，有着洗练、明快的特点。动因是快变的生活节奏，而真正能形成这个特点，作家恰是做了很多努力，下了真功夫的。文本在句式选择方面，80%以上是短句，定状补语能不用就不用，这与长长的定语描述，状语修饰，补语倒装的欧化句式，显示出截然不同的洗练风格，读起来既明快又有张力。年轻的读者，对于这种民族语言特色浓郁，毫不拖泥带水，可有可无字句段斧凿干净的表达方式，无疑是十分欢迎的。

试举一例为证：《剑盗》中黑衣刀客行刺苏州知府关九州，在一刀必杀的生死关头，作家没有虚张声势，摆开排场大肆渲染，他这样写道："就在这时，关九州动了，只是动了一点点。他将一直握在手中的笔管，迅疾向左侧移了半尺。""一声脆响，飞动的长刀离柄而去，'扑'地钉入板壁中。黑衣刀客手中一轻，跃动的身体失去平衡，一个趔趄，僵停在书案前。"

不到一百字的文字，把一场生死搏杀白描出来，简约的文字中，一位能吏干臣的形象悄然而立；而骄狂必败的倭寇形象也栩栩如生。可见精当洗练的语言，大有少少许胜多多许的奇效。

《谁欲试刀》在语言上有所探索，第二个方面就是吴方言使用。

故事发生地定格在东南沿海，主要正面人物是苏州知府关九州、总捕头马啸风。因此在适当的环境，合适的人物，以及需要强化地域特点时，运用吴方言，可以收到独特的效果，使故事的典型环境，具有更显著的艺术真实感。

吴方言，在中国文学史上是有着特殊地位的。中国传统诗词经央视推介正在全国兴起热潮，而传统诗词的格律音韵的重要基础就是吴方言。安东先生在文本中普及一些吴方言，对于理解传统诗词的格律、韵律亦是有所裨益的。

小说写作中使用方言并不鲜见；但在武侠小说中运用方言，迄今赵安东先生应属第一个吃螃蟹的人。这应该说是他大胆探索、锐意创作的尝试，同时我们也可看作“赵氏武侠”表现出的又一特点吧。

四、从历史硝烟观照现实

《谁欲试刀》在当下面世，应该说是正逢其时。作品把六七百年前中日两国之间的战争，直陈在人们面前，不同的人，都可以读出属于自己的那份感受。但是，站在民族和国家的立场上，我们从历史硝烟中观照现实，大致应该有以下几方面的认知。

第一，由于岛国的地理属性，日本对外扩张具有不可逆性。

第二，日本国力的强弱，决定了对外战争的形式。

第三，堡垒最容易从内部攻破。

先说第一条。作家用一个特写镜头，把抗倭战争中，敌方总头目丰臣秀吉定格在地图前，他贪婪的目光是大明全境。因为这个具有战略眼光的侵略者知道，狭小的海岛装不下他称霸世界的野心。日本要想获得足够的资源，支撑发展，只有发动战争一途，而战争的首要对象就是近邻——中国。七百年来，日本的历代政治家，无一不是奉行丰臣秀吉这一战略的。

因此，中日之间的战争不是我们想不想打，而是日本一定要打。至于战争的形式，则会因时而定。

当我们讨论战争形式时，从《谁欲试刀》就清楚地发现，那时是一场非对称战争。明朝有强大的戚家军为抗倭的中流砥柱，倭寇窜犯到哪里，戚继光就率军围歼到哪里。而日本正处于国内诸侯并起，战祸连年，民不聊生，国力衰弱之时，倭寇侵袭大明富庶的东南沿海，就是劫掠钱财，以求自强，达到称雄一方的目的。但当日本经过明治维新，国力强盛以后，无论是八国联军，还是甲午海战，及至现代十四年之抗日战争，日本都是以占领和奴役中华民族作为战争目的的。

安东先生在《谁欲试刀》文本中，结构故事时，就把与倭寇相勾结，背叛民族，出卖国家的各种汉奸，作为反面典型形象，加以着力刻画，应该说作家是有着良苦用心的。谁都知道，堡垒最容易从内部攻破。

文本中汉奸从官府、军队，到江湖中人，以至市井百姓，几乎包含了社会的方方面面，这一方面说明倭入已深，另一方面则告诉人们，财色利诱具有极强的腐蚀力量。

当我们从《谁欲试刀》作品中，认识以上几点再来观照现实，值得玩味的地方就显而易见了。

作为“二战”战败国的日本，至今仍拒不认错悔罪，相反欲抛弃和平宪法，再次走上穷兵黩武之路。究其根本原因，正如《谁欲试刀》启示我们的，日本对外以战争搞扩张，掠夺资源，这是不可改变的本性决定的。

面对日益崛起的中国、时刻保持警惕的强大的人民军队，日本再想象十四年抗日战争那样，以工业技术作后盾，靠先进的武器长驱直入中国腹地，建立伪政权，已经没有那种可能了。

所以，他们的战争形式又会加以改变，即一方面在中国周边构筑岛链封锁，另一方面在中国境内培养代理人。

内奸问题已经成为敌对势力，对中华民族新的战争形式。正是在这样严峻的现实面前，我们读到了赵安东先生的《谁欲试刀》。他在弘扬讴歌抗倭斗争中关九州、马啸风、老杨等英雄人物的同时，用浓墨重彩的笔触，犀利解剖了各种身份汉奸的卑鄙和无耻，对正处于歌舞升平、和谐一统形势下的国人，不啻是一帖十分及时的清醒剂。战争并未离我们远去，昔日的硝烟尚未散尽，东洋战争的狂人仍在等待时机，以求一逞。

国内他们培植的内奸，也在觊觎风向，试图里应外合，兴风作浪，达到分裂国家，变色毁旗的罪恶目的。但在已经从历史硝烟走过来，并正前进在民族伟大复兴征程的中国人民来说，无论是外敌还是内奸，谁胆敢试试我们手中紧握的刀枪，那结果只有一个：更加彻底的失败！

作为一本通俗读物，《谁欲试刀》不但展现了武侠小说的惊险、有趣、可读，还让我们在阅罢掩卷时，能思考一些家国大事，这已经很不容易了，也足以显示作者在文学创作中追求的艺术思想层次。

以我了解，作家写好中国历史故事的热情，仍处在激荡发酵期；可以预见，安东先生还会继续为大众奉献更加精彩的“赵氏武侠”新作。

让我和读者朋友一同期盼！

2017 年 2 月 5 日

于南京苜蓿园山庄

（注：作者系资深新闻出版工作者、文艺评论家、知名企划专家）

一

月明星稀，夜寒人静。白天热闹喧嚣的长街，在黑暗中渐渐归于沉寂。

苏州府衙门副总捕头项天立巡哨归家，摘下腰刀，用热水净了脸、烫了脚，正欲入寝，有衙役叩门传话：知府关大人要项副总捕立即前往大堂议事！

已过三更，若非情急，上司不会此时来唤。项天立睡意全消，重新披挂，关照娘子一声，匆匆赶往府衙。

踏入前堂，只见知府关九州眉头紧锁，双手后负，慢步踱着；同知大人张苏生、通判达荣常、兵马指挥李副将及另一副总捕头俞念培均已在座，均疑惑不解地默默看着关九州。

府衙主要官员大都在场，项天立紧走几步，拱手道："叩见关大人、各位大人，卑职来迟了！"

关九州止步，微微点头："坐吧。"

项天立在右席末位坐下，见上首总捕头马啸风惯坐的位子空着，便看看对面的俞念培。俞副总捕哑然一笑，也示不解地摇了摇头。

关知府落座正中太师椅，环视众人，平静开言：“哦，人都到齐了。半夜三更劳驾诸位，只因刚刚发生了一件大事！”

众人面露惊讶。项天立也生不解：既是大事，却不等马总捕头到场就开讲，以往不是这样的。不能说“人都到齐了”呀？

关九州神情严峻，径自道：“近几年，东瀛倭寇屡屡窜犯大明疆域，本府所辖太仓、昆山等县更是盗患频生。倭贼烧杀奸淫，百姓苦不堪言。这些情况，你等都是知道的。”

听关九州不提猝发“大事”，却讲起倭患，大伙虽觉纳闷，仍纷纷点头应诺：“是……是。”“大人说得对。”

“官兵在江浙两地多番抗击围剿，挫了贼焰，倭寇肆无忌惮、随意上岸杀抢之事确有收敛，入侵手法却更加狡诈奸猾。出没之地，专选大明军队不设防处，或是驻军前脚迁寨，他们后脚即到，对我乡镇守卫部署甚清，显是潜有细作。我军防不胜防，疲于奔命，斩获甚微；百姓则提心吊胆，惶恐度日。”

关九州见众人听得专注，便一气说道：“近期，有一股倭贼，从浙江钱塘湾荒僻处登岸，昼伏夜行，直插内陆，十多日间，窜至江南金陵府以东二十里远。据报，这伙盗匪不过五十人许，却都是剽悍之徒，颇具江湖道行，又有国人中的败类为他们引路，沿途大肆抢劫民众财物；还避开了我军戍守要塞，待官府闻讯，已是防堵不及。大军本欲在金陵东郊布阵阻击，谁知，盗贼倏忽失去了踪影。官府推测倭寇可能往句容山区流窜，只得动用大批军力人力，将绵延几十里的丘陵地带包围一紧，严密搜捕。五天过去，一无所获。上峰研判：这股倭匪掠夺已丰，故匿迹潜行，寻思逃遁。其行有三：返窜回头路或偷渡长江北去，最有可能远奔此地，从浏河镇借船入海。巡抚大人已有令到，各级官员守土有责，不得让倭贼出海遁逃。若有疏漏，走了盗匪，查办三级责任官吏。唉，寇入深矣！大家千万不要神知乌知（吴方言，意不知轻重，不识厉害）。”

关九州停下话头，缓缓端起茶盅，呷了口汁水，显是心绪沉重。一干听者以为这即是知府大人所谓的“大事”，悬着的心反而放了下来。倭寇猖獗、朝廷严谕，毕竟有带兵作战的将领、有巡抚知府等主官顶着；不至于，一旦有所差池，将所有地方官吏都治了罪吧？

项天立仍惦着总捕头马啸风，他知道今夜捕房没有行动，马总捕头怎的外出不归，会议开了许久，仍不到来？关知府也半句不提他缺席之事？这有悖常情。项天立看似与他人一样洗耳恭听，心里却小鼓敲个不停。

与寻常读书做官的文士不同，年届五旬的关九州，脸廓方正，不怒而威；双眼亮泽有神，不近视、不老花，目光流转，似能洞透他人腑脏。此时，堂上明烛煌煌，关知府借端盅喝茶之机，将各人神色看个一清二楚，搁下茶盅，方道："巡抚大人另有一番话语，着实令我吃惊。大人说，从几次剿寇失利可以推断，在我内部有倭人耳目，并直言本府衙门里就藏伏奸细！"

此话一出，在座之人勃然变色。职为关九州副手的同知张苏生半张着嘴愣住了；通判达荣常双目在他人脸上溜了又溜，仿佛想看出面前中人可有通倭奸贼；李副将则喃喃骂道："娘咯！查出是谁吃里扒外，非杀了不可！"俞念培、项天立身为捕快头领，历练丰富，深沉机敏，座中职位又低，所以，虽也吃惊，但俱不动神色，仅对望一眼即错开了目光。

关九州慢声道："起始，我也不怎么相信。岂料，真被巡抚大人说中。"

堂上静得只闻各人呼吸声。

"今日晚饭后，本官留总捕头马啸风到后堂，交代派遣捕快沿江巡查一事。正谈间，李副将前来报说，兵马都指挥使何将军派人送到一份沿江各段地域兵力配置复制图。当时，因正与马总捕头议事，我便将图卷锁入后壁暗柜里，不曾开看。"

李副将连连点头，印证关九州所说不假。

"本官因有两件税案卷宗亟待处理，不留马总捕头久坐，吩咐他先去找项、俞二位商议捕快行动的方案。"

项天立与俞念培均心中一动：马总捕头今晚没有与我见面呀？

“马啸风走后，我回书房将案卷批阅交办，想起沿江布防图一事，便重回后堂。不料，推门踏进，却看见暗柜阴影中立着一人。因是背向，本官一时辨认不出究是何者，便斥问：‘什么人私闯内堂?’引路的查老头赶上前去，将手中灯笼高举了举。那人似是不虞有人突然闯到，身子被烛光罩住后，僵了僵，只得转过首来。虽然他用一幅黑纱盖住大半脸面，但我从其衣着、眉眼、身形认出，此人即是离去不久的马啸风。”

凝神屏气、听得专注的五名下属“啊”了一声，脱口呼道：“马总捕头?”

“正是马总捕头。他端立不动，一声不吭。我定睛细看，暗柜锁孔内插入一截细细铁丝，立时明白大半，当即训喝：‘马啸风，你身为衙门执法者，竟敢私启公文柜锁，盗取军事机密，意欲何为?’随即呼传府内卫士。马啸风见我识破其真实面目，又高声唤人，竟急扑上来。老查头恐他伤我，伸臂阻拦，被他一刀扎伤左臂，踢倒在地。这时，卫士闻声纷纷往后堂奔来，马啸风见难从正门逃出，便抬脚踩灭灯笼，返身撞破后窗，跃向偏园。卫士追之不及，让他翻墙逃走了。”

关九州讲了些许，呼吸有促，停下话头，端起茶盅润了润喉咙。

至此，座人终于明白，这才是关知府开篇言及的“大事”。此事确实非同小可！苏州府衙总捕头有倭贼奸细之疑，上司追究下来，在座之人都难脱干系，两位副总捕头更是忐忑不安，面面相觑，如坐针毡。

关九州歇了片刻，见众人神情难堪，理解他们所想，便道：“马啸风究竟与倭贼勾结至何，尚不确定。但他既逃，我就手书一札，令人快马报知巡抚大人，同时将你等召来，讲清此事。好在布防图不失。本官用人不察，一切职责由我承担，诸位尽可宽心。不过，这也是一桩好事，内奸既现，隐患扫除，反倒消了官家的心病。”

关知府略一思忖，对通判达荣常道：“稍停，劳烦达大人带一队衙役将马啸风寓所封了，将其居住城外的妻儿老小一并押进府衙，关进狱中待审。马啸风家人被拘，谅他再不敢生出大乱。只是此人武功高强，又精熟办案缉犯之道，这一遁脱，要想擒获倒是不易。公门中伏有贼人，也是深寇。内外均现寇踪，防不胜防！项、俞二位，可要下得了手去哦！”

项天立已从震惊中恢复，抢先应道：“属下虽曾与马啸风为伍，但其已成戴罪之身，为国为民，本当全力缉捕，岂敢存以私心？请大人放心！”

俞念培自听到马啸风犯案，一直紧抿双唇，木知木觉，如灵魂出窍一般，此时仍不发一语。关九州看他一眼，深切道：“二位回去后，连夜尽出捕快，五人一组，遍查方圆百里，务必不能让马啸风在本地藏匿。一旦发现，当即拿下；其若拒捕，击杀无妨！”关九州显然憎恶马啸风所为，下了严令。

话声一落，关大人即摆了摆手，站起身，示意会议结束。一干官员表情凝重，匆匆步出府衙，各自忙去。

二

月轮西移。苏州城郊枫桥镇在夜色中睡得正沉，青石铺就的街道上阒无人迹；空气中隐隐蓄含着树木花草的清香，几只猫儿在房顶上嬉闹、追逐，长吟短鸣，愈显小镇静寂、温馨。

一条人影贴着沿街住户的阶石边、房檐下，轻灵、迅疾地向镇西窜行，直至离铁岭关不远的一家杂货铺前驻足停身。夜行人头戴面套，十分警觉，双目往四周扫了一轮，轻轻在铺门上叩了三下；稍停，又略略重拍三响。铺门悄然移出尺宽间隙，夜行人闪身滑了进去。门板随即合拢，街巷间点尘不惊。

睡在前间的伙计刚将夜行人引进室内，楼阁上就有了响动。肉头肉脸的店掌柜，身披棉襟，擎盏油灯，挪步下梯，招呼夜行人到店铺后厢坐下。

“此刻到来，可有急事?”胖掌柜与夜访人显是熟悉，落座便开言直询。

夜访人并不除下面套，洞孔中露出的双眼，透着紧张与兴奋，他压低嗓音道：“既是急事，更是桩怪事。想不到总捕头马啸风也和倭人勾搭上了!”

“哦，此事当真?”胖掌柜果然诧异，惊得两眼环睁。

“假不了，关九州亲口说的，已派人去查封他家了，还要拘押家眷呢!”

“那个姓马的怎会被……”

“马啸风今夜潜入府衙，图谋盗取沿江驻兵图，恰巧被关老儿撞破，也是自触霉头。马啸风伤了一员差役，匆忙逃掉了。”夜行人兴冲冲道。

“这真是有趣得很，这么说大伙还是同道中人呢。不知马啸风又是为哪路倭人干事的?”胖掌柜嘲讽一笑，犹有不解。

“肯定不是和我们共奉一主了，要不，川崎将军怎对你半点口风不透呀?”

“难说、难说，倭人诡诈，川崎奸猾赛猢狲，他可能有心不让我们相互知底。一只手控两家，不是利于他操纵么?”

“叫大伙各干各的，便于他控制? 有道理。本来，这世上也不会只有你我二人贪图洋财么。”夜访人自嘲地笑了笑，又道：“官府早先已经觉察到有人暗中通倭，马啸风行迹败露，正好消除了关九州心病，对我日后行事倒是大为有利。想想好笑，关九州说，姓马的是个‘深寇’。”

“‘深寇’? 嗯，府衙中有人通……通倭，说他是‘深寇’，倒没错呢。其实，在某些人眼内，你我不也是‘深寇’么? 这倒好了，以前的事情由马啸风顶缸，你也不用担惊受怕了。哎，关九州采取其他措施没有?”胖掌柜追问。

“关九州被马啸风之事惊吓不浅，讲述时面孔煞白，五斤吼六斤咯(吴方言，指急迫慌忙，情绪难控)，反复唠叨要追捕马啸风。看来，想以擒住姓马的，减轻自己用人不当过失吧。”

“马啸风是捕房老手，苏州地面上不都传说他那套‘八卦封门刀’难有人敌吗？他不束手投案，你们谁能降得了他？再说，他还会在这块地面赖着不走，等着被抓呀？关老儿糊涂！拎不清爽！”胖掌柜兴致高涨。

“看来，关老儿真急了，神态再不像往常笃悠悠的了。抓马啸风是不容易，但我等也要弄得像真干一样，要不就得挨关九州训了。这当口，三班捕快都撒出去了，正逐户盘查；郊野乡间列为细搜重点，估计天亮前后，这里也会热闹一阵的。”

“哼，说不定，你们寻他不着，我倒会在倭人船上与他碰面呢。那时，不知该如何称呼他了。”胖掌柜诡笑不已。

“倭人最近又有行动吗？我听关九州说了一事，今夜大半也是为此赶过来的。”

“哦，啥事情？比姓马的露馅还要紧？”掌柜面容一肃。

“关九州说，有队倭人从浙江杭州湾上岸，一路杀到三百里外的金陵府郊，意图东折到此，从浏河镇登船再出。大明军队正在堵截，那班当官的急煞了，指令关老儿严防死守，沿江防御及海岸警戒不得有失。”

“有这种事情？这伙倭人胆子倒大！嗯，要想全身而退，从浏河渡出海倒是上策，官府也自会想到。上头还没要我等相助，但需早作准备。我看，能探到军队江防、海防布置，那是最实在的事了。”掌柜一番谋思。

“马啸风正是想要窃取江防阵式图，只是没能得手。不会想到一起去了吧？”

“他没得手，又落荒而逃，那是道行不够，你可酌情一试。这事可能会改派我等来做，未雨绸缪，早作打算，免得事到临头，措手不及。要做，就得三根手指捏田螺，不容有失。”掌柜的侃侃而言，开导不已。

“好吧，我考虑一下。哎，你这里可有什么消息？说我听听。”黑衣人转而一问。

“川崎将军派员递来口信，说是中国年关将近，百姓家家忙着增衣置被，购买年货，钱财都浮出来了，此时掠上一把，胜似平常十倍，近期想来这一带走走。嘿嘿，倭人好色得很，村妮乡姑经秋冬一养，白白嫩嫩，肉头厚咪，正好让人家抢去乐上一乐。”胖掌柜露齿淫笑：“这班东洋人全是肮脏货色，这样好的时机，会放过吗？这不，口风露出来了，年前要来这里大搞一票，满载金银财宝、牲畜土产和美姑娘回岛享受呢。”

“我们也正好借机发上一笔！你可得狮子大开口，抬抬价哦。”夜访人乐滋滋地提醒道。

“这个当然，只要我们送去的军情准确，川崎将军说，奖赏白银三千两！怎么样，你分上一半，也抵得七八年的俸禄吧？”

“嗯，值得干、值得干！”夜访人连连点头。

“不过，消息不能有误。川崎的脾气我知道，弄好了，出手蛮大方；若误了事，他杀人从不多想一下的！”

“晓得咯。我是一手抓着人家的雪银子，一手捂着自家的脑壳子。做这种事情，自会当心。今天是腊月十五，五天左右，我给你沿江布防的准讯。误不了川崎的事吧？”

胖掌柜掰指算道：“离大年夜尚有十五天，来来去去得四五天，时间并不宽裕，你抓紧点。另外，马啸风的事情也不能松劲，设法再闹上一闹，火上浇油。关老儿心神一乱，你就便于浑水摸鱼……喔，应该说‘摸钱’了。”

“嘻嘻……”两人得意地笑了。

三

奔忙半夜一天的捕快、差役，陆续返回衙内。这次搜捕行动与往常不同，众人查寻的是自己昨日的上司，张扬出去只能给六扇门抹黑，脸上挂不住。各路侦缉人员行事时难以尽言，弄得百姓莫名其妙，怨声四起。捕快窝了一肚闷气，无功而返，疲惫不堪地散在后堂庭院间，等待开晚饭，三两下里议论不已。

“马总捕怎会是贼寇的卧底？打死我也难以相信，老子跟马头儿十多年了，还不知他的血性！”一个粗壮墩实的中年捕快嗓门不觉大起来，招得埋首抽烟的俞念培朝他看了一眼。

那捕快正是要挑得首领发发话，见俞念培拿眼望他，索性明言：“俞副总捕，难道你相信这事？”

俞念培见其他捕快停了谈话，朝他看来，便狠吸了两口烟，抬脚往靴底上磕了磕烟锅灰，放声道：“我也是不相信啊，可关大人所说难道会假？老子也是当的糊涂差！”

“连家属都一锅端了，问个细话的人都找不到，漫荒野上哪寻马总去？娘咯，对自己人倒蛮凶的。”一名瘦小身架的捕快嘟哝道。

一直没有吭声的项天立听不下去，出言呵斥：“都别胡说了！马总捕——马啸风通倭之罪，是关大人亲口所言，老查头不都被他砍伤了吗？他要是心里没鬼，哪能会出手伤人，逃得踪影全无呢？这点苗头还轧不出么？讲啥跟了‘十多年’，不知道还有‘知人知面不知心’这句老话么？什么‘自己人’不‘自己人’的？明天早起，各位得往远处搜，凡三心二意、出工不出力者，莫怪本捕头以‘办案不力’‘临敌不前’之名办他！还有，别再一口一个‘马总’了。不能以感情代替刑律。都拎清爽！”

听项副总捕言辞犀利，一干捕快面生愠色，却也不敢再言。俞念培脸上一阵白一阵红，额筋“突突”直跳，心想：“你老项一竹篙打了满船人，什么‘都别胡说’，不是连老子也骂进去了吗？平时，老马待弟兄们不薄，大伙发句把牢骚，你还要‘办’他们，我的面子不也给你扫了吗？”心头火起，脖子一梗，斜眼道：“老项，你倒蛮会看三四、轧苗头（吴方言，指善于察言观色，心眼活络，缺少定见）。马头儿可没什么对不住你的，又哪能‘知人知面不知心’啦？”

项天立愣了愣，毫不示弱驳斥道：“马啸风如今已成戴罪之身，不管过去对弟兄们如何，都不值一提了。你看清爽场面再讲话！他身为大明公门中人，知法犯法，勾结倭贼，当然是‘知人知面不知心’了！”停了停，觉得意犹未尽，厉声补充道：“我们做的是中国人，领的是大明俸禄，自然要和背祖忘宗的人一刀两断，不能再有任何搞三搞四、纠缠不清！”

俞念培愈加气冲头顶，愤愤反驳：“马总捕头通倭？人没到案，不经堂审，现在定性，不觉早了一点？还有，你少说些花好稻好的闲话，谁还不知道谁呀？口气大过卵子，哼！”

项天立见众捕瞪眼望着他俩，有心要赢下这场争执，为日后立威，也怒目俞念培，紧逼道：“老俞，你身为首领人物，怎么连点道理都不懂？还乱爆粗口？是让私人恩怨迷了心窍吧？谁不知道，你和马啸风是一个鼻孔出气、早就穿上连裆裤的把兄弟！我提醒你，大是大非面前，可不要谈什么感情，涨什么私心，公然枉法哟！”

俞念培再也坐不住了，面孔激得通红，从凳上跳起，嚷道：“老子自从吃了公门饭，还不知啥叫徇私、啥叫枉法，你少在这里栽赃坑人！怎么，马总捕头不在了，你是看老子碍你事，想搞掉老子？卵！骂你哪能了？谁叫你不说人话！”

俞念培、项天立的手下，纷纷向自己首领身边靠拢，原来和马啸风较为贴心的十多名捕快自然站到了俞念培身后。场上气氛顿时紧张起来。

面对眼前情势，项天立仍保持镇定，他好整以暇地朝俞念培一笑：“好哇，你终于忍耐不住，自己跳出来了。老实说，昨晚在关大人那里，我就看你不对劲。一听马啸风案发，你那神色，嗨，全暴露了！你能捱到现在不逃，也不容易。不过……”

“放你娘的闷骚屁，老子‘全暴露’啥了？你太阴毒了，我逃你个卵子！”俞念培气得破口大骂。

“看看，发‘老急’了吧？你不是和马啸风一伙的吗？好，不逃也算有点勇气。哦，别是留在这里看三四、轧苗头的吧？”

听项天立说他“和马啸风一伙”，俞念培怒极而笑：“哈哈……讲不清了、讲不清了！一伙就一伙！你想怎么样？把老子抓起来？”

“你既承认是一伙的，为何不抓？”项天立勃然变色，一纵跃起，腰刀“呛”地弹出鞘来。

“这天下无理可讲了！老子当真怕你不成？”俞念培双手捧刀，平托于胸，左手一拉鞘套，也将铮亮刀面亮出半截。

堂上捕快见两位头领真要动武，不由慌了神，大部人员不知该劝和还是该帮着打，愣在四周。几个机灵者见势不妙，悄悄溜了出去；只有马啸风一干心腹，纷纷提刀捉器，决意与项天立的手下相搏一番。

项天立厉声呵斥：“你们当真要造反吗？”随即对身旁众捕下令：“有本捕头作主，谁敢动手，一律拿下！”

捕快内讧一触即发！多年一个锅里操勺的弟兄，为几句话语翻了脸面，执械相对了。

俞念培生性强悍，项天立处事谨严，两人又在衙门里吆吆喝喝惯了，都想为自己托住颜面，此时没有总捕头马啸风弹压，谁也不肯低头软语，两把锋利钢刃僵僵地对峙上了。

院外忽传报声：“关大人到！”

争执一激，便有人传话后堂，抢先溜出的捕快又匆匆赶去给关九州报急，关知府忙带着数名亲信卫士疾步赶来。

见知府大人到场，众捕快立即闪出道来。关九州一眼扫去，见项天立和俞念培像两只怒发冲冠的斗鸡，正欲一搏，便扬声怒喝：“一个个弹眼落睛的要做啥（吴方言，形容怒目而视，互不相让的神志。）？这里是打斗圈子、比武擂台么？都给我把刀子收了！像啥样子？”

一干捕快见知府大人勃然生怒，哪敢有违，纷纷腰刀归鞘、铁链揣起。唯有俞念培、项天立充耳不闻，双刀纹丝不动。

关九州对俞念培道：“俞副总捕，你先收刀！”

俞念培道：“这小子瞎三话四，诬我也与倭寇相通，要拿我呢！”

项天立忙道：“关大人，俞念培的言语行为都有问题，不可放过他！”

关九州道：“你们方才的争吵，有人给我说了一二。俞副总捕是不该轻言乱语。”

“可我确实没有通倭呀!”俞念培大叫。

“此事自会查清，你先放下兵器!”关九州肃容而斥。

俞念培此刻听上司定要自己先行收刀，实有怀疑之意，不禁对关九州失了信心，害怕一旦弃械，将遭押捕，那时就百口难辩了。他有心搏命一冲，像马啸风一样逃了再说；又见场地窄狭，捕快围布四方，格斗若生，势必伤人流血。俞念培思前想后，终不愿让众兄弟为难，犹豫片刻，不禁长叹一声，五指松劲，将佩刀丢在地上。

项天立也不为已甚，不待关九州催促，跟着收刀入鞘，问道：“关大人，为防万一，先将他收监了吧?”

关九州点头示肯，对俞念培道：“你究竟与马啸风之案是否有牵扯，一查即明，先委屈几日吧。”又对那几名亲近马啸风的捕快道：“你等与马啸风过从甚密，也需甄别是否清白，就一块进去陪陪俞副总捕。待查期间，不上枷具，伙食仍旧，一旦明确与马案无涉，即可正常履职，绝不歧视半分。”说完，关九州不再理会这几人哭笑不得的神情，对随来卫士道：“你等将他们带进去，关了!”

领头卫士朝关九州手臂划内的八九名捕快一声喝：“弃刀!单行列队，跟我走!”

俞念培重跺一脚，率先离去；被划定的那帮捕快只得解下佩刀、锁链、铁尺，鱼贯而出，沮丧地行往后院深处。

场内鸦雀无声。关九州环视所剩人员，意味深长地对项天立一笑：“怎么样，我说捕快不一定能对马啸风下得了手吧?全体捕快暂时由你统领，还得仔细搜寻。日后查出马啸风在谁盘巡的地头躲藏过，本官将深究严处!”最后一句话，他放高声音，说与站立一片的捕快。

场上哄然以应：“遵命!”

项天立挺起胸脯，壮声道：“谢大人信任!卑职与众弟兄尽忠朝廷，尽忠职守，决不姑息任何作案犯奸之人!”

关九州含笑点头：“蛮好、蛮好!”转身离去。

四

自俞念培等被拘，项天立一直处于亢奋中。他草草吃了晚饭，遣派捕快继续夜查；独自绕了几条街巷，折身进了“芳菲院”。

“芳菲院”是烟花场所，捕快时常涉足此地查嫖缉恶，项天立自然成了院内熟人。一进门，即被老鸨迎到后楼绣厢内，让两位姑娘服侍上了。

项天立常喝“花酒”，也与姑娘们耍得开。他三杯黄酒落肚，身上暖烘烘地起燥，兴头大发，一手搂着一位姑娘，左亲右吻，蹭得二女脸上油腻腻的。

一名姑娘伸箸夹只盐水虾，剥了壳须，塞进项天立口中，取出手帕拭了拭面颊，捏着项天立耳垂，笑嘻嘻道：“项爷，今天哪能特别高兴呀?”

另一姑娘也搂着项天立脖子凑趣：“可不，有啥喜事呀？项爷要多给赏银哦。”

项天立抽手在姑娘柔软的肥股上狠劲抓了两把，笑呵呵道：“好、好，赏银板定给足。项大爷正走鸿运，还舍不得这几个小钱？只要你俩伺候得好，我多来几趟，你、你，跟着项某享福吧！”

“好咯、好咯！我俩先让项爷快活快活。”二位姑娘媚笑着，在项天立身上摸捏起来……

街上传来三更梆响，项副总捕已是酒至八成，意兴将散。他不敢在院内宿夜，偌大捕房，数十号人马，关知府实际上交他一人当家了，要是地面上出了急案，衙门里找不到他，就有玩忽职守之嫌。项天立不想让总捕头的位子从自己身边飘走，他要抓住眼前已经出现的机遇，尽快把自己职务前的“副”字去掉。“洞察时务者明、抓住机遇者胜！”项天立在心中不断提醒自己：“这个时候，千万不能做出‘瘫台’事来。”

项天立意犹未尽地出了“芳菲院”，在街巷间溜达。经方才一阵乐呵，他只觉身心舒泰，酒意上涌，一边走一边哼开了小调：小妹倍夜里想心事呀，开心得浑身痒酥酥；昨日到集市呀，碰着了隔壁王大哥；王大哥冲我笑三笑呀……

蓦地，项天立脸上的笑容僵住了。

街道拐角处，闪出一条人影，拦在他身前五步，硬生生将去路阻住。

“大胆！”项天立一惊停步，脱口斥骂。他之有惊，乃是看出来人身法劲健，显是一名“练家子”。待到斥声出口，却一个激灵，酒意全褪。他已识出，面前之人，竟是失踪两日的苏州府三班总捕马啸风。

“啊？是你……你……”项天立一时难以成言。

“不错，是我，马啸风。这两天，你正忙着抓我了吧？”马啸风冷然反讥。

“这……我也是执行关大人的命令。”项天立解释一句，又感底气不硬，接言道：“你犯下通倭叛国的大罪，当然要绳之以法，这可不能怪兄弟我……”

“闭嘴！你还敢和我称兄道弟？还配和我称兄道弟？你不怕扣上与老子勾结的罪名么？老俞和那班弟兄不是已经被你咬定犯下与我同伙之罪了么？”马啸风竟然对近事十分了解，出言锐利。

项天立已从初时的震骇中清醒过来，他将两人当下的身份重新摆了摆，精神一振，放开嗓门：“马啸风，你少说废话，眼下你是官府通缉的案犯，还要什么威风？我等是找你两天了，现在你送上门来，倒还识相。老老实实随我回衙归案吧……难不成要和我动手打一场？拒捕行凶可是罪上加罪，你不会不懂法律吧？”

“苏州府的捕快都是老子带出来的，要想搜捕我，还嫩了点。你那两下子，能超得过老子？”马啸风毫无现身街头的惮忌，语气强硬，调侃地朝项天立撇一撇嘴角。

“别忘了，你的家眷可都在衙门扣着，若敢妄为，不怕株连他们？不要拎不清爽！”项天立一提中气，点透利害，想镇住马啸风。

“哼！关九州这招倒是毒，不过老子的手段也一向辣得很。我妻儿要是稍受伤害，老子挨户讨赔账，你们几个是一家也不会漏掉的！”

“既然你不听劝，我只好拿人了。你别看这一带静悄悄的，捕快早已散在四近，此地打斗一开，惊扰邻舍，他们闻声即到，你跑不了的。”项天立说着作势抽刀。

马啸风咧嘴一笑：“你先别忙打呀，我知道你太想立功了，可要动了真，刀枪无眼，你不一定讨得好。你一向门槛精来唏，从来不做吃亏的事情。那好，趁这会没人，大家谈个交易吧。”

项天立一愣，脱口问道：“你我桥归桥、路归路，有什么交易可做？”

“我现在的处境自然再不能弄到军情机密，想请你费神听着这类事，只要告诉我，倭人凡有赏赐，二一添作五，两人对开，怎么样？”

项天立上下打量马啸风，似是难以置信：他竟向一个负责缉拿他的公门中人说出这番话，真不啻是在侮辱我。要不要做出激烈反应呢？

项天立心里一动，眼珠转了转，反问道：“你是给哪路倭人干活的？这次图谋窃取江防图具体为啥？你竟然不惜丢了总捕头的差事，冒杀头之险，又能得到多少赏金？”

“你先别用审讯疑犯的口气说话，我会在此时此地脱底交给你么？事到如今，老子抽身不干，不两头都塌掉了？有一点你可以放心，你若答应合伙，我决不透出半点口风。那时你想知道什么，我都会告诉你。”

项天立怔了会，忽然道：“你走吧，就当我们没见过。我说老马，你有本事，应当去找关九州，这才是好汉所为。”

马啸风闻言一笑：“你放我走？不拿我了？哼！关九州整日猫在衙门里，你诓我自投罗网呀！”

项天立正色道：“我不过说说而已，机会得靠自己寻找和把握。总之，你可别不管三七二十一，见到坟堆就磕头，为了报复，殃及无辜。譬如，今日我放你一马，你不要找我家属的晦气哦。”

马啸风没料到项天立出此高论，人有点走神，不再提及要项天立替他干事，顿了顿，没头没脑地说了句：“后会有期。只望下次见面，我俩仍旧不动刀枪为好!”说毕，马啸风一挫腰，“噌”地跃上近旁一间民居屋檐，扭首深望项天立一眼，像一只狸猫，悄无声息地窜入黑夜中。

街上空寂无人，项天立虽判定没有第三者看见刚才的场面，仍久立不动，犹如尚在梦境。

五

数日过去，苏州府衙对马啸风的缉捕稍有松懈。关九州言语中也很少提及马案，若不坐堂理事，常在书房中喝茶、沉思，一副心事重重的神态。

腊月二十上午，关九州又一次召集府衙主要文武官吏会聚后堂，言道：“年关将近，城里城外百姓开始忙年了。听说集市上热闹得很?”

同知张苏生应道：“正是。本官近日察看了多处商埠、钱庄，哪里都是人头济济，旺气得很。到底是鱼米之乡，民众家底厚实呀！不像我早年在任的凤阳府，上下穷得……还是太祖故里、龙翔之地呢!”

通判达荣常是本地人，听张同知感慨，即兴道：“我们这里，要不是近几年闹倭贼，日子还要好过得多，想我祖父那时……”

李副将轻声插道：“就是因为都知道这一带富裕，倭寇才盯着不放手，一再前来抢掠骚扰。”

达荣常失了兴头，连道：“是呀、是呀。”俄顷，转问关九州：“关大人，不知金陵城外那股倭匪可有讯息？还没歼灭吗?”

关九州微叹一声：“尚无准确消息。也是奇怪，五十多人不在少，哪能像上天入地般，一点行迹也不显露？难道在山里隐蔽处躲起来了？天寒地冻的，荒野之地藏得了多久？是啊，最好除夕前有个结果，过年也舒心些。”

项天立听了会，冷言道：“穷山恶水倒是出好汉、出天子；我们这，就是生活太好过了，风软水软人也软，连那倭寇都来欺负。”

听者知他上半言乃承接张苏生、达荣常家乡所说，下半句则有点刺耳，不知如何接口是好。关九州却呵呵发笑：“项副总捕头的话有点味道、有点味道……现在言归正传，今日请诸位来，实与防御倭寇有关。巡抚大人传来密函，告知，年前倭贼极有可能大肆劫掠。从所获倭情来看，浙江宁波、萧山海面，则是倭盗登陆的优选之处。为加强东南防御，巡抚大人与都指挥使决定，临时征调本府常熟、太仓地域内驻军，前去加强吴江、松江、南汇一线的防务。令谕已到，三日内，本府沿江军队都得移防。”

“那本地抗御倭寇的江防，不形同虚设了吗？”项天立首问。

“是啊。李将军指挥的两千人马都要调往南部，沿江守备一空，吴淞口一线有危险的。”达荣常也怀疑虑。

“长江入海口一带，确是倭人垂涎之地，不能没有驻军。但既然上峰已查明倭贼大部船队汇集杭州湾海外，料想月内不会骚扰此地的。再说，一旦发现倭寇有侵犯此地意图，大军也可及时回防。兵马运动，陆上总比海上快捷。”关九州似无担忧，一句带过：“方才，我与张大人商议过此事，也拟就防范措施。”

“什么措施？如何防范？”项天立不放心地追问。

“关大人的意思是，从所属各县抽调二十名精干捕快，加上本府衙役，当有三百多号人；集中十天半月，分成数支，昼夜巡查沿江百里地面。这样，即使有小股倭贼窜犯，谅也难以成患。”张苏生释道。

达荣常想了想道：“不过，军队一走，总觉得心里空落落，好像一个人骨头抽掉了，浑身软塌塌的。”

“险是有些险，好在时日不长，南线一旦解警，大军很快返回的。再说，南北相距不过二百来里地，马军五六个时辰即可赶到的。”项天立宽慰达荣常。

“巡抚大人既已下令，再有难处，我等只能自家当心了。只是，诸位嘴巴千万要紧，不能透出半点口风。否则，人心浮动，社会不宁，倭寇闻讯，倒真要招贼上门了。”关九州正色道。

见众人点头表示领会话意，关知府又吩咐李副将：“军队调动在夜间进行，不可喧嚣。营寨设施不撤，岗哨不撤，旗帜不撤，我们也摆几天‘空城计’。”

大伙嘻嘻一笑。关九州另对项天立道：“你立即安排抽调各县捕快之事，叫他们三日内在太仓县衙集中候令。身边有这支武装，遇有突变，也不至措手不及。”说毕，叹道：“好在奸细马啸风已逃，在座皆为本官信赖依托之人，虽然弄险，本官并无不安。望各位严守机密，做事巴结点，一块太太平平地把这段日子对付过去。”

长江口外，海面茫茫。极目处，黄澄澄的水波与灰蓝蓝的云天融为一体。金滔汹涌中，散布着一处处狰狞高耸的礁石。最大一列礁石群的凹湾里，停泊着七、八艘硕大楼船。时已隆冬，海面上寒风料峭，多日没有渔船往返劳作，这群隐蔽在乱礁深处的船只显得孤寂、诡异。

迎着橘黄色朝阳，一叶小舟在浪尖上颠簸前行，慢慢绕过礁群，向楼船泊地靠近。伏在巨礁后的暗哨，已经得到指令，见小船划近，便现身上前，引导舟子靠泊在最大的一座楼船旁。

船舷垂下一只竹编箩筐。小舟后舱钻出一人，赫然就是枫桥镇杂货铺的胖掌柜。他攀绳坐进吊篓内，被几名水手提上了大船甲板。

胖掌柜踏进舱中，只见室内四盆炭火熊熊正燃，暖意迫人；迎面一员虬须大汉盘坐在铺着虎皮的圈椅内，与两名仅着轻纱抹胸、薄透围裙的少妇嬉戏。一妇拢起粉拳，敲叩大汉肩背；另女则跪伏椅下，替他揉捏双腿。大汉座椅边置着一副粗朴木架，上面挂着铮亮头盔、灰黑衣甲；一柄长刀悬在架角，轻轻晃动，刀柄恰在壮汉伸手可及距离内。

壮汉正是这支船队的首领——我孙子川崎将军。

川崎是“我孙子”家族中的佼佼者，家族长老以其为傲。这几年，川崎场面混得大了，统领着七八百名东瀛武士、浪人，出没东海洋面，时常窜犯中国沿岸，肆意掠夺烧杀。三四年间，势力与财富的积累，使他位列倭寇十大首领之一，不久前，被本土权要丰臣秀吉封了个“将军”称号。

“叩见川崎将军!”胖掌柜不敢细看，慌忙跪下磕头。

“本将军在此等得心焦，你怎的今日才来？良心大大地坏了!”我孙子川崎将偎依在他臂弯中的少妇稍稍推离几分，瞪眼直视胖掌柜，劈头斥问。

“川崎将军请息怒。近来官府查控得紧，内河入江的船只艘艘都要盘问，尤其是驶往长江口外的，更是查得严紧。嘿嘿，正是怕了将军的缘故……我以年关将临，要去崇明岛上采购老白酒为由，又给管哨的塞了些银子才出得江来，已是烧了高香。适才也听载我前来的舟子说，这几日，将军等急了。抱歉、抱歉！其实，我更盼望早早拜见将军呀!”

胖掌柜驯服的神态、谦卑的语调，使得川崎面色和缓下来，他示意胖掌柜在下首坐了，重将妖媚女子揽入怀中，在其腰腹、丰臀揉捏抚摸。女子全然不顾众目睽睽，着意撒娇，撅起双唇，连连亲吻川崎面颊。

掌柜一边移座，一边向几名或站或坐的挎刀汉子谄笑示好，心弦放松下来。

和侍女亲热一番后，川崎始问：“你的先说，有什么急事?”

“嘿嘿，小人有两件重要消息禀告将军。第一么，苏州府总捕头马啸风与贵国相通之事败露，已被官府通缉，不知将军知道否?”

“马啸风，他也是我们的人？我不明白，你的讲。”川崎愕然不已。

胖掌柜迟疑道：“将军不清楚？那他可能是别家首领的人了。前几日，他谋取苏州地区江防图不成，伤人出逃，被知府关九州下令缉拿；还抄了他的家，扣了和他亲近的几个捕快，官衙里闹成一锅粥。”

川崎转对下属分析道：“那姓马的捕头要大明江防军力图，大概是为松田、阿部一族干活的了。他们在我们南边的，常从金山、南汇上岸。这和我们没有直接关系。”又对胖掌柜道：“你的，说第二件事。”

“这可是件好事。我安插在苏州府衙门的‘眼线’报说，近日入海口一带的军队统统要调往南边。这，大约是防止将军刚才讲的松田、阿……阿部他们吧。大军一走，我们那里的江防、海防哨卡，全由各县抽来的捕快、衙役临时补位。这些人可打不了阵仗哟。”

川崎兴趣大增，扯下女子抚弄他胡须的柔手，笑道：“这个，也是我要问你的。你们中国人要过年了，东西多多的，女人也大大地好，我们都要的，带回来，不能空手的。”

胖掌柜赔笑不已：“是的、是的，快过年了，大家都不能空手的。”

川崎身边一干部属、卫士会意地咧嘴笑了。

“你今天的消息，可靠?”川崎追问。

“可靠。不可靠的杀头!”胖掌柜举起右手，用掌沿在自己颈上比画了一下。

“不可靠的，当然杀头！可靠的，有赏。你先带五百两银子回去，我们到了，证明你消息不假，再多多地给你。大家都不会空手的，你的放心。”

我孙子川崎突地喜色一收，对胖掌柜道：“我的有一事要对你讲，我们的几个将军，联合派出一支特混战队，于月前潜入贵国，大约近期从长江口出海归来。我的，将会接应。要你大大地出力帮助。”

胖掌柜一听，满脸堆笑：“川崎将军，你可算说到点子上了。在下前来，心中正有一惑。衙门‘眼线’也说起过，这支队伍，欲从金陵府东来，官军防着他们呢。只是在下从未听将军提过此事，心中不解，不知如何应对。将军方才一说，在下明白了，原来也是将军的属下。”

“内中有八九人是本将所遣，其余是各位将军的部属，均系本国、高丽国、贵国三方好手。他们此行任务之一，是熟悉贵国江南一域的地形、地貌，一路都要绘下实图的。回来后，他们将成为各部的骨干，再率众上岸，就轻车熟路，事半功倍了。各位将军，对他们期望大大的。出动这支队伍，丰臣大统领也知道的。所以，一定要保证他们平安归来。你的出力，奖赏也是大大的。”

“明白、明白。只要他们一到苏州地头，在下即与他们取得联络。”胖掌柜忙不迭地应承。

“你的，要设法搞清长江入海处的军力布防。这样，我们的人方可突围，本将军也才能接应成功。前天晚上，收到他们的飞鸽传书，说是已经饥寒交加，疲惫不堪，被明朝军队搜捕得东躲西藏，支撑不了多少时日的。”

“啊？可在下离他们太远，有心无力呀！”胖掌柜面生难色。

“他们不会一味等死，这两天即强行东突。你只管准备接应就是。”川崎加强语气道。

“川崎将军，并非在下畏难。特遣队人不在少，光天化日之下，公然与他们一块行动，即便保得这班……勇士，脱离险地，全身而归，鄙人则暴露了身份……”

不待胖掌柜尽言，川崎陡然变色，双目精光贼亮：“嘁，你的害怕了？胆子小小的！”

“不、不，不是害怕，是实际利害，还望将军指引一条生路。总不能让我守在地头上，等着官府来抓吧？那只有束手遭擒、引颈就戮的下场了呀！

川崎不耐烦地连连摆手，语气急促：“哪里的？你的先作应承；退路，我的考虑……”

“将军，应承好说，不过点个头的事，容易。可在下一干人的性命真是眼前的一道大劫哇！”胖掌柜一心只想抓住这次机会，极力向川崎暗示，此次任务风险甚剧，极有丢掉性命的可能，企盼川崎领悟，多给赏银。

川崎见胖掌柜一副不情愿的神态，心中蹿火：“八格！这死胖子怎的不听话了？敢和老子讨价还价？胆子搞大了！手下属众都睁眼看着，老子要是被他吃住，日后怎么驾驭这帮家伙？”

川崎脑中急转，一时无语。船舱中顿时静默下来。

一个名叫武宫三生的武士头目，平时自以为能在川崎跟前说上几句话，见此状况，便挤出人群，跨上两步，揖身一拜：“将军，他的话，你的三思、三思的。”

川崎闻言一怔，心想，果然有了连锁反应，这还得了？不由“嘿嘿”冷笑，出语嘲讽道：“哦，你也长进了？比我高明，还要本将军三思？哼，好、好！”

众人猜不透川崎究作何想，均不敢接言。唯武宫三生不及细思，仍口中念念：“当然是将军高明！属下只是提醒将军，凡事当寻万全之策……”

满脸憋得通红的川崎，右掌拢住胡须，爆出一串狂笑：“哦哈哈……好，你既要什么万全之策，本将军就给你寻个‘万全之策’！”

川崎面显杀气，挥甩手掌，猛地一拍悬在木架上的刀鞘。鞘中利刃应声弹出，川崎随即出指将握柄一顺，白光凌空划过，直击武宫三生胸膛，将他震飞三尺，“嗵”地仰面翻倒。

众人抬眼间，已然看清，武宫三生嘴唇尚未闭拢，已被长刀贯体，深深钉牢在船舱地板上。刀刃还在颤颤抖动，武宫三生脸上惊愕之色犹存，却是再无进气了。

武宫三生原是川崎族中的一员家将，追随主子川崎十多年了，对其忠诚不二，上阵也舍得搏命拼杀，此刻一言冒犯，竟被川崎一刀夺命。舱中一干人员，通通吓得双足生软、躬身折腰，大气不喘，无人胆敢仰望川崎。

胖掌柜浑身哆嗦，从椅中跌爬在地，双膝跪倒，口中嚅嚅：“该死、该死！鄙人开罪将军！望川崎将军不记小人之过，饶恕啊饶恕！”

偎依在川崎怀中吻上摸下的两女，骇得花容失色，手足无措，僵在半当。

一名侍卫蹑步上前，将长刀从武宫三生胸口拔出，用他衣襟拭净刀体上的残血，双手捧刀，恭敬地献给川崎。

川崎并不接刀，仅用嘴角朝刀鞘撇了撇，侍卫会意，小心地将利刃放进鞘中，退至一旁。

全场肃寂，只闻川崎口鼻喷息之音。

“哈哈……你的请起、请起；与你无涉，何罪之有？”川崎突地大笑，对胖掌柜摆摆手，和颜道："坐、坐么。他的，妄议的，无礼！愚蠢！死了死了，死了就了，和大伙都没有关系的。"说完，扯过侍女，左亲右抱，上下其手，复缠一堆。

大伙这才松了口气，缓过神色。一名地位高者出舱唤进二员值哨，将正在冷却的武宫三生尸体抬了出去，扔进大海；复将地板上的污血擦洗一净。

胖掌柜一颗心还在乱跳不止，但已知晓：武士头目是因为我的"推三阻四"枉送了性命，川崎杀他唬我、警示部众呢！这个阴险毒辣的狗东西，杀自己亲信都不眨一下眼皮，杀我还不视为宰只鸡、屠条狗？我可不能再说浑话、干傻事了！

胖掌柜重新坐稳，举袖抹了抹鬓边冷汗，赔笑道："是、是，将军英明的！我的糊涂，先去做，做成了再说其他，将军思维大大对头！鄙人一定万死不辞，将军放心的！"

见胖掌柜驯顺得如一只膝下的肥猫，口气极尽媚音，川崎对自己方才所为暗自满意，先故作伤感地对一员管理军需给养的副将道："武宫三生的死，本将军也感遗憾。你的，派人给他家里送一百两银子，就说……和明军作战阵亡，死得英勇的。"又宽慰胖掌柜："你的，对自己要有信心，对本将军更要有信心。危险没有的，只不过有点不安全、不太安逸的。"

"是、是，一点点不安逸的，小小的，我的不怕。为了将军大展宏图，鄙人豁出去了……"

"不、不，只要本将军一到，你的快乐快乐的。"川崎强调不已："你的，做事不出差错，一定快乐快乐的。"

"将军要来，可得快点！时间久了，怕有变化，我就不敢保证能够成事了。"胖掌柜担心日久生变，腹中轻诽："情况有变，那你自家触霉头，不要找老子倒赔账。"

"你的放心。今日不算，明天、后天，嗯，大后天三更时分，你到浏河码头以南四里处，点燃三堆火头，我们就从那里上岸。这是军事秘密，千万莫要泄露了。你们的官员不懂这个，话的乱讲，老是失败。还有，你们贪钱人多多的，怕死人多多的，国家虽大，人员虽众，也打不过我们的。你的明白?”川崎一劲说下去。

四围的部属又狂笑起来。

胖掌柜尴尬地陪着笑了笑：“明白、明白。”心里暗骂：“明白你的头！你们不贪财？不比老子更黑心？一群东洋乌龟贼骨头!”

川崎兴致高昂，脱出二妇环拥，起身挥舞双臂，嚷道：“这次，本将军要大干一场，到苏州城里去一趟的。我的早就知道，那里金钱大大的，美女顶好的。我回去要给丰臣秀吉大王送上十个苏州花姑娘，大王一定大大地满意……”

混合着鱼虾腥味的海风，轻啸着掠过洋面，涌动翻卷的浪涛沉闷呜呜；月光下，礁石环列，隐约可见几条楼船不停地左右摇摆，上下起伏。

胖掌柜坐伏归舟，盯视那艘最大的船只，回想置身倭人间的情景，品味我孙子川崎的每一句话语，越感不是滋味：“终归是小国岛民不开化呀！姓什么不好，非姓‘我孙子’，不嫌丢人哦！老子干脆叫你‘我的孙子’吧！唉，这个我的孙子恶形恶状，吃相难看来唏（吴方言，形容对方面目可憎，令人厌恶），不是为了钱财，老子才不会买你的烂污账呢！唉，我在这帮东洋赤佬跟前，不也就是个‘孙子’么？真是自作自受呀!”直到渐行渐远，一切看不清晰后，他才合拢双眼，迷迷糊糊地打起瞌睆来。

听瞭望监哨汇报，胖掌柜所乘之船已经走远，我孙子川崎抬手正了正头顶发结，坐稳屁股，兀自沉思片刻，阴阴生出笑来。

舱中坐、立者，皆为川崎的重要将领、亲信部属，见首脑面有乐色，却默然不语，有心取悦之徒便柔声递话，以助其兴："敢问将军大人，可是有喜庆之事么?"

川崎抬目看清讲话之人乃麾前宾客孙长寿，知他一向乖巧、机灵，发声很会择时，便乘势点头："是的，喜庆喜庆的。"

众人见状，齐声以应："恭喜将军！贺喜将军，喜庆大大的!"却一并不解"喜"谓何指，"庆"自何来，习惯地聚目孙长寿，催他再讲。

孙长寿，本系浙江义乌县混迹城乡的一个痞汉，长年不事劳作，无正当营生，致使家无余财，三十未娶。成天附庸富豪人家、势力权贵，如犬奔走，媚颜效劳，以获取零散钱财、讨得残羹剩饭度日。一次，为帮主子巧取强夺几户庄稼人的田产，失手打死一名老翁，激起众怒，遭人追杀；也被公门缉为凶犯。主家不愿受他牵累，立即与他撇清关系，将他逐出了圈子。孙长寿走投无路，只得雇船偷渡，投靠了倭酋我孙子川崎。

川崎正怀发展海上势力、染指中国边域的野心恶欲，也望有熟悉中国风土习俗人士相助，便接纳了孙长寿，留在身边以作下问。

孙长寿经年跻身富门、侍奉豪强，善于察言观色，揣摩人心，此刻见川崎欲言又止，而一干同僚以目示他，即知趣地接问："将军大人，属下愚昧，望明言训示，以利我等进一步与大人同喜同庆。"

川崎赞赏地看一眼孙长寿，放声道："呵呵，喜庆的，三件：第一，这个中国生意人适才吓得不轻，回去一定会照本将军吩咐去做，我等只要等上数日，杀进浏河口，到苏州城外狠狠搜刮一票，就可过上肥冬。这些日子饮风喝浪，也大大值了!"

"对、对，将军所言极是！可不，好日子就在眼前了。"孙长寿赶忙接言："窝在海屿旮旯里，成天吃几个紫菜饭团子，喝二碗大酱汤，肚里油水早就耗尽了，再不补补，弟兄们身子可就虚掉了，还谈什么舞刀弄枪、骁勇善战?"

另一浪人头目抢道："大大的对头！小鱼小虾早吃腻了，真没有大肉肥膘充实人哟!"

孙长寿笑应：“这个好办！到了苏州地面，去藏书乡弄几十只肥羊回船。藏书乡的羊肉可是绝佳的冬令美味，红烧、白切、炖汤……保大伙吃了精力长足，只怕没地方使哟！”

川崎“哈哈”大笑：“孙的，不用担心，到时多抓些苏州姑娘回船，大伙统统乐上一乐！”说着，两只大手摸向侍女肥臀，淫笑不止。

妖媚女子听川崎不惭胡言，又被他抓得生疼欲吟，藏羞不已，涨红了面颊，口中娇吟，抱着川崎的胳膊一阵乱摇。

一班浪人武士目睹女子撩人色态，欲火立炽，轰然放声荡笑开来。

孙长寿待一众笑声稍敛，再次高声道出：“将军大人只言一喜，大家就乐成这样，赶快听听将军的第二喜吧。”

川崎兴致刚起，止住两女的摇扯：“好、好，这第二喜么，本将与松田、阿部派出的‘联合特混战队’，竟然深入大明疆域三百里，这是从未有过的进展。足以表明：这支精挑严选的队伍，战力大大的，以一当百也不为过。另外，也可看出，对面的，官吏腐败，乏能少力；军队松懈，有防无备。特混战队凯旋后，只待春暖花开时节，我部即可与松田、阿部三军分头进攻，多点登陆。有特混战队的勇士做前导，可不比以前乱打瞎闯、小打小闹了，战事一定顺利，斩获一定颇多。别说萧山、苏州了，就是杭州、金陵这二个老都城也能闯了进去。宏图大展、指日可待的！”

闻者喜形于色，大力鼓掌以应。

孙长寿更是助兴欢言：“浙江地面，属下自是熟悉，为将军带个路，找个地方，小意思的。再往深处走，小的就力不从心了，正为此发愁呢。现在有特混队员打头阵，那就是射出的长箭上，装了锋利的铁锐，杀伤力别太大喔！将军用兵如神，此策高明、大大地高明！”

我孙子川崎出身京都富商之家，在仆人、家丁簇拥、呵护下，自小养成满腹傲气、戾气。长至青年，又被族中主事者选中，出任“我孙子武术道场”的少主人。经二十多名武功高明者调教，三十岁时，川崎拿到了“武术八段”的证书，堪与准一流高手比肩。这助长了他目空一切的脾性，以至看不上一所“武士道场”掌门人的位置，将目光投向了社会。

川崎不顾族老劝阻，执意辞去道场职务，纠集徒众，踏入江湖，以武会友，走遍扶桑诸岛，结交了数十名气味相投者，心中欲望也日渐膨胀。

其时，岛国群雄纷起，拥兵自重，争夺土地、人口、财富的战争连绵不绝。川崎数番投靠势大豪雄，助他们打拼天下，几次选择，终将敬佩、臣服之心投给了出类拔萃的权要——丰臣秀吉，十年不变地追随这位赫赫大佬，忠诚地为其鞍前马后效力卖命。丰臣秀吉荡平各方势力，取得全国统领地位后，不忘年及五旬的川崎功劳、苦劳，封他列位“十大将军”，赏赐外岛三座，由他经营一方天地了。

数年后，川崎因与其他领地的大王为利益起了纷争，架不住对方联合诸多势力，凡战皆败，终致退到几条船上，常年漂泊汪洋大海中，失去了往日享乐的生活。

川崎心尤不甘，终日苦思翻盘复兴、重获丰臣秀吉青睐之策。时至今日，总算看到了一线光亮。他怎能不生亢奋之念呢？

听了孙长寿一番甜言，川崎控制住心态，微微一笑，故作谦虚：“没什么，没什么的。还要让往后的实战来检验本将军所谋效益呢。话说早了的不行。低调、低调！”

孙长寿恭敬长揖：“当然、当然，将军深谋远虑，我等浅薄、浅薄。将军教训的是，大大的是！”稍顿，不忘又问：“哎，将军说了喜庆之二，敢问第三何谓么？”

“哦，第三么，更是大喜大庆了。”川崎见一环下属屏息凝神，目露渴望之色，有意卖了个关子，要侍女递上一盅热茶，呷了几口，轻咳一声，方徐徐再叙：“诸位，你们也都知道，本将军辜负了丰臣秀吉大人的厚爱，日渐落魄，失去往日之势，以至委身这几条破船上……哦，好汉不提当年勇，不说也罢。只是委屈了各位，本将军心中实是不安呀！大大的不安！”

听川崎言至此处，立有几人抢话：“将军说哪里话来？我小犬一水可从来都认为将军吉人自有天佑，跟随将军是心甘情愿的……”

“是、是，将军有贵人之相，岂会长期垂羽蛰伏？我豚养太郎还是有眼光的，要不也不会终怀不二之心，一直追随将军……”

孙长寿放开嗓音道：“中国民间常言：猛虎出洞，必缩身段；雄鹰冲霄，先紧双翼。将军大展身手，力压群雄之前，经受磨砺，乃是潜龙升天、冰雪绽梅的吉祥之兆。在下早已看出，将军乃非凡英雄，怎会久踞人下？这不，将军既已喜事连连，大庆之期也就快要到来了吧？”

川崎只觉孙长寿这番话，最为贴近他的心思，不由满面绽笑，颔首示赞：“诸位一片忠心，本将看得清清楚楚，谢过、谢过！好，接着说吧。何谓大喜大庆之事呢？就是先前言及的，只要这次苏州之行顺心如意，斩获甚丰，掠取的财富、畜产、美女、劳役越多，献给丰臣秀吉大人的贡物也就越为丰盛；若能进贡大人二十名美女、四十只肥羊、千两黄金、二箱珠宝、四箱苏杭绸缎……呵呵……早先本将军追随丰臣秀吉大人，常见大人在中国疆域地形地貌图前良久伫立，半目不瞬。大人所思所谋，比我等又要远大多了。本将军要是打通了江浙地面，可是大大振我国威、壮我士气，这才是丰臣秀吉大人最为挂怀的国家大事。大人闻之，不要太高兴哦！那时，大人定然重新善待本将军。呵呵，本将即便落势，仍自信、自重、自强、自力，美梦成真就在眼前。天不负我！水涨船高么，你等当然也等着升职吧……”

一名武士嚷嚷不止：“啊，金陵府，可是明朝开国时的都城哪！杭州城，不就是南宋时的‘临安’皇城吗？将军遣人打到金陵城下，日后，再攻进杭州，连取中国两都，当然是大手笔、大手笔！”

“在下听说，此举乃将军首议，松田、阿部才豁然开悟，第一功劳非将军莫属！丰臣秀吉大人英明纵武，必然重看、高看将军！”

川崎听了孙长寿的补充，肥脸笑成一团大肉花，双睛也赫然生出光亮。片刻，却脸生豫色，讶然发问：“咦，说了这么多的喜庆之事，你等怎不一并欢笑呀？”

孙长寿闻言，趋前道："喜事太多，理当将军先笑，将军先笑呀！"

川崎不解："哦，这是为何？"

孙长寿半显神秘："小的与众将领私下商议，凡重大喜庆之事，必由将军领笑，身先垂范；我等再按职务高低、分批次地接着献笑以庆。"

川崎大感兴趣："哦哈哈……还有这等程序？"

孙长寿回首示意，前排众将立即齐声扬笑："哦哈哈……"

笑声方落，第二排诸人顷刻笑接："哦哈哈……"

川崎大乐："哦哈哈……你的大大的有趣！"

孙长寿笑得合不拢嘴："哪里、哪里！将军过赞了。我国中本有'尊卑有别'的古训，在下只是发扬光大，择机而用。雕虫小技耳。"

川崎点头以赞："好一个'发扬光大'！你能用在此处，也是心智大大的！人才、人才！哦哈哈……"

随即，又是几阵此起彼伏空空洞洞的"哦哈哈……"飘出舱外，散扬在虚渺海天里。甲板上一众守卫、值哨不明究里，也赶紧先后放开嗓门"哦哈哈……"以示与首领们呼应不怠。

一番闹腾后，船舱中人已是额角沁汗，遍体生燥了。

川崎高抬双手，连连下压，示意大伙禁声勿喧："看来，你等都明白利害关系了！一喜撞门，双喜相加，三喜更旺呀！各位可要大大地出力哇！良辰佳日一到，丰臣秀吉大人封我'镇海大将军'爵位，再划一大块领地给我管理，权势可就高出松田、阿部那两个家伙啰。届时，更要劳烦各位鼎力相助了，你们中间，也会出几个将军、几名管事的，等着吧！都有盼头的。老孙，你就弄个宾客理事当当吧，好歹也能统管十多名汉人，多少也有点权力呢……"

在众人齐声欢呼中，川崎忘形地将二女拥入怀中，紧紧缠抱一团。

七

自马啸风犯案出逃，七八天下来，关九州思虑过甚，方正的脸盘瘦了一圈，眉间少有舒展，但精力却依旧充沛，军务民事处理得井井有条，丝毫不乱，显然心神仍定。

眼见军马调度已毕，各县挑出的捕快也按时齐集太仓，巡抚大人一封急件又到，忙碌重开。

这次，一干人是被约进后院，聚在关九州书房相商的。

“诸位，军情有变，大家年头上闲不着了。”关九州开门见山道。

一闻“军情有变”，张苏生、达荣常与项天立的脸色不由一肃，屏息凝听关九州说下去。

“督衙接到探马快报，查明在杭州湾海面游弋的倭船是松田、阿部两伙贼寇，合计有千余人众。常于东海中域犯境的川崎一支，却不在其间，估计极有可能隐匿长江口外群岛内。朝廷讨倭大军在福建、广东已与登陆倭寇接战数次，浙江战事也一触即发，而山东以南及本府地面，反倒安然无波。兵部认为其间有诈，三五日内当恐生变，急递密函提醒巡抚大人，将长江入海两端及本府辖地列为重点守备区域，严加防范，务必铲除一切祸乱。”

“可是，本府军马已被李副将军带往临浙地界去了呀?”达荣常急切插言。

“此时李副将军尚在半途，欲要召其返转，估计后天上午即可重回江畔营地。”张苏生道。

“李将军回来容易，只是现在本域并无倭寇入侵，兵部不过担忧而已，而杭州湾战事欲开已趋明朗。卑职不安的是，本地南线无兵，倭寇若遭浙军压迫，定往此地窜犯，吴江、吴县、昆山一带百姓首先遭殃。”

项天立忧虑不已。

关九州待几位下属议了议，方道："还得防范金陵城东的那股倭寇流窜来此。好在巡抚大人谋划周详，诸位所说，已经考虑到了。大人已请准兵部并获皇上御批，临时调动拱卫金陵的三千禁军精锐，其中五百马军，五百火器兵，并携十门虎蹲大炮，一路东压，前来增强本地防线。"

"嗬，这么强的兵力！巡抚大人想在苏州与倭寇好好战一场了？"同知张苏生既惊且喜。

"步兵与火器营已登船入运河而下；马军则先头出发，明天傍晚即可抵达本府区域。巡抚大人发兵的同时，先令人快马递信并送到一幅新的大军与火炮配置图，令本官依图协助安置大军，构筑工事。"

说到这里，关九州拉开书桌抽屉，取出一轴卷拢的图幅，他不解开系图的紫缎，仅拿着图扬了扬："就是这图，诸位不必细看了。明天，张大人伴我取了此图，去营寨与大军前锋将领磋商。"又对一直静听的达荣常和项天立道："府内事务烦请达大人代劳几天；项副总捕可速将各县捕快遣返原地，春节期间要确保苏州城内外安宁。"

达荣常、项天立起立领命。

关九州看了看手中图幅，略一寻思，起身走到墙角一具硕大木柜前，开了柜锁。一人高的柜子被木板隔成两截，下半部空落落地放着几件杂物，上半层则排列着数十部书籍与几幅卷轴。关九州轻轻将军图搁置在画轴上面，锁了柜门，转身对注视他举动的三位道："后堂暗壁被马啸风弄坏了机关，不宜再用，只暂时在这里放几个时辰。忙过这阵，还得重新做个牢固的密件暗柜才是。"

"关大人，这事交给我办吧。重要文件是要妥善存放的，再出个马啸风之类的人，木头柜子可挡不住他哟。"项天立过去用手摸了摸柜锁道。

"好，这事就交给你了。明天各位都有忙的，今晚早点散了，回去休息吧。如今倒不是担心倭寇来犯了，怕只怕川崎贼子不钻进苏州这口袋里呢！"关九州兴致勃勃地与众人出了书房。

“这次可坏事了！”蒙面人一进杂货铺后厢，便对胖掌柜嚷开了。

“你也暴露了?”胖掌柜一急。

“我倒并没有……”

“就是么，你够小心谨慎的，连进我铺内都不摘下面套，哪会轻易露馅?”胖掌柜松了口气，打趣道。

“你我相熟，摘不摘套子一个样。我是担心伙计见了我的面孔，日后行事不方便。”

“他不也是我的人?”

“除了你，还是别让第二个人见到我这张脸为好。这可是性命交关的事情!”

“好、好，你别辩解了。刚才说的坏事是啥?”胖掌柜催问道。

“巡抚大人向苏州发兵了，马军、火器营都出动了。三千多人调集江边摆阵呢!”

“啊，这记卵了！难道川崎要来的消息被官府获知了?”胖掌柜闻言色变，也沉不住气了。

“这倒没有。官府是见这一带太平得不正常，担心近日反而会出事，先派兵马候着。”

胖掌柜骂道：“操那！这些当官的还没糊涂到家，真给蒙上了。算他们额角头高（吴方言，即运气好）。大军什么时候到?”

“明天下午马军先到，大队乘船走运河，一路布防，至迟入夜即可抵达太仓。”

“今天是腊月二十五，川崎亲口和我讲定，后天要到的。这趟算是送死来了！唉，这些日子真够烦心的。有想从海上来的，有想从海上走的，竟都看上了浏河码头。你我可摊上了事，稍微有点推班（吴方言，即差错、不到位)，没有好日子过了。”胖掌柜倒吸一口凉气，苦下脸来。

“这伙倭人既是财神，又是煞胚。要是死光了倒好，倘若川崎逃了回去，这记闷亏咽得下去？还能放过你我?”蒙面人坐立不安，惶恐道。

“你讲得也是。川崎这老鬼，凶恶、暴躁，还下作的很，大白天的，两只手一直粘牢在女人身上。我每次见了他，都促气（吴方言，意不顺眼、不舒服）得要死。被这种人捉住痛脚（吴方言，指短处、过失），难保活命呢！那只有告知他们别来了。情况起了这么大的变化，也怪不了我们。”胖掌柜埋怨几句，征询地问向蒙面人。

“从今夜起，内河入江口俱被封锁，江中所有船只，只能停泊，不得起锚，一艘也不许出海。你怎么走？要是陆路上绕出苏州，转去浦东白龙港，再设法弄船，川崎一伙早到此地了。”蒙面人连连摇头。

胖掌柜垂首在屋中转了几圈，忽道：“横竖横了（吴方言，即豁出去，拼一拼了）！这样吧，你赶快回去，设法弄到那幅军情图，看明白了，记在心里，回头默画下来。我明天以下乡购货为由，到太仓浏河口一带等着川崎上岸，只要将最新军阵图献上，打不打？怎么打？由他自己拿主意。我想，他们也不会怪罪我们的。实在不行，老子到时不点火，也是个办法。川崎将军又不是傻瓜，他看不到岸上三堆燃火，就知道出问题了，决不会强行登陆的。这不救了他们？只好日后见了面再解释了。”

“你要我盗看军阵图？关九州锁在橱门里了，我一动那橱，必会留下痕迹，取不取走图卷，一样表明府衙仍藏着通倭之人么？”蒙面人不以为然地反驳。

“小心一点呀，不会留下明显破绽的。神不知、鬼不觉，关九州哪里会知道呢？这对你我，都是只有大益而无一弊的事！”胖掌柜坚持自己的主张。

见蒙面人垂着脑袋不吭声，胖掌柜强硬道：“时间不多了，你马上回府看图，碰碰运道。否则，一切机会都失去了。要知道，你我所为，早将性命交给两边捏着了，一头也不能有丁点闪失！”

胖掌柜的话语终于说动了蒙面人：“好吧，豁出去了，横竖横也好，碰碰额角头也好，就依你说的办。你等着，天亮前我一定来此交图。”

八

隆冬的子夜，寒气袭人。蒙面人在府衙后墙外潜身静伏了一段时光，虽然衣裤被霜气打湿了，但他已然听清院里数十丈内肯定没有哨卫，胆气壮了不少。此行非同寻常，仅偷入官衙窃取机密军情一项，罪该当斩。马啸风这样的公门老手，犯了此案，也不得不敛踪潜形，逃之夭夭。

想到自己来步马啸风后尘，不知结果如何，蒙面人心头不觉生起一丝苦涩。唉，都是被金钱所诱呀！自打结识了枫桥镇的胖掌柜，没少受他的惠赠。这几年手头宽裕多了，不仅全家日子好过，连“芳菲院”的姐儿，见到自己也笑得比以前甜。银子的好处太多了，真可谓一物顶万物，立竿见影啊！等到自己少了银子就浑身不自在时，胖掌柜适时亮出底牌：缺钱花？好办。苏州府衙门里的机密是可以出售的，有多少，我通通吃进。今后消息、银钱两相易，笔笔现金结清；大家互惠互利，各取所需，由常来常往的“朋友”，转变为共事一主的“同僚”吧。原来，这胖掌柜暗地里是倭人的“眼线”，专做从他国赚大钱的实际买卖。

“你以前在我这里开销的银子，当然不是我的，我一个小本生意人，能这样花费？都是倭人叫我代转的。川崎将军听我一说你的情况，就看中你了。拿人钱财，替人消灾，天知地知，只要我不露口风，没人晓得的。怕啥？再说，这帮倭人干几年，会换个地方的。那时，他们不来纠缠，你我钱也赚足，够几辈子用的了。衙门里的干薪有啥花头？”胖掌柜这番话，从此改变了蒙面人的一生。

几年来，提心吊胆，装神扮鬼，白银倒是攒下万把两，可倭人不仅没走，反而闹腾更厉害了，弄得今夜被迫行险，今后如何收场是好？

蒙面人不敢想下去，心中暗叹一声，闭了闭眼，收回思绪，塌下身来，扶稳腰刀，纵身探臂，勾住墙端边沿，一提气，身形斜飞而起，无声无息地落进了后院。

细细月牙偏行西天。寒夜阴森，地面万物均被冻得失去了生机，连空气都透出寒滞僵硬。蒙面人步法灵活地摸到书房后壁，从袖管里抽出一柄七寸薄刃，三两下挑开木格窗棂的插栓，推窗跃进房内。眼睛适应黑暗后，他看见了竖立在北墙下的木柜。

蒙面人定定心神，用一根如线钢丝将柜门上的铜锁捣开，一把拉开了柜门——图卷赫然入目。

他的心怦怦跳动：这事还是挺容易的，打开图看了就走。只要一切恢复原样，正在睡梦里的关九州，绝不会想到书房中发生过的一切。

蒙面人出手将图卷握住时，瞥见木柜下部竟然有一双闪闪发亮的眼睛！

是的，千真万确是两只人的眼睛。蒙面人惊骇非小，冷不丁一丝颤抖，倒退丈外，厉喝一声："什么人？"

蜷伏在柜中的身形，伴着连连冷笑弹跃而出。

蒙面人见行藏已露，惊恐中掏出火折"呼"地吹燃，一照间，诧声道："又是你？马啸风！"

马啸风一边伸展腰肢、活动手臂，一边道："嘿嘿，果然是你！柜子里真不舒服，你怎不早点来，让老子多吃一番辛苦。"他已从蒙面人的话语声中辨出是谁了。

蒙面人摸不清马啸风话意："你……你不逃远点，躲在这柜里做啥？"

"你又为啥要撬这柜子？"马啸风笑容满面，不答反问。

蒙面人心中生出不祥，感觉自己落入一个圈套中了。他镇定一下，决心搏上一搏："马啸风，你负案在逃，竟敢私闯府衙，还想图谋不轨？"

见蒙面人忽然放开了嗓门，马啸风知他心意，讽道："你又要当捉贼的英雄了？这次不行，今后也不行，没有机会了！"

见马啸风丝毫没有逃跑的意思，反而像在自家地头一样大大咧咧，蒙面人一颗心沉了下去，他熄了火折，掖回腰间："难道你没有犯案？"

"对，我这些日子一直在办案！今晚在此就是等着抓你的。"

“你怎知我今夜要来?”

“我等到谁就是谁，谁进此屋动此柜，我就抓谁；你来，当然就抓你了。”

“抓我？凭什么?”蒙面人抗声道。

马啸风一指蒙面人手中的图卷：“人赃俱在，你还装模作样?”

蒙面人用左手将腰刀抽了出来：“好，我全明白了。看来多说无益，你我还是免不了刀枪相见了!”

“你不是我的对手，不打也罢。”马啸风摇头道。

“别以为你的‘八卦封门刀’真能打遍苏州无敌手，我早研究透了。今天让你见识一下我的‘左旋反打三十六道闪电式’!”蒙面人决心拼杀出去，逃了再说。

“哼！你这套刀法虽然一直秘而不宣，从没示于人前，当什么‘秘密武器’藏着掖着。其实，我早已知晓了。五年前，你投入本府衙门，我摸过你的底细，知道你三个师傅中，有一人即冀北‘一惯左刀门’二当家陈爷。可你从不提此事，也一直不见你使过‘左刀’，我便知你挟技自珍，心机深沉。我暗地里请教高人，学得克制‘左旋反打三十六道闪电式’的西岭合众派‘右削缓招无锋刀’法，专门提防你。当然，这我也从没透露过。老哥我要在苏州府捕房坐稳第一把交椅，平日不勤奋、不小心、不也留一手，还行?”马啸风狡黠一笑。

蒙面人闻言傻了，战志尽消，冷冷道：“你结棍、结棍（吴方言，意厉害、高明)！我认栽了。不过，凭你一人也留我不住。”说毕，退身欲走。

“你走不掉了。自火折燃亮，这房子就给围住了。你看看外面吧。”马啸风冷嘲道。

这时，蒙面人才觉察书房内亮堂了许多，原来是十多架灯笼在屋外列成了弧阵。

“随我出去归案吧。老实招供，看看能不能戴罪立功，以免一死。”马啸风仍想替此人谋一条生路。

蒙面人呆了片刻，猛地将头上布套扯下，掷在马啸风脚前，返身打开房门，见关九州在众人簇拥下当门而立，便嘶声道：“关大人，马啸风被我堵在屋里了，他要盗取此图……”

他讲不下去了——屋外众人都以陌生、鄙视的目光看着他；关九州亮利的眼神中还带着点惋惜。

他看清了，四周都是前几天被押进后院的那班捕快，俞念培怒目挺刀，站在首位，狠狠地瞪着他。

“项天立，勾结倭寇的奸细原来是你！”关九州肃然开言。

“关大人，别误会！我是跟踪马啸风才到了这里的呀！”项天立脸色苍白，五官扭曲，急急辩解。

“今晚，你等散去后，马啸风即进了此柜，是我落的柜锁，你能在什么时候、什么地方跟踪他呢？”关九州愤道：“事已如此，你还要胡说八道！”

“是大人将他锁进木柜的？他犯案在逃，怎么会……我不相信！不相信……”项天立冷汗满额，喃喃发声。

“你既不死心，那我就说与你知晓吧。”关知府走上一步：“本官任浦东川沙县令时，马啸风即跟随我了。多年来，他忠于朝廷，执法甚严，疾恶如仇，岂会是出卖国家机密的奸贼？只是本府数次剿灭犯境倭寇，皆因泄密在先，功败垂成，致使贼焰嚣张。如此几次，本官想来，府里仅数人知情，奸细定在其中。便报与巡抚大人，与马总捕头一同议下此计，决心先除内贼，再攘外寇。”

屋里屋外十数人静静地听关九州说下去：“马总捕头自愿忍辱负重，假充内奸，引出嫌犯。此举一来麻痹真正通敌者，使其不再顾忌，放心行事，以露马脚。二来马总捕头武艺过人，一旦置身暗处，行事便利，遇敌出手胜算较大。例如，今夜有他隐于柜内，抓住项天立不是稳占赢面吗？老实说，此时此地的场面，早在案起时即已设想到了。至于将马总捕头的家眷接进衙内，实是防止以往与马总捕头有过节的歹人，乘机上门寻衅复仇，或别有用心者前去探讯。”

“你们怎知奸细是我？有何凭证？”项天立嘶声打断关九州的叙述，犹自挣扎。

“当然，事前并不确定你即奸细，否则也不需费这番手脚了。对你生疑，是马总捕头那夜与你街头相遇之后。”

“我遇见马啸风的事，你早知道了？”项天立一怔。

“马总捕其实分别暗中咋唬过张大人、达大人和李副将军。他三位不仅不受其诱，并都及时向我禀报详情。我要他们均不得向任何人提及此事。故此，你以为马捕头仅与你一人照过面呢。你不是对捉拿马啸风十分起劲吗？那晚倒轻易让他走脱了，事后还匿情不报。若是俞副总捕如此行事，我倒不感奇怪。因为他本不相信马啸风通敌，公开袒露过心迹。从轻里讲，这件事情至少暴露了你心口不一，两面为人。”

“我……我是害怕马啸风会朝我家眷下手，他这样威胁我的，故不敢迫他过甚。”

“你怕牵连亲属的心情假设可以成立，但你对他说的那番话就很费解了。你在人犯尚未归案的情况下，先行询问‘为谁效命’‘报酬多少’等问题，不仅有违办案规矩，而且隐含印证比较之意。你更暗示他可直接朝本官下手，倒是阴毒得很！马啸风一直藏身本府后院花房地窖中，天天与我见面，你的言行，我全都掌握。那晚，你即被内定为首要疑犯了。”

“你不是先将他们收押了吗？”项天立犹有不解，指了指俞念培等捕快。

“我没有料到俞副总捕头他们会与你发生冲突。现在看来，也是你有心挑起事端，搅浑水罢了。当时情况不明，为缓和矛盾，只有先将他扣下，稳住场面。至于其他弟兄，我预料收案时，在后院围捕奸细，用得着人手，故一并将他们先圈了进来。这不是派上用场了吗？”关九州对自己的策划不无得意。

项天立委顿不已，一种被捉弄的懊丧袭上心头，他不甘地叫道：“关……关……关大人，你太促刻了（吴方言，意阴毒歹奸）！我今晚要是不来取这图卷，你仅凭以上几点，是定不了我罪名的！”

他此话一说，实是承认自己即是通倭的奸细了。

半晌没有开口的马啸风爽声道：“你一定会来取这幅图卷的。你已将大军调离的消息透给倭寇了，现在军情突变，你能稳得住神、不采取新的行动吗？关大人密遣暗哨盯梢府中几位知情官员，近几日，其他人都是离了府衙就回宅邸，没有外出过，也无闲杂人员上门。唯有你，因率领捕快搜索，四处出没，行踪不定，与他人联系的便利性最大。”

关九州点头示同，又道：“军情变化如此，乃是巡抚大人的诱敌妙计。沿江军马不撤，盘踞在长江口外的川崎贼寇又岂敢来犯？眼看年关将临，这伙倭贼在海上也喝够了凉风，只要稍有机会，他们一定迫不及待的。让他们送上门来，我军有备而待，一举歼灭，以绝后患，不是比跑到茫茫大海中寻找他们要省劲得多吗？兵法云‘虚则实之，实则虚之’，用谋之妙，存乎一心哦！倭寇野蛮之辈，怎解中华韬略？而你利欲熏心，财迷心窍，自然难逃我布下的圈套。这不关乎‘促刻’不‘促刻’，双方逞勇斗智么，能讲什么温良恭谦让？巡抚大人定此计谋，即图一石二鸟，外除倭患，内消隐忧。看来都能实现了。”

关九州想了想，续道：“你盗此图，可是为助金陵城外那股倭寇么。这就更用不着了。”关九州转对马啸风、俞念培道：“巡抚大人傍晚传来捷报：言及金陵东郊的那股倭盗，吃不住围困，前天亡命东窜，逃出群岭；今日凌晨，在宜兴山村被一乡民识破。乡民立即告知里正，里正又飞报县衙。几路军队一并出动，终在太湖边将这伙倭匪截住，除死伤外，生擒二十八人。巡抚大人说，已将捕获者用囚车押了，正由军队解来苏州府衙。你俩先将大牢清理一下，预备收押这二十八个匪贼。”

马啸风、俞念培闻言大喜。憋了几天窝囊气的俞副总捕抢先接令：“太好了！牢里空着呢，有地方让他们待的。此事就不劳马总捕头费心了，卑职去办。关大人放心即是。”

关九州似乎不想再说什么了，见项天立眼光落在右手的图卷上，便笑了笑续道：“哦，想来你没见到此图，心终有憾。其实，我早说过，这图不看也罢，即使送给你也无妨。不信，你现在可以打开一看。”

众人以为关知府见项天立已在掌控之中，给他看图也无大碍，才有此话，乃是胜者的大度。不料，马啸风也笑道：“你就开图看看吧，免得日后还有所牵记。”

项天立犹豫片刻，终是耐不住心中好奇，急急解开了系绸。图幅展开，他脸色骤然成灰：手中只是一幅白纸，上面无一点墨迹。

“哈哈……”关九州与马啸风朗笑起来。

关九州道：“巡抚大人根本没有什么布防图给我。明天上午，军马陆续到来，自有将军、统领谋划布阵，何需本官介身其间？这是马总捕头的高招，让我拿着这卷白纸比划比划，果真把你这个潜伏在官衙内的真正‘深寇’挖出来了。”

俞念培等一干捕快噎在心底的闷气至此倾吐，都痛快地大笑起来。

项天立以笑当哭，惨声道：“高明、高明！你们是一路算计，噱我上当，辣手咯，我服帖、服帖！”此刻，他感到家里窝藏的万两白银，一下子变得和这张白纸一样，没有分量、没有价值了；他心苦若丧，全身虚脱，白纸离手飘往地面，腰刀也“哨”地落在台阶上。

“锁了！”马啸风一声令下，两名捕快纵步上前，“哗啦啦”甩出长链，将项天立兜颈套住，扯下台阶。

“大人、大人，我要戴罪立功！我有要事禀报！”项天立扭首嘶喊。

“案子要到大堂上去审，你现在有何可说的？”关九州冷冷道。

“明天……明天半夜，倭贼来犯，浏河镇以南四里上岸！还有、还有……枫桥镇铁岭关‘盛云’杂货铺……掌柜的名叫朱春官！”项天立不顾一切地大喊。

“哦，又一个‘深寇’！”关九州嘲讽一笑。

马啸风听在耳中，当即向俞念培挥挥手臂。俞念培立时会意，对身边数名捕快道：“你等随我前去铁岭关捉了这只‘猪猡’！”

“遵命！”捕快众声以应，如风卷般抢出了府衙大门，扑进夜幕中。

第二天夜半。黑色四布，伸手难见五指。我孙子川崎率众寇扬帆踏浪直驶而来。

浏河镇以南四里滩涂上，三堆大火突地燃起，映照得半空一片明光。舟至滩头，二百余名倭寇蜂拥蛾逐，跳下船来，蹚着冰冷的海水，摸向亮处。

蓦然间，声声鼓角震天而发，埋伏已久的明军精锐三面出击。半空中，一阵如雨飞矢扑向敌军，步兵随即列队冲锋，迅速与登陆的倭贼短兵相接，杀成一片。

统领这支军队的兵马指挥使李副将，原先在戚继光将军麾下任职，跟随戚家军南征北剿，对倭人战法了如指掌；又耳濡目染，十分敬佩戚继光的用兵策略。独主一军后，李指挥使悉心学习、效仿戚继光训练、布阵之法，致使所辖军队战力大增。

此役，李指挥使接到回师设伏的密令后，立即率军转赴浏河镇外，凭借海滩地势开阔平坦、无障无碍之利，摆开戚家军惯用战式——“鸳鸯阵”，运用“半渡截击”战术，不待倭寇全队上岸，一举将贼兵分割包围成二十多块孤军，势成近战肉搏状况。

每个“鸳鸯阵”，由十一名战斗人员组成。队长率四名兵士，握枪持盾，冲在前列，攻守相兼；第二排三名壮士，均执前端置有枝杈、倒钩的特制长杆“狼筅”，猛烈击打聚成一伙的倭贼。一番拉扯拽拖，贼兵大都衣甲撕裂，遍体血肉模糊，惨呼连连，丧失还手之力；另有三名军士殿后，步法灵动，身姿矫健，挥舞加长砍刀，腾跃自如，游动出击，护卫两翼，助队推进。“鸳鸯阵”既弥补了单兵独士的势孤力薄，又消去了大队行动的散缓滞止，威力得以充分发挥。

李指挥使一面调兵遣将，四处围堵，将战场铸成铁桶一般；一面亲率三组“鸳鸯阵”式，专往倭盗顽抗点冲击；同时，命令军中鼓手尽出，轮班调换，不停歇地将战鼓擂得震撼轰鸣。

明军见状、闻声，心胆俱开，士气高涨，杀声响彻海天，几至掩住了惊涛狂啸之音。

站立船首的我孙子川崎，原本望着三堆熊熊大火，满面喜色。待见剧烈战事突起，首批扑上海滩的部众，顷刻被冲至近前的大队明军吞没，顿时大惊失色。

“糟糕！中了埋伏！”川崎脑中一炸，血贯头顶，猛力抽出腰刀，左挥右劈，砍倒近身处二名惊慌失措的水手，狂暴怒吼：“冲！统统给我冲！”又抬腿踢下二人，自身“扑通”跳进冰冷的海水中。众人见状，只得硬着头皮，相继入水，“呀呀”乱叫着向岸上冲去。

厮杀惨烈，双方伤亡不断增加，鲜血染红了涌动的海水。倭贼虽抵抗凶狠，仍不敌明军人多势众、阵法犀利，半个时辰战过，倭人伤亡大半；三四十者见势不妙，弃阵回逃，慌不择路，溺毙寒冷彻骨的海水里。

明军几番苦战，终将优势转换成胜势。欢呼之声不断在各处响起。

寇酋我孙子川崎留给属下的最后两句话语，一是气急败坏地破口大骂：“八嘎牙鲁！朱春官狡猾狡猾的，良心大大的坏！死了死了的！”二是，目睹一向吹捧他、研究“哦哈哈”术有专攻的孙长寿，竟是第一个跪倒湿地，举手投降的己方人员，不禁长叹一气，嘟囔自语：“八嘎，骗子的！统统坏了的，死了死了的！”

一阵箭雨呼啸着从天而降。癫狂的我孙子川崎，将腰刀挥舞得如轮如风，砍翻了三名近前明军，击得断竿、残簇四处迸溅。但是，终有一支利箭乘隙而入，钉上了他的后背。接着第二支、第三支飞箭钻进了他的肢体。直至十九支长箭将他射成刺猬瘫作一团。

我孙子川崎大睁着眼睛沉入了海水中。一圈圈泛起的鲜血，将水面染得愈发红了。

……

三天后，苏州城乡百里地面张灯结彩，爆竹震响；戏台献舞，街人熙攘。民众迎来一个欢乐、祥和年。

苏州知府关九州与民同乐。初五清早，轻装简从，挤在人流中，涌进玄妙观内，敬香叩拜，祝告上苍：祈求新年风调雨顺，稼禾兴旺；遍地呈祥，百姓安康。

元宵节夜，关九州又乐陶陶地随市民徜徉在观前街的灯河花海中，直至月圆中天，游兴未减；架不住伴行的马啸风屡屡劝说，意犹未尽地返回衙内。

烛光映照，满室生辉。厨子送上一份特制的“宵夜”。关、马二人有滋有味地品尝着盐水河虾、椒盐花生、浓酱拆烧、糖醋皮蛋四味菜肴，对饮了三碗温热黄酒，方各自熏熏然归去歇息。

（成稿于 1998 年 7 月）

（2016 年修订）

弈僧

一

苏州灵岩禅寺的住持天奕大师，名声响彻苏杭两地。业内人士尊崇他佛学渊博、禅机玄深；市井街巷则仰慕天奕擅长象棋一艺，年轻时鲜有敌手，五十岁后更是稳坐“东南弈坛第一高手”的交椅。此时恰逢宫中弈趣正炽，太子尤衷此好，苏州百姓便为本地出了个弈技高超的天奕津津乐道，以至传说天奕是菩萨专门派来凡间弈棋的，要不怎的连法号都叫“天奕”（百姓才不管此“奕”不是那“弈”呢）？

天奕大师是有道高僧，对民间趣言一笑而已；为避世人喧嚣，六十岁生日一过，便不再与棋士对弈。何况，关门弟子抱月已得他真传，在全寺百号僧侣中，棋力仅逊于师，足可代替天奕应对外界弈事了。

说到抱月，真正是与佛、与弈有缘之人。

二十五年前，抱月尚在襁褓中。其父乃乡间富绅，家境殷实，只是发妻一连二胎均系女儿；中年时方纳一妾，只望香火有续。侍妾不负所望，进门年余，即产下一男。老阿爸喜出望外，为小儿设下“百日宴”庆贺，诚请四邻畅饮同乐。

酒至半酣，一位云游胖僧上门化缘。抱月父母见佛门中人不约而至，认为善缘，忙邀其入席。

胖僧行不戒之修，连饮三盅米酒，更是大块吃肉，旁若无人。只待侍妾抱出婴儿，接受众人道贺时，胖僧方停箸细瞧，将婴儿端详半晌。

老父见状，心中一动，恳求胖僧为儿祈福。

胖僧沉吟片刻道："此儿面如满月，白嫩粉妆；天圆地方，凤眼长耳，生成福相、贵相，不凡、不凡。不知所取何名？"

老父笑得合不拢嘴："小儿初生，尚未定名，昵称'月月'。今日得见大师，也是缘分，还望大师为吾儿赐名！"

胖僧含笑应允："施主既如此说……贫僧观此儿偎母怀中，恰似一轮银盘降落贵舍……如月在抱、如月在抱！嗯，就叫'抱月'吧？"

阿爸呵呵而笑："抱月？喔，好、好！抱月、就叫抱月！"

胖僧又道："不过，出家人不打诳语，贫僧还得把话说全。此儿虽如明月般养眼，只怕会应一句俗言：月盈而亏。抱月面透女相，神含情孽，命中恐遇色障……三十岁前当有一劫，渡得过，再无大碍；渡不过，则……所以还得小心养育。"

老父顿生忧虑："只求大师指点迷津，以救吾儿……香火钱定然多多奉上。"即叫账房先生捧来白银二十两。

胖僧收了银子，起身踱了几步，缓缓开言："阿弥陀佛！办法还是有的，施主不要过于担心。贫僧即有一解：待抱月十五岁时，可送他就近入寺，出家修行……十五年后，此障可破，那时，返不返俗，由他自己拿主意吧。抱月、抱月，且看你自身造化了。阿弥陀佛！"

老阿爸谨记胖僧所言，小心翼翼抚养十五年后，即将抱月送进了本乡本土的灵岩禅寺。方丈天奕听其父细说以往，莞尔一笑："阿弥陀佛！既是本宗僧友给抱月起的名字，也是佛缘。此名甚好，就作他修行的法号吧，崇佛即向澄明之月么，抱月入怀，心胸何等洁净！施主宽心，老衲收其为徒，定当勤加督促，过得十五年去，且再论说其他不迟。"

从此，抱月拜在天奕膝下，成了大师的关门弟子。

天奕善弈，修行间参佛悟法、研棋不辍。抱月随侍左右，耳濡目染，也与棋艺结下深缘，终日埋首研习弈技，以度诵经拜佛的闲暇。在灵岩禅寺十年时光，抱月佛学与棋道双修双长，日子过得宁静、充实。

这年八月十五日，全寺僧众欢度中秋佳节。月升东天，半空银光。众僧聚园赏月，饮着西山香茶，品尝素馅月饼，其乐融融。

席间，天奕大师意外地收到了一封邀战信。

致书者是一位自称“扶云子”的游方道士。

扶云子在函中表示：久仰天奕盛名，欲向大师请教弈技。三局为限，一开眼界，二增教益。第三日巳时，在苏州城玄妙观附近松风楼茶室恭候大驾。信末结句“不见不散”四字，乃显心意执坚。

天奕大师读罢来信，沉吟良久，提笔在信笺空白处批道：小徒抱月届时前往。道长若胜一局，老衲定然到场候教。写毕，将原函退送信之人带还。

天奕雅兴不减，与众僧欢聚到月至中天，云絮生起，感到了丝丝凉意，方才离席先歇。

扶云子挑战天奕的消息不胫而走。约战日至，天蒙蒙透亮，松风楼就告客满。正厅内，只空着北墙下一张茶桌，上面端放着一方棋盘；盘上红、黑三十二枚棋子已在河界两边就位，各自静候主人。墙壁中端，高悬一副桌面大小的棋盘，茶碗大的棋子，紧紧挂贴盘上，只待伺棋人一俟开局即行移动。

巳时将到，一道一僧排开门前看热闹的人群，迈入茶室，走至空桌旁。担任公裁之职的玄妙观叶道士、松风楼徐掌柜忙立起迎接。猜先后，道人扶云子坐到红方一端，抱月禅师落座黑棋前。

二人拱手致意。众看客眼前一亮：那扶云子年届五旬，面孔丰润，蓄七寸长须，神色深沉机敏；再观禅师抱月，二十余岁，面如冠玉，颊丰耳垂，已是宝相初成。

室内一片宁静，只闻棋子“啪啪”落盘声。

扶云子仗先行之利，跳马、架炮、出车，使出“三步虎”套路，强悍凶猛，意在抢势。抱月则以“顺手炮”起招，炮移中宫，右马占津，单车巡河，左车扼道，引而不发，待机而动。

众茶客或坐或立，仰面大盘，目不转睛，唯恐漏看一着。三四十招走过，棋至中局，观者已经明了：扶云子善驱双马。但见车、炮掩护下，红马左右踏进，前后驰骋，雄姿英发，八面威风；抱月之长乃是用炮。两门黑炮时分时合，进退有序，或单发，或双响，或担子，或连环，佐以双车冲杀、护翼，无坚不摧，防不胜防。

扶云子与抱月俯首棋盘，各显身手，半个时辰过去，棋入残局。红方仅余单兵、独士、帅；黑方唯留孤卒、只象、将。双方均无力取胜。

叶道士、徐掌柜宣布：首局为和，第二局后天再战。

扶云子并不起座，一手拨动棋子，一手抚着长须，向抱月微笑道："尊驾年纪虽轻，棋艺却已了得，想来天奕大师更是不凡。为添后两局战趣，我们下点彩头可好？"

观者轰然叫好，神情兴奋。

抱月不虞扶云子有此一说，愣了愣："敢问道长，何谓彩头？"

扶云子解开随身携至的布包，取出一只描金绘花楠木匣子，掀开匣盖道："尊驾请看。这副象棋，用昆仑山地心深处的玛瑙玉石雕琢而成，红白二色各十六枚，粒粒无一丝杂色。"接着，又从包里掏出一方绿玉棋盘："这面棋盘，取材点苍山千年冻土中的翡翠，整块磨制。棋子、棋盘可谓珠联璧合，更具冬温夏凉之能，人常触摸，活经通穴，滋血顺脉，可收养生延年的功效。贫道若是落败一局，愿将此副棋具送贵寺长存。"

众人听了，咋舌不已，皆露羡慕之色。

抱月淡然应道："阿弥陀佛！道长棋具确实珍奇，只是灵岩寺里没有贵重之物与道长如此彩头相当哦。"

扶云子"呵呵"一笑："尊驾过谦了。贫道久闻贵寺收藏一本棋书，名为《自出洞来无敌手》，世间罕有，价值不也珍贵无比么？"

"道长的意思是，如果我输了棋，就将《自出洞来无敌手》送给你？这个……小僧可做不了主。"抱月连连摇头。

扶云子微微摆手道："误会了、误会了，若是尊驾承让，贫道只望借

书观赏一日。唉，皆因贫道一生嗜棋，知高手必欲一会，闻棋书定思一睹。还望成全!”

抱月垂首不语。扶云子不急不躁地端起茶盅，呷了口茶水，静待抱月答复。

抱月少年入寺时，心智尚未长全，但自幼经私塾先生启蒙，打下扎实“童子功”，聪慧、细心，领悟经文之能，远超他人，不过三年，已能与众僧论佛讲经，往往将年长他一二十岁的师叔、师兄驳得哑口无言。天奕见他心地灵敏，思接天机，为佛门少见之贤材，便有心培育，暗有若干年后，酌情交付衣钵于他之念。

抱月在天奕熏陶下，对佛学理解趋于圆通；又常与天奕摆子对弈，于棋道也日渐入门，直至精妙。

只是，天奕对其父所忧常置心中，又察抱月除了学佛研弈，吃饭睡觉，对人情世故一窍不通，寺外事物从不入怀；纯是纯了，但远了人间烟火，少了应对尘世的识见、能力，终非修习完全之人。此次派他出寺博弈，也有让他增添历练之想。

果然，抱月乍闻扶云子所言，一时不知如何应对，拿不准主意。

抱月暗忖：从方才一战看，这道人的棋技并不强于自己，更莫说与师傅并驱了，剩余两局，我终不至于全输了给他。再说，即使战输一局，师傅定然应诺出手，这是双方事先讲好了的，灵岩寺不稳占赢面吗?《自出洞来无敌手》三十五谱用炮局，深奥繁复，玄妙无穷，师傅研究了一辈子，还自云没有完全参透。这道人借了看一天，又能知晓多少呢？他这套棋具倒是世间罕见。再过月余，即是师傅七十华诞，我要是赢了扶云子，将棋具献予师傅庆寿，也给佛门添段佳话……

心里有了主意，抱月抬起头来，微笑开言：“赛前，道长未曾提及适才之言，此时说起，小僧难向师尊请示。再说，道长若将棋书借走，逾期……”

扶云子抬手截住抱月话语，也改了称呼：“大师何出此言？贫道为避嫌疑，若侥幸不输，可以前往贵寺闭门阅书。大家讲明签约，想来尊师也不会计较的，大师尽可放心。”

话说到此，抱月已无顾忌，不再多想，爽直应承：“阿弥陀佛！既然如此，小僧便斗胆替师尊答应道长所提吧。”

“好，出家人无戏言！后二局，贫道当尽力而为，望大师也莫留情，你我各倾所能，弈个痛快！”扶云子兴致勃勃地抚掌而起。

众人一阵喝彩，为棋局更增精彩兴奋不已。

二

抱月出了城门，挥袖疾走。他心里高兴，忘了饥饿，只想早点赶回寺去，将棋况说与师傅知晓。扶云子敢来苏州向师傅挑战，自非庸手，自己执黑弈和，不算坏了。且待后天续弈先行时，再尽展所长吧。

抱月兴冲冲边走边想，不觉行过田野、丘壑，近到灵岩山前。

晌午已过，又是坡间小径，碎石道上不见人迹，除了林间偶传鸟啼，四周静静的。抱月穿过簇簇竹林，恍若有一抹窈窕倩影，飘然闪没径旁石岩间。

抱月拭目再看，四周并无音响。“哦，难不成小僧着棋累极，虚幻了眼神？”抱月面生讪笑，临近石岩时，却忍不住转睛又寻。

注目之下，抱月惊得一颗心剧烈跳动：果有一名年轻女子，背向而踞，在草丛间解溲。蓝布印花衫下，裸露着半截浑圆粉嫩的雪臀，两道柔柔弧线相交相连，曲美夺睛，诱人魂魄。

抱月入寺后，绝少与异性交往，从无目睹过这般吹弹得破的胴体，以至，虽过弱冠之年，却不知女人种种。一朝撞见优美柔和的女体肌肤曲线，如被雷击，脑中轰然，全身酥软，难移半步。

那女子似有感应，惊中回眸，瞧见数步外一名僧人痴痴地望向自己，立时又羞又惶，忙不迭提裤起身，急欲走避。

不料，年轻村妇慌乱失措，抬脚踩上一块滑石，身体趔趄，歪倒于地，双手抚着右腿胫处，痛苦地皱了细眉，娇弱呻吟。

抱月见女子眉眼秀丽，神情羞涩，满面臊红，不敢转目看他，顿时，灵智清醒，心中愧呼："罪过、罪过！阿弥陀佛！"正欲拔步离去，却见那女子踣地后挣身难起，轻吟低吁。

抱月方寸大乱，不知如何处置面前之事，一时进退失据，愣怔道上。

女子一边呼痛，一边忍不住将眼光转向抱月，目中已有救助之意。

抱月已省，此时抽身而走，既违做人本性，又违目中无色之戒。前事已悖非礼勿视之道；再不援手解人于困，更是错后又错了。抱月不再犹豫，关切问道："女施主可是不适？需小僧帮助么？"

年轻女子低声道："大师可是灵岩寺的……"

"正是。敢问女施主……"

"小女去宝寺敬香，回来时，半道上……适才又扭了脚。哎哟……"女子言语难尽，羞意愈浓。

"女施主家住何方？待小僧前去报信，让你家人来接……"

"小女住处离此不远，就在山下通往太湖的河滨边……只是，夫婿一早摇船捕鱼去了，天黑时分方能归来，家中再无他人。"

"这……这……"抱月挠了挠头皮，腼腆开言："既是这样，出家人慈悲为怀，小僧就送你一送吧。阿弥陀佛！"

"既是灵岩禅寺的人，小女信得过……那就有劳大师了。"女子略一沉吟，含羞以应。

抱月伸臂让女子扶住，挽她起身后，顺其指点的路径，一步一步转下山去。

囿于山径中尴尬偶遇，两人面红耳赤虽褪，却一路沉默无语。女子眼光屡次睃视抱月，抱月虽是心中无色，但也不好意思回望，只管低头行路。约莫一炷香时间，二人来到两间临河依山的草屋前。

"喔哟，总算到家了。大师多有劳累，进屋喝杯茶再走吧。"那女子的脚伤似乎好了许多，利索地上前开了门锁，邀抱月进屋。

抱月确实又饿且累，心想，喝碗水，缓口气也好，便迈步踏进草房内。

一碗温茶下肚，抱月身子渐起燥热，只道自己对弈耗神，赶路疲乏，虚火上升，也不在意。待见女子从另屋净了手脸过来，抱月便立起身打算告辞。

抱月尚未开口，女子朝他嫣然一笑："今日与大师有缘，既得以结识，又蒙相助。小女子有幸呢！"说着递过手中湿巾："大师擦擦灰尘、汗渍吧。"

抱月接了手巾："谢过女施主。"

女子道："小女名叫月娘，大师还是叫我名字吧。"

抱月闻言，不觉留心看了女子一眼，见她眉秀目亮，肤白腰细，身上散发一股淡淡的清香，不像劳作人家的媳妇。抱月脑中浮出石岩间所见情景，不禁一荡，情不由己，又向女子看去；抬眼间，正与月娘笑意盈盈的双睛相遇。他慌忙低了头，捧起手巾轻轻揩抹面颊颈项。

一股从未嗅过的芬芳从巾帕上漾开，透入肺腑。抱月只觉身心舒泰，腹间生出缕缕暖意，没来由地泛起躺下睡一会的意念。他望着面前的女子，咧嘴切切一笑。

月娘见状上前，笑嘻嘻地托着抱月握巾之手："大师，让月娘替你再擦一擦吧。"

抱月心中一颤，下意识地任由她将湿巾捂在自己口鼻间。奇异的芳香沁入肺腑，抱月不禁乱了喘息，口干舌燥，脑中眩晕，往前倾去。

月娘娇笑着将抱月扶住，拥在胸前，抚摸着他光滑头颅，在他耳边柔柔低呼："抱月、抱月……别这样……小女受不了么……"

抱月脑海中闪了一闪：我法号抱月，这女子却名唤月娘，莫不是前世之缘应在此地？

一念间，抱月心底佛光暗淡，耳边只闻软语莺音，双手触处肤滑体酥，身子顷刻软将下来。他下意识展臂环住月娘腰肢，鼻息生促；当掌指滑至月娘丰腻、温热的双股时，不由用力搂住、搓揉不止，鼻喉间发声长吟，仅存的一点清醒，终至完全失去，听任月娘将他搀进内室，放倒床铺，褪去了僧袍……

三

暮色笼罩灵岩山巅时，抱月回到寺中。

天奕大师见迟归的爱徒眼光亮泽，面容泛白，疲惫中透出亢奋，有点不解，问道："抱月，怎么此刻才回？"

抱月答道："弟子晌午离城返寺，途中有点累了，便在林间歇息，不想竟然睡了过去。让师傅担心了。"

天奕点头道："那是晨间起得较早，两头赶路急了点，人乏了。想必这棋也下得费神吧？"

"师傅所言极是。弟子惭愧，今日第一盘棋，弟子执黑与扶云子战成和局，没有赢下来。"

"想那扶云子能来约战，当然自恃其技。双方第一次交手，相互不熟悉，你后行仍能与他战平，不算差。无需自责。"天奕安慰道。

"多谢师傅鼓励。下面两盘棋，我一定要赢他！"抱月语气生促。

天奕微叹一声："你放不下胜负之念，这两天还能持平常心吗？未曾交手，先失心态，即已输了一筹。临场放对，又怎能平和从容、随心所欲，下出自然流呢？"

抱月忙道："师傅有所不知，扶云子已与弟子订下赌契。他若输了，送给本寺一副点苍翡翠盘、昆仑玛瑙子的棋具，那可是世间难觅的珍品喔。若弟子不敌，就将寺内所藏《自出洞来无敌手》一书，借他在寺中观看一日。所以，弟子当尽力争胜！何况，即使弟子输了一场，不还有师傅老人家出战吗？本寺岂不确保胜券？"

天奕闻言，凝神看定抱月，半晌不语。

抱月有点神慌，解释道：“师傅，当时扶云子言语相迫，弟子不愿在众人面前弱了本寺名头，又不及禀报师傅，只好擅自应承下来。若是不妥，弟子再去时回了便是。不过……不过，弟子今日与扶云子一战，对他棋力已经了解……”

天奕眼中闪现一缕失望之色：“阿弥陀佛！抱月，你十五岁进寺，皈依佛门十载，可心里贪欲未绝。你是看上那副棋具了吧？”

抱月讪讪道：“是……是，师傅教训得对。”

“出家人万物皆空，更不可有染指他人资财的念头。你忘了‘为人莫把贪心起，起了贪心不久长’这句偈了么？”

抱月一震，汗湿衣背，垂头喃喃：“弟子知错了，后天就去回了扶云子。”

天奕想了想道：“出家人不打诳语，你既答应了扶云子，再去反悔，有违佛门戒律；传了开去，谁还来信灵岩寺的香火？”

抱月瞠目结舌，呆立堂上。

“扶云子为何如此作为？不像寻常以棋会友、切磋技艺呀？”天奕稍顿，转了话题，喃喃自语。

抱月不敢开言。天奕一指身侧蒲团：“抱月，你且坐下，将今日棋局从头说与为师听听。”

“是。弟子与扶云子共弈棋六十六步。扶云子起手‘马八进七’，弟子应与‘炮二平五’……”

天奕闭目静听，待抱月将六十六步应对一一讲完，略一寻思，启睛问道：“扶云子三十七步是‘马四进三’？他要是改为‘马四进六’，继而‘车七平四’，再走‘马六进七’，卧槽叫‘将’，你如何应对？”

抱月心中依着天奕所念演示一番，惊道：“我……我输了！”

天奕不动声色，续问：“扶云子四十九步走‘炮三进三’？他若是连走‘炮三平一’、‘士五退四’、‘车二平六’三着，你的‘将军’还能动弹吗？”

抱月心中细作推算，勃然变色，禁不住矍然立起：“困毙、困毙！我又输了!”随即自我安慰道:“侥幸、侥幸,到底扶云子不及师傅多矣……”

“你过于乐观了。扶云子敢将那么贵重的棋具押上作注,手底下没有真实功夫,岂不成痴傻之人或狂妄之徒了吗?这几手棋他一定知道的,只是没有这么走而已。”

“这……难不成扶云子存心相让?”抱月心间生虚,惶恐道。

“他能赢不赢,放过两次胜机,就是要诱你与他签赌。好深的心机!扶云子如此行事,只为看一天《自出洞来无敌手》?”天奕寻思不已。

见师傅陷入沉思,抱月心中蓦然闪过月娘的倩影,手上似乎又感受到她肌肤的温软柔滑,瞬间又羞又愧,心灵深处迸出一声呐喊:“抱月,你以身犯戒,虽不敢对师言出,但岂能瞒过佛祖?还有何颜面存身净门?”

天奕正运起智慧,思忖棋事,忽听抱月独自呢喃:“我错了……我错了……”又见他神色恍惚,满额汗珠,一副魂不守舍模样,便运气喝了一声:“抱月!”

抱月耳膜一震,灵台复明,回过神来,只听师傅怜惜道:“你自责过甚,则伤心神。既然棋局已开,终要下出结果的。今日你已累了,回屋歇息吧。首盘弈和,第二局棋,仍是你下,明天好好准备。”

抱月松了口气,神情稍缓,正想说几句“努力争胜”的话语,只听天奕缓缓又言:“棋虽微术,但蕴理甚深。棋如人生,人生如棋,一着不慎,满盘落索。你当谨慎!”

抱月再难开口,唯有诺诺退出房去。天奕望着他的背影微叹一气,对随侍身旁的小僧道:“你去把老衲的棋具取了出来。”

“师祖要摆棋吗?我进寺后还没见师祖与外人弈过棋呢!”小僧高兴地嚷嚷。

天奕慈祥一笑:“既习此技,终免不了一较高低的。先暖暖手感吧。”

聪明的小僧若有所悟,小心问道:“莫非……抱月师叔后天要输棋?”

“不可说、不可说。”天奕和颜朝小僧摇了摇手,缓缓合上了双眼。

四

这晚，天奕独自灯下敲棋的时候，苏州知府关九州、总捕头马啸风，也在研判松风楼的弈事。

松风楼棋战刚散，详细情况便被探子报予府衙三班总捕马啸风。马总捕头身负维系地方治安之责，凡有人群聚集处，他都会派员潜入，掌握各种动态。多年训练出的职业敏感，使他对此事产生了兴趣，当即出题三道，令手下隔日再探。

晚上，马啸风求见关知府。

“这么看来，扶云子挑战天奕大师，只为看一看《自出洞来无敌手》这本棋谱?”听完马啸风叙述，关九州沉吟一会，问道。

“正是。一本什么棋书，值得扶云子投下贵重之物来赌?”马啸风甚是不解。

“听说《自出洞来无敌手》是南宋一位道人所著，阐述象棋中‘炮’的35种用法。真籍被宫中收藏，民间只有手抄2本，一落山东赵氏族中，另一册为灵岩寺所得。此书因世所罕见，故向被棋士看重。本官对弈术不精，具体也不解此书的诀窍。”关九州笑道。

“难怪天奕大师棋技精湛呢。这和武林中人拥谱自重有点相似，谁都不愿将看家老底轻易示人的。抱月和尚答应一赌，倒是出乎意外。”马啸风语含征询。

关九州一笑：“大约是抱月对那副棋具动心了，毕竟年纪还轻嘛。”

“奇怪的是，扶云子先和一局，再提赌事，这不是明显置自己于不利吗? 从他棋技来看，不像是个阿捂卵呀（吴方言，意指草包、外行，喜逞能、不靠谱之人）?”

“说得对，是不可小看扶云子。他若棋力未逮还要邀赌，岂不存心将珍贵棋具拱手相送吗？所以，只有一种可能，扶云子自忖胜券在握。”

听关九州一说，马啸风叹道：“能而示之不能，扶云子先存机心呀！难道他的棋术还要高过天奕？”

“啸风，你专程来此讲述这件事，定然已有见地，不妨说出，一块参详。”关九州熟悉属下脾性，直言催请。

“大人，属下以为此事有点蹊跷。刚才，大人已说出扶云子有隐藏棋力诱赌的嫌疑，此为一；再者，扶云子系一介云游道士，何以据有珍稀棋具，并敢携在身边乱走？属下派员去玄妙观暗访，观内道士均不知扶云子底细，甚至以前也未曾听说过此人。犹如天上突然落下一个持有名贵棋具、技艺高超到自以为能胜过‘东南弈坛第一高手’的道士。玄妙观陈观主只为看在同道份上，才破例允他挂单，留他寄宿观内；对其赌棋，事先并不知晓。言语中，还责怪他将玄妙观也扯进巷议，很是不乐。”

“哦，一个来历不明的道士，借宿一座与其无涉的道观，亮出一副价值不菲的棋具，挑战棋坛一方高手，首局玩了隐藏实力、示人以假的诈术……”关九州曲指细数：“那么，目的呢？目的？”他抬头望着马啸风。

“目的？就为看一天《自出洞来无敌手》这本棋书。”马啸风试应。

“这可能就是关键所在了。扶云子为何如此看重一部棋籍？而得胜后又仅是看上一天，并不据为己有？若是输了，所失不是远大于得吗？”关九州双目灼灼：“莫非《自出洞来无敌手》另有价值？扶云子还藏真实图谋？”

“大人，捕房是否要介入此事？”马啸风顺势发问。

关九州首肯道：“可以介入。不过此事究里尚不明朗，目前只是民间斗棋，官府应静观其变，暂时不要惊动双方。你先派能员去苏州四边府、县的道观打探一下，看看能否摸清扶云子的来历；同时，监视玄妙观，遣人与陈观主保持联系，嘱他盯牢扶云子，防他悄然离开。松风楼棋战每局都要派员潜看。本官估计天奕大师可能出场，你要亲自保护大师安全，不能有半点闪失；否则，在苏州地面影响太大。还有，找机会向天奕请教一下，《自出洞来无敌手》藏何玄机。”

马啸风兴奋道：“看来，衙门也要参与这场棋决啰？那就战上一役吧！”

关九州笑言：“本官对棋术不甚精湛，棋理倒还略知一二。赢棋要诀么，不外两点：一是，自家落棋次序不可错；二是，应对妥当不可错。次序与应对的方式千变万化，但每一步肯定只有一种着法最为恰当。我们既然参与了这场棋决，就要找出最佳着法去应对哦！”

苏州知府关九州与总捕头马啸风秉烛细研，灵岩寺内抱月禅师也夜不能寐。白天的经历如火焰燃在胸中，令他烦恼、喜悦交相涌动。上午的棋事，下午的艳遇，摧垮了他十年修行。

“师傅只知我贪欲未除，计较胜负，尚不知我已经破了色戒。奇怪，我的定力怎会如此之差？那时灵智何以泯灭一尽？以前从未起过绮思淫意，今日竟轻易崩溃如斯。天知、地知、菩萨已知！月娘、月娘，你可坑了小僧！咦，月娘唤我‘抱月’，她又怎的知我法号？我命中真该有此一劫么？”抱月仿佛又被月娘温存地拥在怀里轻轻抚摸，心里浮起阵阵酥麻，又滚过道道惊悸……

自抱月婴儿时被胖僧言戒谨防“色障”，其父就有了心思，虽然隔年又添一子，四儿绕膝，老阿爸却对抱月举止最为上心。不准他与村中女童多处片刻，少允家中女眷与他亲昵。待稍长大，母亲也难得抱他、亲他了。抱月自五官开窍始，从没嗅过脂粉之味，也没得窥异性胴体，更未触摸过女子肌肤、听见过呢喃情语。

进入灵岩寺后，师傅有心阻他心生绮念，不给他接触异性的机会，进香礼佛的女施主，也从不叫他接待。有时抱月无意多看一眼入寺女性，遵师之嘱的师兄即对他耳提面命：“阿弥陀佛！色猛于虎也！戒之、戒之！”时日一久，抱月只将女色视作虎狼，避之唯恐不及。除了每日功课、下棋、吃饭、睡觉，他心思如静水潜流，没有动过一丝丝淫念。

万想不到，山径野外，初睹月娘如玉似雪的圆臂，惊叹其妙难状，艳形摄魂，抱月长年之戒，轰然塌陷，人如痴了一般。其时，他心中并无半点秽意，只觉讶然、震佈：一向视作虎狼之异性，怎有如此吸引自己神魂的肉体？而且，入眼仅仅一小方，已美得夺人心魄；若是得以全睹……潜伏的本性立被触发、唤醒。

“小僧送月娘回家，真的完全出自助人行善之念？还是……她既到家，我为何没有即时辞去？若是足不进屋，会有后来之事么？莫非我邪念已生？还是道行太浅？想不到，修行十载，竟不抵一眼错看！”

抱月内心煎熬，痛苦不堪，满额汗珠沁出，滚落颈间，湿了枕巾。

“月娘既能道出小僧法号，必是先已知我。山野相遇，绝非偶然了。山阴道上未出竹林，定已落入月娘之眼，她显是……有意而为，存心让我睹其……她为何要有违妇道，做出此等羞于言说的事？更在屋内几番挑逗，主动解我袍服，导之引之？小僧定力是差，但何至不堪一击……”

“莫不是命中之劫来临了？阿弥陀佛！小僧终落难中，失身虎吻，铸成定数。阿爸大人，儿子到底逃不过此劫，辜负了你老人家一番苦心，愧对列祖列宗在天之灵。不孝呀不孝！他日，我还配跻身祖坟、列牌祠堂么？哎呀呀，此事若是被师傅知道，只怕他再瞧不上我这个不肖之徒；师兄弟们定然指责我乃佛门败类，要将我逐出寺院了。其实，不用他人撵赶，我还有何颜面置身宝寺？佛祖哦佛祖，小僧该当如何自处？弟子此生还可救赎么？求求大慈大悲的菩萨，点度小僧脱出茫茫苦海吧……”

抱月心灵天人交战，一宿辗转，起床后委顿不堪。众僧只道他棋战在即，思虑过深，并不上心，做了早课，各自忙去。抱月则端了棋盘，踱进寺后一间净室，掩上房门，收拢乱思，强摄心神，埋头推演棋变，渐渐沉入弈术中。

“吱呀”一声，木门被推了开来，一条身影轻灵地闪进房内。抱月抬头一看，惊骇不已，脱口呼道：“月娘！是你？”

月娘将门关拢，含笑上前：“昨天多亏你送我回家，也是佛祖显灵呢。今日我到寺里烧香还愿，顺便看看你，又不好意思问人，找到这里真不容易呀！”

“阿弥陀佛！你赶快走、快走！”抱月急促不安，连声催道。

“庙里游客多得很，不会有谁留意我的，放心好了。”月娘好整以暇地笑道，双睛已是情意绵绵。

“不可以这样、不可以这样！”抱月语无伦次地抢话。

“看你吓得这模样，忘了昨天把人家抱得那么紧，现在我仍骨头酸、肉头痛呢。”月娘运掌抚了抚腰臀，话中荡出浪调，往抱月身前贴去。

抱月又嗅到了奇异的香味，那是他既害怕又喜欢的味道。他的心“嗵嗵”乱跳，浑身血脉贲张，昨日在草屋里的感受又复苏了。

“我要下棋……明天要下棋……”抱月似向月娘解释，又似告诫自己，强持身体向后仰躲。

“我待会就走，不会影响你的。抱月，我和你前世有缘……昨晚，人家想了你一夜。冤家呀，你真害人、害人！再抱抱我、抱抱我……”月娘媚笑着将面颊贴上前去，如兰气息吹拂抱月颈项间，醉人芳香一波一波浮散开来。

“你怎知我法号？以往，我们并不相识呀？”抱月想起心中疑惑，伸臂挡开月娘玉腕，轻问道。

“人家自有法子嘛。你还想问什么，等会再说……嗯……过来，不要躲呀……”月娘乘势扳住抱月双肩，将他搂入怀中。

抱月抑制不住内心冲动，与月娘紧紧贴面，任月娘在他脸颊、唇间烙下热吻；当月娘温热纤手探入僧袍时，抱月浑身抖个不住，对外界全无感知，双目紧闭，欲火燃体，又一次坠入温柔乡里……

两位弈者重在松风楼相对落座时，观棋的茶客一眼看出，抱月容颜憔悴，印堂暗淡，全无前日的光彩；而扶云子则眉眼生笑、神色欣然，半点不像先行弈和的状态。二位公裁宣布开棋后，扶云子还有兴致与抱月扯了句闲话：“看大师神情，想是这两日十分用功，收获定然不小！”

抱月并不作答，双手合十，微表承应，随即下出“仙人指路”的招数，以观扶云子如何应对。

扶云子不慌不忙地探出“两头蛇”，再行“扼津车”阻住抱月马道；接着左炮架到中宫，待抱月挺起三路兵时，又使“炮二平三”，意向对方营垒全力轰击。

是役，扶云子在前十步内尽展双炮之威，打得抱月闪避退让，全无反击之能，来前拟下的“驭马方略”难以施展。

众看客见扶云子前盘英武纵马，此局炮战神勇，不由喝出彩来。

扶云子精神更旺，有意卖弄，落子飞快，将棋子在盘上击得脆响。

抱月处于下风，乱了方寸，见扶云子意态飞扬地出棋，心中不禁嘀咕：难道真如师傅所言，上一盘棋，扶云子未出全力？他今日怎不放马过河，尽用炮乱轰个啥？炮……炮，嘻，月娘夸我这门“炮”很是厉害的……我呸！想到哪里去了……

抱月心绪缠乱一团，更不敢轻易落子，半晌走出一招，惹得观战者发出不耐嘘声。再见他应对全无章法，步步被动，看客中深谙棋道者，料定抱月必输无疑了。

“将军！”当扶云子第三次叫“将”时，抱月低垂的脑袋再也抬不起来。许久，方吐出三字：“我输了。”

扶云子“哈哈”一笑：“承让、承让！那么，后天贫道就有幸向天奕大师请教啰？”

“师傅自不毁言，道长放心就是。”抱月输了棋，头脑反倒冷静下来，不卑不亢地应道。

“后天各位请早！茶资每座白银一两！”松风楼徐掌柜立即扬声发话。

“嗨，掌柜的，茶钱怎的翻了几个跟头？乘机宰客，门槛忒精，心肠太狠了吧！”有人笑骂开来。

“这叫随行就市！天奕大师十年不下棋了，一两银子贵个啥？”徐掌柜回道：“这样好了，小店给各位沏上一壶特级‘香煞人’好茶，另外，每桌奉送一盘松子酥糖。够意思吧？记住，迟到者就没位子了！”

“你输了？”

抱月踏进禅房，尚未开口，天奕抬眼看看他，淡淡发问。

“弟子输了。”抱月答得也很平静。

“扶云子在第几步上赢了你?”

“第五十九步。”

“用炮?”

“用炮。”

“好，你休息去吧。后天，为师前去会一会扶云子。”天奕闭目，不再言语，两道长眉垂了下去。

五

“先手走平，后手获胜；前局驱马，此局斗炮。扶云子在两盘棋上的表现，足以扰乱天奕师徒对他真正实力的判断。此人好深的城府!”关九州听马啸风讲了棋事，喟叹不已。

“我观抱月禅师今日弈棋心不在焉，屡屡走神，眉宇间忧虑重重，精力甚是不济。仅隔一日，他怎变化如此之大？佛门中人岂能这般神不守舍、缺乏定力？十年修为去了哪里?”马啸风扮作茶客，将棋局中人观察得一清二楚，对抱月表现疑窦丛生。

关九州听了，皱眉想了想，也不知何解，转问：“你派去探查扶云子的衙役可有消息报来?”

“去近地的探子回来了，没能查询到什么；跑远处的几拨，还要过两天才赶得回府。”

“扶云子虽然赢了抱月，但抱月的弈技尚不能与其师相论，我对天奕出战很有信心。只恐扶云子赢棋心切，会节外生枝，另起风波。你等不可大意，得防人家的盘外招。”

“盘外招？大人请放心，属下在松风楼、玄妙观都有安排的。”

“别忘了，还有灵岩寺。江湖老鬼花头经多得很，防不胜防的。”

“喔哟，属下疏忽了！大人提醒得是。”马啸风诚然愧应。

“蹊跷之事，最怕深究。我等不可将此番棋事视作寻常之赛，若能弄清楚，扶云子为何旨在一看《自出洞来无敌手》，恐怕开启此案的钥匙就在握中了。”

见马啸风点头赞同，关九州即道：“你手上之事暂且放下，集中精力查一查，尽可能弄明棋赛真相。喔，你方才言及，抱月禅师二日内神情反差极为显著？”

“是的，卑职观察绝不会错的。”马啸风肯定不已。

“那就不能放过这一现象。一个经年修习禅理的佛门弟子，怎么会一两日内，精、气、神陡起陡落，大相径庭，自己已控制不了？抱月定然遇到事情了。这时有事，只怕和弈事有涉。莫非扶云子还有暗助之人，在赛场外用特殊方式攻击抱月？这种攻击大约是心理、精神层面的，目的摧毁抱月的斗志，击垮他的内心，令他崩溃！不知天奕大师察知此情否？”

“毁人之心？夺其战志、乱其章法？这棋还能下么，不输反倒怪了！”马啸风既悟亦气。

关九州双目湛然，直视马啸风：“隐身场外之人会是谁呢？他们赢下博弈，看一看《自出洞来无敌手》的意念何等决绝！我等视野要扩展开去，不可只盯着扶云子一人；研判也要深入，不仅仅局限棋盘上的输赢。看来，水深着呢，远没触到底呀！你要设法与天奕大师细谈，搞清棋书、赛事的真相。我等不能雾里观花、隔墙听音哟。”

晌午刚过，抱月悄悄离寺下山，寻到月娘居处。前天月娘与他幽会辞去时，便约下了这次相见。抱月对自己近期所为羞愧交加，本不想再与月娘见面，但输棋后，心中憋闷，在床上折腾一夜，思前想后，终收不住心猿意马，还是来找月娘了。食髓知味，他潜意识中急切期盼月娘温热的双唇、蚀骨的亲抚、相触的肌肤。

“嗨，想不到女人这么有趣，直令小僧欲死欲生，如登仙界。小僧往日犹如虚度，还没遇到比这更快乐的事情，女人真好！”抱月心中满是绮念淫思，得之再尝的欢愉，如决堤洪水，淹没了他的清明、澄宁，脑海中唯有月娘的胴体丽姿、甜语笑靥。

两人尽情缠绵、一泄欲念后，抱月沉浸在绵甜酥软感受中，回味不止。月娘轻摩抱月光亮滑润的脑袋，柔声问道：“抱月，我俩是露水一场呢还是永久厮守？”

抱月从没想过这些，回过神来，侧身反问：“你说呢？”

“你是佛门中人，我乃有夫之妇，这种事情稍有泄漏，如何是好？譬如朝露，太阳一出，即刻干逝……要想长久快活，还是一块逃离此地，远去他乡为好。”

“你要和我逃走？小僧除了念经，啥也干不了，怎么养家谋生？”抱月苦笑道。

“真是经念多了迷心窍。你棋艺很高，现在各地都有棋馆、棋社，你可教人弈技，也可与人博棋呀！赢了，不就会有银钱了吗？”

抱月沮丧摇头：“我这点棋技在弈坛上不算什么，哪能凭此谋生呀，昨天就输在一个道士手上了。”

“偶尔输棋表明不了什么，你千万不要灰心丧气……哎，对了，灵岩寺不是有本《自出洞来无敌手》的棋谱吗？听说很是稀罕。是不是读通此书，就能打遍棋坛无敌手了？你把这书带了走，照着练习，就成‘棋坛僧尊’了。”

“你怎么知道寺里有这本书？”抱月双目圆睁，甚是不解。

“哟，这几天进城的村民都在谈论你们赛棋的事，我是听乡邻讲的。”

“你叫我把书偷了带走？不可能的。这书在方丈室的柜子里锁着，天奕大师常日研究的。再说，小僧岂能再犯一戒？偷窃，在佛门中也是重罪呢。”抱月说到末句，神情难堪。

“今天回去，你就对老和尚说，输了棋，想和书中说道比照比照。书一到手，我俩就走得远远的，你师傅哪里再去找你要书？”

听了月娘的主意，抱月呆了片刻，连连摇头："不行、不行！我已是罪孽深重之人，再诳语行骗、窃取寺中宝物，真要堕入十八层地狱，万世也难翻身了！"

"哼，到了今日你还指望成佛么？真是糊涂得可以！"月娘娇嗔地搡他一搡。

"阿弥陀佛、阿弥陀佛！"抱月满面惶恐，连宣佛号。

月娘见他这般神态，冷笑一声，一把推开抱月，勃然变色："你偷窥本娘子如厕于先，上门苟且、污我清白在后，三番五次坏人名节，就算了不成？我夫婿要是知晓此事，非砸了灵岩寺不可。那时，看你对老和尚怎么交代！"

抱月骇得脸色灰白："月娘，这事怨不得小僧，是你诱我……"

"哼！你还倒打一耙么？那就让老和尚评评理，看是谁的错。你欺负我一个弱女子，做下这些事，当真没了王法？不去灵岩寺也行，就到苏州府公堂上论个是非吧！"

"月娘、月娘，你千万不要这样！"抱月翻身坐起，慌忙哀求。

"什么这样、那样的？现在你说啥都没有用了，本娘子的身子不能白白让你看了、用了。你只有取了棋书跟我走，方可化解所行之事。"月娘面孔板得铁青，眼中露出凶光。

抱月这时才知，人家哪里是和自己要好，真正目的只是为了一本棋谱哟！女人、女人，当真翻脸无情，凶狠赛过虎狼蛇蝎？早先的千般柔情、万种妩媚，贱如泼水不成？

抱月如坠冰窖，无助地嗫嚅："为一本棋书，你就这样翻脸，无半点情义，以往都是哄骗小僧……"

月娘脸色稍缓，伸手抚着抱月脸颊："那倒也不全是。只要你带上棋谱，和我远走高飞，月娘还会让你享福、快乐的。"

"让小僧想想……让小僧想想……"抱月几近哀求，似欲哭了出来。

月娘见他口气有转，"咔哧"一笑："这还差不多，我月娘不会看错人的。"双手将他重新扳倒被窝、搂在怀里，亲了几亲，吻了又吻；继而，笑意一收，双目生寒，紧逼道：“给你三天时间，你要不带着书来，我就去寺里找你，索性让天奕老和尚知道算了。哼，看老和尚认不认账!”

天奕大师径直走到黑棋一方落座，平和地对二位公裁道：“不用猜先了，道长远来是客，请执红先前吧。”

四周观者“啧啧”低赞：“到底是高手，不以先为然呀!”“瞧大师的胸怀，不愧修行之人!”“那当然，‘东南第一高手’不是吹出来的!”

扶云子并不谦让，咧嘴一笑：“承大师的情，贫道献丑了。”说毕，踱到红棋前坐下。

虽然早起赶了十数里路，七十高龄的天奕依然举止从容，神色安详。他端盅呷了两口茶水，即示意扶云子开棋。

二位高手数招一过，棋盘局势趋于明朗。扶云子行出怪招，左右连行两路“三步虎”，双车抢出阵来，扑向界河，杀机立现。天奕架起中炮，将车、马悉数调至三、四、六、七四路，让出两厢，扼住要津，形成退可拱卫九宫，进则遥指敌腹的弹性攻防体系。

“大师怎么打起防御战来?”“急什么，高手讲究后发制人嘛。”“你们懂个啥?这是一场持久战，有看头咪。”议论四起，以至两位公裁不得不摆手噤声。

就在看客谈论间，棋盘大势已然生变。

一来一往四十多个回合，天奕驱动双马，渡河结阵，并主动献兑，硬将红方中兵破去，扯开了对方禁地前的藩篱。随即又以中卒间炮、双车巡护，筑起前后炮阵，轮番发火，弹不虚放，轰得红方九宫内外狼藉一片，士缺象残。

天奕频频操炮，扶云子也不甘示弱，调动子力前赴后继增援中心战区，弈况剧烈。扶云子一边遣子阻击，一边窃喜。他只要顶住这阵霹雳炮击，双方子力折损过耗，则均无力攻陷对方城池，坚持到残局，八成又会战平。自己已有一局在握，再平，不就胜定了吗!

扶云子算盘拨拉一清，心情欢快，含笑驱子，有意显示临危不惧、胸怀成竹的气概，虽处守势，反令众看客暗暗替天奕担忧起来。

天奕却平静如故，目视面前二尺之方，双指将黑子拈来搬去，犹如独自在房中摆谱一般。

棋局走至五十三步，扶云子面色陡然凝重。盘面上可战之子，红方只剩一兵一马，黑方也仅余两卒一炮，实力相差不大。可是再看双方子力所处位置，扶云子心里“咯噔”一跳：在黑炮掩护下，两只黑卒均已逼近自己九宫，正欲扑擒独士；唯余那匹红马，因一味追逐黑相，跃过疆界太远，难以及时回防，红帅已成孤王。往下推演，自家丧士后，必须撤马护主，但是黑炮依仗将军已占中线，只要以单士为架托，远远吊上一炮，炮口下的红帅哪里可逃？纵然退马填阻，但也只是“献杀”，仅能缓上二着。五十八步上，红帅必定困毙。

扶云子明白了，天奕早已算好要自己输在第五十八步上，以还抱月五十九步输棋之果，前面乱战只是幌子，要命的乃是这枚黑炮。

“厉害、厉害！大师用炮果真不同凡响。贫道此局输了。”不待四周茶客再往下看，扶云子即出手抚乱盘上棋子。

天奕端坐不言，他忖度扶云子还有话说。

果然，扶云子干咳一声，续道：“可惜，贫道此番姑苏弈事，一平一胜一负，三盘没能分出输赢，到底不够尽兴，也难作结论……是否隔日再向大师讨教一局？”

天奕点点头：“道长远来，有此雅兴，老衲于情于理，当然奉陪。”

满堂击掌，群情振奋。

天奕、扶云子约定后日再战，便起身步出松风楼，身影消失在长街两端。茶室诸人仍不舍离座，谈讲得头头是道，并预测下一盘棋的输赢，争得面红耳赤。

茶楼徐掌柜见状，莞而生笑，对叶道士低言，“看看，真是钓鱼的不急，背篓子的倒操上心了。”

叶道士一笑：“蛮正常、蛮正常。总归是念经的人少，讲经的人多呀！喔哟，恭喜徐老板，这几日生意好唻！”

六

在返转灵岩寺的路上，天奕将棋局回想了数次，认定扶云子没有出现过一次胜机，虽然拼杀到残局，实是“完败”。若论扶云子功力，也属高手之列，当与抱月持平；和自己还不在一个层面。今日一战，扶云子应当领悟到，他已毕全功，而我仅出七分棋力，他靠赢棋胜彩既然没有可能，那为何还要缠战不休？他依仗什么一睹《自出洞来无敌手》呢？

天奕面容静穆，脑中翻腾不息，对沿途景致视而不见，充耳不闻，不觉踏上山路，隐约可见灵岩寺大殿的屋脊了。

路边忽有女音急唤：“大师、大师，救我一救！”

天奕循声望去，左坡树林间，一名年轻村姑偎靠着一株松树，惊吓不已地指着身前地面颤声呼救。距她三步开外，一条臂粗黑蛇盘成一团，扬颈探首，吞吐着血红的蛇信，似欲袭向村姑。

天奕见状，不及多思，从地上捡起一枝枯杆，紧走几步，伸枝将蛇首挑转另方，引导它向草丛游去，嘴中念叨：“女施主莫怕、莫怕，这蛇没有毒的，让它去吧。”

那蛇却不肯即离，频频扭首望向村姑。天奕只得用枯枝挑起蛇身，向林里走了十多步，将蛇连枝放进一道沟坎中，方转身回来。

村姑惧色瞬间褪尽，含羞向天奕敛衽致礼：“多谢大师相救……不知这蛇是雄是雌？”

天奕不虞有此一问，顿了顿，说道：“阿弥陀佛！这个……老衲就不知了。”

村姑一笑，从怀里摸出一幅净帕，顺手抖开，递给天奕：“有劳大师了。请净手再走不迟。”

天奕犹豫间，尚未接帕，鼻中已透进一缕异香；再看村姑桃腮上红，眉眼蕴春，凑上前来。天奕修为精湛，心里警觉，当即退后一步，扭身绕行。

村姑出手如电，从背后一把抓住天奕右腕，指上发力，口中却柔声细语："大师何必急着走呢？此地又无他人。小女子对大师心仪日久，今朝既蒙大师相救，真是天赐……"

"阿弥陀佛！罪过、罪过！女施主切莫如此！"天奕并不回首，口中严斥。

村姑娇笑着将天奕扯转身来。天奕年迈力衰，强力一挣，踉跄欲倒。村姑一把将他扶住，扬起香帕，吃吃低笑："大师莫要乱动，让小女子代劳，先替你净净手脸吧。"

天奕遭此突遇，灵台不乱，双睛一亮，厉色斥责："你这妖女，受何人指使前来坏我名声？"他料寻常村姑，既无胆量也无伎俩做出此事，背后当另有教唆。

村姑浪声道："这种事情何须他人指点，当然无人知晓更好啰。没人看到的，哪能坏了大师名声？小女子也要顾及清白之誉，自然更不会乱讲。"见天奕喘息不止，村姑抿嘴坏笑："大师一贯善于用炮，此刻不妨试上一试。嘻嘻……看小女子可抵受得起。"

天奕智慧过人，闻言灵台一亮，扭脸避过香帕，怒道："难道……是扶云子……"

"大师真是聪慧。今天你和我在此乐上一乐，保你不再想斗什么棋了。喔，大师不用担心别的，你瞧，这香巾可是宝贝哟，当可助你一助。不见方才那蛇儿也不想走吗？所以，小女子已知那定是条雄蛇。来，大师用过便知。小女久闻坊间趣说，老而弥坚、老当益壮，老滋有老味，且看所言虚否。"

"你这妖女，不知羞耻！如此作孽，不怕报应么？"天奕明白，今日自己一旦出丑露乖，后天绝对无颜下山再弈。扶云子为了赢棋，竟然使出这般下作的盘外伎俩！

天奕心中着急，猛地甩手，想脱出村姑所控。谁知，村姑手上力气不小，天奕不仅挣不开身，反被村姑就势反剪了双臂，压下身去：“大师躺下即可，其他让小女子伺候更好……”

蓦地，近旁爆开一声呵斥：“刁猾的恶女！”伴随怒喝，巨槐背后闪出一名精壮汉子。

天奕一见，忙呼：“壮士救我！”

“有我在此，大师莫慌！”壮汉迈步上前，戟指村姑：“你这泼妇浪女，竟然满嘴淫言秽语，陷害有道高僧，无耻之尤、妄为之极！还不放手？”

村姑惊了一惊，却不害怕，涎脸道：“切莫大呼小叫，不关你事，走你的路吧。”

“不关我事？哈哈，苏州府百里地面还没有不关我的事情。你再不放开大师，我就抓人了。”

“喔哟哟，吹口大气就能吓倒你姑奶奶啦！”村姑粉脸生嘲，随又淫声道：“你当真不走？好，就在这里看着吧。待会，姑奶奶若仍有兴趣，拿你用用也不错。块头挺大，身板蛮壮么，想来不会是个银样镴枪头吧？”

“好家伙，脸皮这么厚的妇道人家，老子还真没遇到过！看来你道行不浅。”壮汉撩起衣襟，摸出一方铁牌，厉声道：“我乃苏州府衙门三班总捕头马啸风，现在拿你这个淫女恶妇回堂问话！”

村姑不料壮汉竟是衙门捕头，脸色陡变，目闪凶光，冷地翻腕亮出一柄七寸匕首，锋刃贴紧天奕脖间，嘶声道：“好，姑奶奶就让你姓马的一次！你退后三丈，我便放人！”

马啸风受知府关九州叮嘱，待松风楼棋局散后，便带着数名手下，拉开距离，远远跟着天奕，护送他返回寺去。适才遥见天奕被村姑扯下山道，马啸风心头生惕，蹑足向前，听见了二人的对话，再看天奕即将受辱，忙不迭挺身喝阻。

听村姑要他后退，才肯放人，马啸风知她想哄得自己离远些，寻机逃脱。便哈哈一笑："还轮不到你对马某发号下令！真是热昏了头，当自家啥个默事（吴方言，意自抬身价，自高身份"默事"为语音，本指"东西"）？"言毕，反手一掌击在身旁松树粗干上。

村姑见捕头既不进前拿人，又不退步就范，却挥臂击树，正不解何意，头顶心突被一物打中，劲气贯脑，两眼翻睛，一晕跌倒。

原来，马啸风早已看准角度，运起掌力在松树干上猛击，传送力道，将树梢一棵松球震落。蓄含真力的松塔，不偏不倚坠中村姑百汇穴，一记便将她击得失去知觉，瘫软倒地。

天奕脱身，连忙拔步离开村姑，对马啸风合掌谢道："阿弥陀佛！马施主来得真是时候，老衲谢过了！"又一指村姑："这妖女确是少见……难不成是个'花痴'？"

"不是、不是。这女子年纪虽轻，倒是个'老江湖'，得带回府衙细审。"马啸风上前将地上的香帕捡起，立觉香味有异，忙闭了呼吸，略一思忖，大吃一惊："这是扶桑岛的'醉阳香巾'，怎的这女子会携身边？"

"'醉阳香巾'？"天奕不明所以。

"远海扶桑岛上有一班邪异人士，用该岛独产的三种香草为主料，调制出一种专门迷乱男子性情的奇香汁液。被此香液浸泡过的手巾，江湖上称作'醉阳香巾'。此巾邪性甚大，再端正的男子，被此香巾蒙了口鼻，吸进几缕气味，便难控神志，当即乱性。要不是大师定力高，修为深，马某人就来迟了。"

"阿弥陀佛！用这种下三滥的东西害人，真是歹毒卑鄙！始作俑者，要下地狱的！"天奕听了，难抑胸中愤怒，形于声色。

"这种香帕，在倭寇中也是少数重要人物才得拥有。奇怪，怎会落到此女手里？"马啸风掂出此案的分量，心里一沉："莫非这女子乃是倭人？或与倭人有涉？"

天奕听说女子身涉倭嫌，联想她的行为与扶云子邀约斗棋有关，不敢小觑眼下之遇，对马啸风道："这妖妇只怕也为棋事而来，藏在此处，暗用卑劣手段，以助扶云子。二人恐怕是一伙作歹的呢。"

马啸风道："大师言之有理。这对狗男女不是搭档行恶，也难脱干系。知府关大人将斗棋一事看得甚重，对在下指出，不能掉以轻心，只当寻常约赛而待。为防大师有所不测，特令在下随护。想不到妖妇果然犯奸，行恶猖狂。亏了关大人明察在先哟！"

"那老衲还要与扶云子再弈么？"天奕忧心不已。

"大师照样前去下棋好了。扶云子究竟何人，欲为何事，与这贱女什么关系？尚不清楚；背后指使者乃何方妖孽，为什么极欲染指《自出洞来无敌手》？此番事情又与倭人何涉？诸般皆待深查。大师若不续弈，事理一断，种种疑惑则难弄清；万一此女再不如实招供，只怕不易结案。好吧，在下陪大师回寺，待会细聊。"

此时，跟进的四名捕快，聚拢过来，将躺在地上的村姑围住。

马啸风见女子已然醒转，便对众捕道："将这妖女锁了，立即押至府衙，交关大人审讯。我先送大师回寺，随后便来。对了，你等到山下集市间雇一辆带篷马车，直驰进城，免落人眼，防止这妖女还有同伙。"

马啸风吩咐一毕，想了想，突地抬腿脱下两只袜子，屏息将香帕塞进袜筒，裹成一团，递给一名捕快："回去将手帕浸在冷水盆里，方可端给关大人审看。别丢了，这是证据。不用男子的臭袜味，还克制不住这股邪气呢。"

那捕快闻言生趣，乐颠颠地接过袜团，揣进扎腰宽带里，与伙伴扯起村姑，兜颈套上链锁，拖牵着往山下行去。

七

"想不到这场弈事惊动了官府，让关大人、马总捕头操心劳神，老衲真是过意不去。罪过、罪过！阿弥陀佛！"天奕听马啸风讲了关知府的安排，方知与马啸风并非偶遇，连道不安、自责甚切。

“大师不必客气。关大人对在下说，他对大师尊崇日久，深知大师心性淡泊，对弈艺一向重在研析棋理，参悟棋道；这次博彩对决，决非大师本意。大人吩咐在下关注此事，今日果然……关大人断事实在令人敬佩。”马啸风送天奕进寺，在方丈室坐下，决意乘此机会将一些疑团探个明白，有心将话题打开。

天奕几十年参禅、研棋，思维敏锐，聪慧澄明，对马啸风话意一听即懂，不待他再次相询，主动接道：“正如关大人所虑，此次弈事，老衲也觉蹊跷。”

天奕将扶云子中秋月夜致函约弈、弟子抱月代师出战的前前后后，对马啸风详叙一遍。

马啸风听完，舍下其他不究，开口直问：“请教大师，《自出洞来无敌手》这本棋书，除了论炮着法，是否另有妙处?”

天奕沉默片刻，笑了笑，赞道：“马捕头既有此问，足见心智不凡，老衲也不隐瞒了。《自出洞来无敌手》确实是专研用炮之法的棋书。只因过于深奥，难以普及，自南宋成书后，世间少见流传；无数弈者仅闻其名而无缘得识，故弈坛十分珍视此书。老衲有幸，数十年与该书为伴，常以赏析，深感著者对‘炮’的着法运用，已至炉火纯青、前无古人。老衲受才学、智量所限，虽仅窥堂奥，受益已然匪浅。”

马啸风对弈艺不甚精通，却听得十分专注，不时点头以应，他知道天奕真正要说的话还在后面。

果然，天奕话锋一进：“由于反复研读，老衲渐渐产生一种感悟，觉得这本棋书又是一册兵籍。”

“兵籍?书中有用兵之道、布阵大法?”马啸风难以置信。

“此书棋理中确实暗含兵术。具体地说，是一部炮战兵书。全书演化出的三十五套火炮阵式，一旦被军中用之实战，当真出神入化、惊天动地!”天奕肃声道。

马啸风生出激动，嚯地起身，在室内疾走几步，滋生出即将触及事情实质的快感。多年办案的经历，他相信自己的第六感觉。

“大师，若是一本兵家之典，意义不是远胜谈棋论弈之作吗?”

“那当然！棋书无论多么奇诡，只是世间娱乐益智之助；要是用兵典策，那就有关理军治邦、社稷安危了。”天奕明言。

“大师已将用炮之术解析开了吧?”马啸风笑问。

“此籍中，布炮之道变化重重，更有繁复迭错、腾挪交织之深奥，仅于棋技，已令人防不胜防，难穷其变。若融入兵法，相接贯通，用之战阵、交锋，那更与天时、地利、兵力、态式、谋略、操作等因素密切相关，非天智纵横人士、久经沙场将帅，难以了然于胸、付诸实战。老衲资质勉算中等，呕心沥血、殚精竭虑二十年，方才依棋理绘制出二十九套炮阵图例，尚有六式不能定形成势；正经年苦解，却被眼下境遇烦乱了心神……”

马啸风惊叹道：“这本经典棋册，当真如此神奇？赛过寻常兵书哟!”又衷心赞佩：“大师竟然破解了二十九套炮战法，即可布下二十九式火炮阵地，若军中用之战场，威力何其大哉!”

“马捕头谬赞了。老衲只是按一己陋见绘成图形，尚未经历实战检验，何况，军事实非老衲之能；这套炮阵，即使军中良将、善谋人士细细研划，没有一、二十年演练操习，还不能付诸实施。”

“这么复杂?”马啸风咋舌不已。

“是的。例如，老衲图上只画一炮之形，实际代表十门、二十门，甚至一百门火炮。还有，地形差异，地幅宽窄，地质坚松，都是布设炮阵的参考条件，加上风雨雪雾等气候制约，军中将帅均得细察明判。稍有疏忽、差池，均可埋下失败之因。纸上画一画，举手之劳；军中实施，可得看对垒双方实况和将帅用兵之法、应变之机以及财力、物力、人力之况，不可生搬硬套。这岂是老衲一介平民担当得了的?”

“哦，是的、是的，在下供身衙门，专司缉盗捕匪，挥刀战上几个回合尚可，大阵仗的事，也不明究里呢。”马啸风附和着自嘲几句。

“老衲本待穷尽全书‘三十五套用炮术’后，即绘著‘百变神炮谱’一书，呈兵部验审核准，供大明军中参用。当务之急，可先在东南沿海设置几处炮阵一试，以阻倭寇窜犯。唉，只差最后六式了！”天奕说毕，遗憾而叹。

马啸风听得热血沸腾，他不曾料想，这次斗棋竟和国防靖边密切相关。关大人眼光深邃呀！天奕大师既然能将如此秘密和盘托出，显是对己、对府衙完全信任，倒不能辜负出家人一番爱国热忱呢！

马啸风意识到肩上责任，神色凝重，重新落座：“大师为国为民之心，在下深感敬佩！既然事关社稷安危、国之存亡，啸风相助大师愈加责无旁贷。望大师早日完成心愿！”

天奕爽道：“现在既然倭人也觊觎此书，老衲更不敢懈怠了。请马捕头转告关大人，老衲一定排除干扰，加快研究，早日绘出全套炮阵图例，献之朝廷，不误国事！”

“好，在下一定向关大人转述大师心意。哦，除了大师，贵寺还有人知道这本棋书的奥妙么？”

“我自有悟后，事关军机，不敢轻言于人，故本寺弟子无人知晓该书另有此功。”

“只怕世上已经有人觉察此书之妙了。”马啸风言毕，朝天奕一笑。

天奕点头应道：“老衲也有同感。今日寺外之事，更坚我胜棋之心。虽然老衲不知扶云子为何费尽心机要看看此书，但其手段已逾常理，自是不能让其遂愿了。阿弥陀佛！”

听天奕提到“今日寺外之事”，马啸风即道：“在下有一句话，不知当讲不当讲？”

“马捕头公门中人，职责在身，有话但说无妨。”

“大师先前言及贵寺抱月师傅弈棋前后的情况，不知和今日……”马啸风说了一半，将话打住。

天奕接道：“老衲明白。小徒抱月自幼入寺，历练甚少，唉……待结了赛事，老衲自要与抱月一谈。”稍顿，天奕又道：“老衲已有意安排抱月担任寺中知客堂监理之职，以积蓄经历，熟悉世事，融通禅理，练达人情。”

见天奕会意，马啸风再不多说，起身道："蒙大师点拨，令在下得知种种，马某感激不尽。从所擒女子携有'醉阳香巾'来看，可能与扶桑岛犯我大明疆域的倭寇有涉。此案非同一般，在下须赶回府衙办事。告辞了。"

"啸风，回来得正好。你叫人押至的女子，初审时，还调枪花（吴方言，虚与委蛇，讲假话）、耍滑头。直到吃了二十竹板，又被绞扎了十指，熬不过痛，终于招供了。她竟然是个倭女！"关九州正在翻看卷宗，见马啸风进房，抬头直言。

马啸风心里虽已有数，还是忍不住追问一句："是个倭女？"

"只因有'醉阳香巾'作证，加上苦头吃足，她才招了。喏，这是她的供词。倭女是扶桑南域倭寇阿部三郎的手下，名叫水月鲤娘，出身倭人养鱼世家，少时即在东洋邪异帮派中厮混，学了狐媚之术，专被阿部用作'美女计'，以售其奸。"

"她为何要对天奕大师这个出家人下手呢？"马啸风有心想证实自己所析，故不急着向关大人汇报灵岩寺之行，续问道。

"水月鲤娘常随倭船在我沿海犯境，汉语说得流利，不知底细者，只当她是中国人呢。这次是奉阿部密令，从福建偏僻海岸登陆，半年前窜到本地，在灵岩寺附近隐蔽处住下，伺机谋取寺中那本《自出洞来无敌手》棋谱。对了，扶云子与她是一伙的。"

"扶云子也是倭人？"

"那倒不是。据水月鲤娘交代，扶云子是其上峰在浙江义乌一地物色到的帮凶，看中他象棋下得不错，记性又异于常人，便以其为饵，谋取灵岩寺珍藏的《自出洞来无敌手》一书。两人一个在明，一个在暗；水月鲤娘知道扶云子，扶云子则不知有这么个倭女助他行动。这也是阿部的贼伎俩呢，只要有一人得手，即大功告成。不过，水月鲤娘并不知阿部为何要他们窃取此书。"

"扶云子原来在替倭寇做事，那去抓了他？"

“抓是当然要抓。玄妙观地处闹市，又是道家清静之界，公然行动，惊扰太大，只怕坏了道观名头，还是等夜深人稀时再去拿他吧。听说，这几天有不少人慕名前去向扶云子请教棋艺，扰得陈观主烦劳不堪，背底里自责自怨不该收留扶云子呢。”关九州笑道：“你先看看水月鲤娘的供词。”

“你送天奕回寺，问过棋书的事吗！”待马啸风合上卷宗，关九州主动发问。

“问了。此来就为向大人禀报：《自出洞来无敌手》，果然不是一本寻常棋谱。天奕破解出内藏三十五套炮阵，说是用于军事，不论攻防都威力无比。”

“这就是了。自宋以来，火炮一器发展甚速，已成军中重要装备，临战常能左右胜负，军中人士谈炮色变，敬为神器。一支大军，拥有数十门霹雳火炮，再辅以阵势演变，真可谓无坚不摧，无敌不克呀！”关九州赞同不已。

“倭寇图谋此书……”

“当然不是为了研究下棋。”关九州明确道：“《自出洞来无敌手》问世数百年，全本虽然珍稀，但三三两两的散招，在民间还是流传很广的。东洋也有高人，必是将零散用炮之招凑在一起，看出了端倪，急欲一窥全豹，便起了谋书之念。”

“关大人的意思，此事源头还不止于阿部三郎这个倭酋？”

“想那阿部虽然拥兵自重，称王海上，终是一介武夫，在东洋只属二流角色，难怀宏策。我分析他受主子指使，只怕扶桑国中权力人物另有企图哟。”

“那此书更不能落入倭寇之手！”马啸风明白关大人话中之意了。

捉拿道士扶云子十分顺利。他并不会武功，被捕快锁链一套，铁尺一拍，魂魄吓飞七分，直至押进府衙，身子还止不住颤抖。

不待动刑，扶云子有问必答，一五一十招供了。他系福建莆田人，在武夷山里学道多年，除了炼丹做法之外，唯一癖好即是弈棋。前些日子，云游到浙江义乌，被混迹坊间的倭人以二百两银子收买，前来苏州邀约灵岩禅寺的天奕博棋。

“这些倭人说，一切他们都已安排妥当，我只管照他们布置去做便行。为什么要如此行事，我也弄不明白。”扶云子辩白道。

“你这副棋具从哪里搞来的?”马啸风审道。

“也是倭人交给我的。其实都是假货，是用寻常玉石琢制的，他们要我这么去骗人。我……我不这样不行呀。倭人说，有人会跟我来苏州的，我一切言行都在他们监视之中。大人，我也不光是图那点银子，要是不答应，这帮赤佬（吴方言，指鬼妖之流）会要贫道老命的呀!”扶云子扯了吴地一语，表白他对倭人的憎厌之情，以图马啸风心生恻隐。

“倭人为啥专门找到你呢?”

“嗨，只因贫道会走几步臭棋；还有一点长处，懂点强记法，所看书籍，过目不忘。这些倭人要我设下赌局，将《自出洞来无敌手》借到手看熟，回来默写成册交给他们。想是他们也料到灵岩寺僧人不可能以书相搏的，故叫我提出‘只要在寺中看书一日’即可。果然，抱月经不住贫道再三劝诱，应允了。大人，只怪贫道贪财、惜命，才上了那帮赤佬的贼船……贫道真是后悔，望大人饶恕哦!贫道什么都告诉你了，我们才是自家人呀……”

马啸风见天色透亮，无心再听扶云子乱话，令人将他押往狱中，待后再审。自己片刻不耽，赶去向关九州说了审讯情况。

关九州道：“明日你可派人去莆田、武夷山等地核查一下，看这扶云子所招实否。另外，既然抓了扶云子，就当尽早告诉天奕大师，赛事中止，此棋不必续弈了。棋书可要好生收藏，只怕倭人贼心不死。大师所研炮阵关系国运，则可加快以行。沿海疆域守军，若有新式炮战法，对当下御寇大有裨益呢!”

两人正说着，一名衙役叩门直告：“大牢急报，水月鲤娘天亮前越狱而逃!”

马啸风闻言一怔，看向关九州。

关九州思忖片刻，言道："捉贼缉匪，犹如弈棋，一着不慎，满盘逆转。啸风，不能让这倭女跑了……谅她没有拿到棋谱，心不死，跑不远。本官即令命副总捕遣人四处设卡拦截，你先去狱中看看！"

马啸风急忙赶往狱中女监查看。但见关押水月鲤娘的囚室，栅栏完好，一副枷锁弃在地铺上，人已不见踪影。

"奇怪，这倭女怎会凭空消失了？当真是只'外国赤佬'？"看守的女班头百思不解，口中嘟囔。

"啥'外国赤佬'！这妖女会使缩骨功，她是褪出锁铐，从后窗栅缝中滑脱，又攀墙逃走的。你等在门外傻坐，当然不会知道了。还要乱话二十三（吴方言，音'垒鹅耶山'：即胡言乱语）！"马啸风训斥道。

想了想，马啸风又问："你最后一次看见她是什么时候？"

"敲过五更，我等巡狱时，妖女还躺在草铺上。天刚透亮，听说男狱押到一名与妖女有涉的道士，卑职便又到此监查看。不想，人已不见了。"女班头连忙汇报。

"五更之后、天亮之前？这妖女会逃往哪里呢？"马啸风摩挲着腮须自问。

忽地记起临来前关九州"谅她没有拿到棋谱，心不死，跑不远……"的话语，马捕头双睛一亮："灵岩寺？"

八

天奕大师待马啸风离去后，召来寺中十多名主事僧人，将赢棋返回途中发生的事情说了。众僧吃了一惊，料不到一纸约弈引出诸多事端。当获悉妖女被衙门擒获后，大伙才放稳悬悬之心。唯独抱月一听有女阻道，便胸间鹿撞，凭直觉知是月娘了。再闻月娘有倭人之嫌，尤如五雷轰顶。天奕叙说间，又几次用眼看他，抱月知师傅已有洞察，脑中立如翻了糨糊，混沌一片。

果听天奕道："今日且说到此，各位心中有戒即是。散了吧。抱月，你留一留。"

抱月浑身僵硬，一口气喘不过来："阿弥陀佛！该来的终是来了！真是报应！我如何向师傅尽说呢？"以至，众人离去后还不敢抬头望向天奕。

"抱月，我知你近日心中不宁，有些事情，为师也始料不及。万事皆有因果，魔由心生，心也可降魔，一切只在你念中了……你可有话对为师说吗？"

"我……我，有话说？不、不，师傅要问啥？"抱月终是羞于启齿，吱唔以探。

"抱月，常言道：说了，说了；说了方了。望你好自为之。佛云：回头是岸。只要回头，百年之身都可重塑，何事不可救得？切记、切记。明日午前，你再来此。"天奕犹如说偈。

抱月低头"诺诺"应是，往门外退去时，隐约听见天奕大师微声惋叹，不禁满面通红，愧不欲生。

抱月一夜不眠。天亮时分，他终成定悟：自身罪孽种下，已结恶果，灵魂堕入地狱。今世已完，只有一死以赎己罪，下世重修德行了。怨只怨自己修为太浅，定力不够，逃不脱女色乱性之劫，到底对不起阿爸、阿妈、对不起师傅。活着，也是一具躯壳，蒙羞苟且罢了。一切唯待来生了！

抱月起床后，没有随众僧去用早餐，趁室内无人，静了静心，铺纸提笔，将这几日所遇所为，一一录下。

正写间，有人轻轻叩门。

抱月掩纸，起身抽开木栓。门扉才启，一具熟悉的女体如鬼魅般悄然闪进。

眼前赫然立者，正是月娘。

“是你？”抱月大骇：“你……你不是被官府押入大牢了吗？寺门未开，你又怎么进来的？”

“哼！大牢就关得住我啦？寺墙更挡不住我了。看来，我的事情你都知道了？”水月鲤娘转身插上门栓。

“你是逃出来的？你到此想干什么？”抱月冷然截断月娘话语。

“此地姑奶奶是待不下去了，临走来看看你呗。”水月鲤娘故作轻松地一笑。

“不要再假痴假呆（吴方言，意装傻充愣，装模作样）地演戏了！你这倭女，坑了小僧不算，还要害我师傅，真是歹毒至极！”

“喔哟，这么快就撕破面皮了，不讲情义啦？不想和我做长久夫妻了？”

“无耻！你别妄想骗我去拿师傅的书！”抱月怒道。

“嘿嘿，这时你想去哄骗天奕，那老和尚也不会给你书了。老实说，姑奶奶不要棋书了。”

“不要了？那你还到此纠缠什么？”抱月一怔。

“书不要，人我可要呀。你跟天奕学棋，自是熟记《自出洞来无敌手》各种招式，带了你去，不就是带了一本现成的‘书’吗！”

水月鲤娘得意地冷笑不止：“哼哼，我们的计划十分严密，备有多套方案，谁当真一门心思指望扶云子那臭道士？他自我感觉倒好，在我等眼中却只是一个幌子、一枚棋子罢了。官府追问时，我就没提你一句。保下你，就是保住了‘成果’。懂了吧？此时，没人会注意你的，你马上跟我从寺后下山，太湖边有一条接应我们的船……哦，摇船的并不真是我丈夫，只负责与我联络罢了。姑奶奶压根就没结过婚，你不要多想了。”

“小僧对你的一切均不感兴趣了。你啥别讲了，我死也不会跟你走的！”抱月边说边去开门：“事到如今，你也休想再跑，随我到师傅跟前认罪去吧。”

水月鲤娘见状，一步跃到门前，后背压住门扇，拔出匕首抵住抱月前胸，狠声道："姑奶奶虽然逃出牢狱，但空手而返，也难有活路。故冒险来此，带你离去；你若不走，姑奶奶我也是一死。终归都是死，不如即刻同归于尽的好。"言语中恫吓不已。

抱月呆了呆，无奈道："同归于尽？看来只有跟你走了……不过，你要老实告诉我，你真是东洋人氏？"

月娘见他肯走，立时换副笑脸："是的，我真名叫水月鲤娘，东海扶桑京都人氏。你放心，只要你将棋书默写出来，阿部将军不会亏待你的。我们那里，对僧人还是很尊重的。何况，你我既有肌肤之亲，我自不会轻易弃你，只要你愿意，再征得阿部将军首肯，你我仍可同居，甚至做一对长久夫妻。你还年轻，返俗后另谋生计……"

"你们为什么非要那本棋书？"抱月打断水月鲤娘话头，直言追问。

"这个你别管，我也不知道，只是执行上峰的命令。"

"那就趁大伙尚未回来，我们从后院走吧。"抱月催促道："你快开门。"

月娘收起匕首，转身去拉门闩，陡觉后背一凉，躯干顿时硬住；扭颈看见抱月已将一柄剪刀插进了她的体内，不由惊惧交加，颤声道："你……你骗我？你竟杀我？"

抱月冷然道："小僧已经犯了多条戒律，成为佛门重罪之人。今日打个诳语，破这杀戒，却是应了惩恶扬善的禅理，佛祖不会责怪我的。这把剪刀，本是给我自己准备的，你却早到一步，只能说天意使然。你不是说同归于尽吗？倒是提醒了小僧。我走之前，能够先送你去西界，甚好、甚好！抱月投入佛门一十载，临别也算做了一件善事。愿佛祖宽恕弟子吧！阿弥陀佛！"

听了抱月这番话，水月鲤娘眼中惊恐、绝望的光泽一点点熄灭了，焕发出依恋、不舍的神情，脸上浮现出"我也解脱了"的无奈之色。她凝视着抱月双睛，断断续续道："抱月……你行哦……我俩都还年轻……昨天是我二十岁生日……我不想死呀……我对不起你、害了你……其实，前些日子某些事情并不是我想做、甘愿做的……上司命令，违抗不得，现在算是报应吧……也好……抱月，我还是喜欢你的……真的喜欢你……你……你再抱抱我……”

抱月紧绷的颜容松懈下来，与月娘山径偶遇、双双云雨欢悦……在他脑海中一一闪现，两行清泪从眼角滑落唇边。

水月鲤娘嘴角绽开了笑纹，笑得纯朴如孩。

抱月双臂紧了紧，用力将已经站立不住的水月鲤娘拥在怀中，在她耳边喃喃轻言：“月娘……我也真心喜欢过你……可惜，我们都做错了，应该接受惩罚……你也原谅小僧吧。佛泽众生，佛被天下。来世，只要你愿意，我们还在一起……好好过日子。”

水月鲤娘苍白的面颊上浮出薄薄的晕红，大口喘气，语不成句：“谢谢抱月……对……好好过日子……我愿意……”她气息微弱，无力再言，强挣着点了点头，便合上眼睑，搭拉下脑袋。

抱月一点一点拔出剪刀，将水月鲤娘轻轻放倒地面，脱下僧袍，全覆了尸身。

喘息稍定，抱月重回桌前，提笔将方才发生的一切细细补上。当他将数页信笺装入封内，在封面端正写下“方丈亲启”四字后，众僧已食毕早餐步出膳堂。

抱月隔窗看了师兄弟们最后一眼，回到蒲团上盘腿坐好，将剪刀伸进衣内，紧抵在温热心房处，微笑着闭了双眼，心中默祷：亲爱的阿爸、姆妈、姐姐弟弟，抱月先走一步，再不能尽孝、尽义了；亲爱的师傅、各位师兄弟，抱月也不能伴你们共奉佛祖、同参禅理了。只愿此去佛国，亲聆圣音，待有朝一日，洗清罪孽，脱胎换骨，重返此间时，以清白之身再与各位同门相聚……”

抱月思绪停顿前，清晰地念出一句：“阿弥陀佛！月娘，你亡灵尚在，小僧伴你一块走吧！”说毕，稳定地将剪刀刺入了心房……

“方丈、方丈！抱月……抱月圆寂了！”众僧拥进禅房，泣告天奕。

天奕怔住了，展开僧人递上的抱月遗书，句句读毕，撩起袍袖，拭去二滴老泪，心中默叹：“阿弥陀佛！既然已经勘破魔障，改过即是。佛在心中，心即灵山；佛门中自可重生，何必非要远行，非得如此？抱月、抱月，你到底还是没能迈过人生大劫呀！”

“老衲去送送抱月。”天奕离了蒲团，率先行去。

天奕迈出门槛，却见迎面走来了苏州府总捕头马啸风。

“大师，关大人要在下特来告诉你，明天你不必前去松风楼了，扶云子已被衙门捕获，他是为倭寇效力的。还有一事，那倭女今日破晓前越狱而逃，城里城外正在搜捕。关大人叮嘱你们要小心防范，怕得是她窜入贵寺……”

“阿弥陀佛！谢过关大人、马捕头一番心意。妖女确实逃进了本寺。不过，小徒抱月已经将这孽物除掉；抱月也已圆寂。想来，马捕头倒可结案了。”

这又是马啸风未曾预料到的。他怔了怔，感叹道：“抱月师傅立一大功呀！想不到此案因棋而起，最终却离谱一战！”

天奕微叹道：“出家人脱出红尘，没有是非功过之存了。倒是抱月临终结下善果，佛门大幸哦！”

三天后，灵岩寺按佛门礼仪安葬抱月。

抱月年过八旬的父亲赶来送别亲子，看完抱月绝笔，将笺页纳入怀中，浊泪纵横，仰天长吁：“唉，天不假年，天命难违！奈何、奈何！抱月，阿爸的儿啊……”

抱月“周年祭”前日，天奕大师令人将其绘制成的三十五套火炮布阵图一式两份，送进苏州府衙。请关九州大人将一份上呈朝廷兵部，一份转交东南守军统帅戚继光将军。

祭奠抱月亡灵仪式如期举行。阖寺僧人在住持天奕率领下，济济列队，站满大雄宝殿全堂。清香缭烟，明灯闪烁；木鱼磬音，钟鼓齐鸣。众比丘超度故友抱月，衷肠九曲，哀思如涌。一时，梵乐激扬，佛号雄浑。唱和播处，环岭低昂，万丛垂枝；民众肃穆凝神，牲畜侧耳痴立。及至高潮，诵者合目，气萦怀抱。但闻喧声催发，追逐似赶：时或，如猛将提刀上阵，嚯然生威，荡肠裂肝，势不可挡；时或，如海涛汹涌扑滩，起伏跌宕，震聋发聩，贯通绵长……

高堂内外禅波旋织，撼宇冲栋，绕梁三匝；余韵袅袅，扶摇升腾。众僧倾情，泪眼婆娑，如泣如诉，直欲将整座灵隐禅寺连基抬起，送上九霄，以唤抱月飘渺怨魂，以招抱月悲悯形影……

礼毕之时，天奕大师双手颤颤，从怀中取出《自出洞来无敌手》，当着全寺僧人的面，缓缓将书卷投入香炉燃化了。

余灰将烬。天奕口宣佛号："阿弥陀佛！抱月，你将此书收了，在极乐世界好生研究、细心参悟吧。任谁也不会打扰你了！"

此后，天奕再不弈棋，直至八十四岁坐化。

灵岩寺众僧擅弈之名渐被世间淡忘，数十年过去，则无人提起了。

今日，世上只知灵岩禅寺仍存，却不闻寺中曾有过天奕、抱月……

（1999 年 3 月成稿）

（2016 年修订）

剑盗

一

夕阳西斜，余晖弱弱地笼罩着天平山麓；微风中的草木，浅浅镀上了闪烁的淡金色。北坡稀疏杂木林中，一圈竹篱、数间茅屋，围出一个雅适的院落。

圃场中，一丛杂色菊花，蕊展叶舒、流红拽翠，开得正艳。三名男子坐在一张矮木桌旁，默默饮酒食蟹。

位居下首的黄衫青年，仰面将半碗花雕一饮而尽，拈起食巾擦了擦指间腥迹，缓步踱到花坛前，俯身端详妍丽的花朵；俄顷，伸出左手，轻轻托了托一朵娇润的白菊。

另二人静静望着黄衫青年。坐在上首的黑衣壮汉，见年轻人对白菊甚是钟情，便笑道："三郎既是喜欢，不妨采回卧室，养在瓶中，时时欣赏。我帮你摘它下来吧。"

说着，壮汉右手略略一动。

年轻人则道："多谢副帮主美意！还是让它留在枝头，开得长久些好。"左手随即一收，离了花瓣，转身回到桌前坐了。

黑衣壮汉朝身边蓝衫老者赞许道："三郎武功又有长进。"

黄衫青年向壮汉垂首致歉："有违好意，请副帮主恕过。"左掌移上桌面，指缝一松，落下一根纤细牙签。

蓝衣老者朗声笑道："犬雄先生目光锐利，柳三小哥的功夫是长了。"

柳三郎浓眉下两只星目忽忽一闪："副帮主，何时让我会一会马啸风？属下真有点等不及了！"

黑衣犬雄略一沉吟："这次，'九重天'总堂遣你五人随我到此，我最倚重者是你三郎，自然需你出力的。现时，小林该已进城了，他若得手，苏州府衙定然生乱。只怕……"却是不答柳三所问。

柳三郎忙道："小林师弟武功不逊属下，此去必定'破关'。副帮主无须担心，静候佳音即是。"

蓝衫老者一旁凑趣："本土官员都是读书出身，在科举场中摇摇笔杆，写写试卷，考出来的；手无缚鸡之力，说说空话、套话、假话自是得心应口，俉伲私底下称为'绣花枕头'。这班人看上去道貌岸然，腔调周正，成天煞有介事的扮繁忙状；一临实事，即露草包之窘，最容易对付不过了。何况，北海道'九重天'的高手出马，可说是用牛刀杀鸡仔了。"

犬雄摆摆手："不可掉以轻心！我方几支队伍中均有传言，苏州知府关九州和总捕头马啸风并非寻常官宦，不是易与之辈。扶桑将士在东南一带，最难立足姑苏地面。不除关、马，百事莫为呀！"

柳三郎闻言再次请战："小林今晚定然得手。属下明天一早就去挑战马啸风，当众将其格杀，也可震慑中国百姓！"

犬雄终于松口："好吧，你且辛苦一趟。你们师兄弟若能除掉关、马，苏州府群龙无首，即成乌合之众，我们就可放手行事了。今晚，肥田、风娘去地头探探情况，做好预备事项。你们四人分头行动，定收事半功倍之效。"

蓝衫老者笑道："犬雄先生此来，还有比'破关'、'杀马'更重大的事情么？"

犬雄正色道："杨兄，你与本帮交往多年，帮主平日言语中，时常表露谢你之意。并非我不相信你，只因那事能不能办成，眼下尚无把握。这样吧，等明天肥田、风娘返回，我当酌情与你细说。”

老杨不再相问，转言：“犬雄先生，老朽两儿在东瀛经商，蒙你与帮主多加关照。你等到此办事，只要用得着杨某，在下一定尽心效力。”

“杨兄武艺过人，需时自当借重。我等落脚府上，多有打扰，只望顺顺当当办了事，早点回去，也解我担心连累杨兄之虑。”犬雄示好道。

“这倒没啥。在下不显山露水，一介布衣，又垂垂老矣，官府想不到老朽暗地里为贵国效劳的。”

“呵呵，贵国不是有句俗语：扮猪吃老虎么？杨兄倒是通晓个中三昧。”犬雄意味深长地笑了笑。

一名眉目秀气的婢女从里屋出来，垂手禀报犬雄：“副帮主，香汤已经备好，可以沐浴了。”

“九重天”副帮主犬雄一秀即对柳三道：“三郎啊，此刻，香汤中的药性最浓，你去泡泡，丽子助你放松一下。你师弟小林可没这个待遇哦，中午，自己浸汤沐身后上路的。明天，你不是将挑战马啸风吗？一个真正的武士，要想战胜对手，保持最旺精神、最佳体力十分重要，浴后好好睡一觉。你的明白？”

柳三郎应“是”起身，随婢女丽子进了西屋。

“犬雄先生，三郎对付得了那姓马的捕头吗？”蓝衫老杨言语间透出关切。

“柳三在‘九重天’十大弟子中排名第三，武功实属全帮第五，战力尚可，只逊帮主、总巡与在下数人，已达七段水准。我刚才试了试，他在感觉、反应、手法上又有长进。来，你我再看看他定力如何吧。”

二人进屋，钻进内间，将西壁上的山水挂轴卷起半幅，露出隔板上一个指盖大的小孔。

犬雄眯起右眼，贴近壁孔望向西屋。

屋里水汽氤氲，香味弥散，柳三裸身仰坐在一只大木盆内。身着薄衫的丽子，跪在盆边侍浴，手捏一方白帕，蘸着热水，轻柔地擦拭着柳三郎的胸、腹、双股……

“你看看。”犬雄把孔眼让给老杨。

老杨望去，婢女丽子目含羞涩，面生红晕，风情渐起；柳三郎则呼吸平缓，神态如常，无一丝乱色形态。

“嗯，定力不错！年轻人能持身如此，实在难得。”老杨低声夸赞。

“你再看看他的眼睛。”

老杨俯前细瞧，只见柳三郎双目紧闭，犹如睡着一般。

“丽子在我身边两年多了，很会侍候人的。柳三酒后虽有佳人助浴，却不起性，确实不容易。只是他还要闭起双眼，才能摄定心神，克制欲念。终是火候不到呀！”犬雄微叹。

老杨续看，果见柳三郎直到起身离盆，任丽子用干洁浴巾将周身拭净，虽保得气息不乱、举止有度，却一直没将双目睁开。

“你问他与马啸风之搏结果？现在我可以回答你。”犬雄一秀清晰吐出六字：“有胜算，无把握！”

二

长街上二更敲过。苏州府衙偌大屋宇隐伏在夜幕中，唯有后院一所精舍亮着晕黄的烛火。

忙了一天公务的知府关九州，仍在书房秉烛夜读。每晚入睡前静心读会书，是他多年养成的习惯。案头是一代名医李时珍的遗著《本草纲目》，此书刻印极少，尚未在民间流传，关九州得之不易。中年后，他即对中医药学兴趣盎然，捧卷在手，读得津津有味，浑忘身外之事。

“好书、好书！真是民族医学的瑰宝！”看到会心处，关九州不禁赞叹，伸手从砚边取过一管羊毫，在书上圈点不已。

突地，笔锋凝住。关九州止了笔划，抬目而询："门外何人？怎的久站不入？还要关某相请么？"

话音未落，门扇已开，一具身形如游鱼般滑进室内。来者黑衣黑裤、黑巾遮面，长刀半举，两只精光闪闪的眼睛迫视关九州。

关九州不料竟是这般不速之客，愣了愣，一时无言。

书房中漫开透骨杀气。

黑衣人哑声道："你，竟能发觉我到了门外，听力的不错。"语气犹似不信。

潜入者一开口，再看他竖在胸前的长柄雪刃，关九州心中了然。他平静地点点头："哦，是东洋小伙子。你轻功不错，本官不是听出来的，是嗅出来的；用鼻子，你明白？"

"嗅出我到了门外？"来者本对自身轻功很有信心，听关九州一赞，心里舒服，也生疑惑，一时不急出刀，想问个究竟。

"是的。你来这里前，曾用香汤沐浴过吧？汤中计有草药七味，其中三味产自东瀛，均有强身健体、安神宁志效果……细说你不一定弄得懂，就不一一列举药名、药性了。你大约是午时左右沐身前来，天黑辰光进的城，因为药香已经散了大半。那么，你是从城郊四五十里外赶赴此处，想在天亮前回去了？"

黑衣人眼中生出惊讶，握刀之臂不由晃了晃。

"我说对了？没什么，老夫做官半世，深察人心；经年又熟读医书，这点苗头还是轧得出的。"关九州脸绽笑纹，语含调侃："至于你是什么样人，来此有何贵干，你知我知，说破就有点无趣了吧？"

黑衣刀客深吸一气，双睛凶焰暴涨，嘎声道："穷酸，死到临头还这多话！你纵样样知晓，何用的有？不如糊里糊涂死了的痛快！"

说毕，黑衣刀客弹身而起，长刀一抡，隔着书案斩向关九州颈间。

裂肤之芒尽罩丈内，关九州避无可避。

一刀必杀，必杀一刀。猝临刀客果是高手。看着呆坐不动的关九州，想到老杨说“这个知府官爷是个书蠹头（吴方言，指只知道啃书本、掉书袋的书呆子），手无缚鸡之力”的话果真不错，黑衣人萌生笑意。

关九州似乎惊吓的忘了闪躲，反倒睛波一转，抽暇注目刀风中摇曳转暗的烛火，担心它会先于自己熄灭一般。

“杀一个中国官僚真是太容易了！副帮主说我一人定能得手，真是英明。”黑衣刀客运作中的长刀保持着出手时的狠厉，心中却生出懈怠。

就在这时，关九州动了，只是动了一点点。他将一直握在手中的笔管，迅疾向左侧移了半尺。

一声脆响，飞动的长刀离柄而去，“咻”地钉入板壁中。黑衣刀客手中一轻，跃动的身体失了平衡，一个趔趄，僵停在书案前。

“你……你会武功?”长刀竟被纤细笔管敲击得齐根而断！刀客看着手中仅剩的握柄，如梦惊醒，脱口而问。

“难得一用，荒疏得很呀。”关九州语含歉意，微微一笑。

“你会武功……内力极高……”黑衣人怔怔地兀自言说。他至此明白，何以这个官员身处绝境，却从容不迫、说东言西了，因为他根本就没有危险。

“老夫职责在身，冗务繁忙，好医只看书不治病，嗜武为强身不搏命。唉，今日你倒让本官破例了。”关九州好整以暇地理了理袍服，慢声细言，如对旧友解释一般。

“你别得意，我虽杀不了你，你还留不住我。”黑衣人审时度势，决意立刻离去。他要向副帮主更正一个错误，一个可能会影响整个计划的错误。

“苏州府衙是你想来就来、说走就走的地方吗?大明朝廷是有典律的。”关九州面容一肃。

黑衣刀客急忙转体，径往门外扑去。一动间，后背风尾穴上即被一物打中，立时下半身气逆血闭，动弹不得。他强挣回首，瞥见原在关九州手上的那握羊毫，已倒转笔管，深深嵌入自己穴位中。

忖知关九州要将自己生擒，刀客凶戾之气浮显眉宇，继而，转换成绝望神色，嘴唇嚅动，急急咽下一物。

关九州离座走到站立不稳的黑衣人前，见他两颊泛出一层灰黑，讶然道："你……你服了毒?"

黑衣刀客唇间溢出的血珠溅落在砖地上。他惨声吐语："想不到，你武功比我高，我上当了；我的服气。你留下我也没有用……我们的'归去丸'无人能解，你的医书还是不行……"

黑衣刀客委顿于地，咽气前又强挣嘟囔："我……大大的武士……生命……自己的，不能……让你取走……"

倭贼潜入府衙、图谋行刺关大人。总捕头马啸风闻讯，心里沉甸甸的。关九州夤夜招他进府，商议此事，决定严密封锁消息，内里加强戒备，且待对方后着。下半夜，马啸风回到捕房歇息，再无睡意，深为倭患猖獗焦虑。晨起，他觉得脑袋晕晕乎乎，便踱出府衙，径往松风楼茶社以饮早茶。

行不多远，马啸风生起被人跟踪的感觉。几次回首，却不见可疑之人。多年闯荡江湖、刀头舔血的生涯，令马啸风养成敏锐感受危险之能。他确信有人在身后不远处瞄着。自己发现不了隐蔽的跟踪者，恰是表明来人绝非庸手。

"难道与关大人昨夜所遇有涉?"马啸风陡然警醒，精神一振："来得好，马某正找你们呢!"他不再回首，漫步踏进了松风楼。

马啸风身着布衣，佩刀也搁在公房，不携身边，一众茶客均没留意他进店用餐。掌柜老徐眼尖，识得马啸风，刚要移身招呼，被马啸风示意阻住，便不上前相迎，由他自己择位坐了。

马总捕要了一壶“香煞人”，悠悠然自酙自饮。三杯清香茶汤落肚，始觉神爽气畅；又点了一客名为“蟹壳黄”的芝麻香酥小烧饼，细嚼慢咽地品尝。他不着急，有意在茶庄里耗着，欲迫跟踪之人忍耐不住，自己亮出相来。

茶肆人出人进，一如平日熙攘。马啸风眼中罩着目及之众，直至一名黄衫青年施施然踏进店门，马总捕头的眼神才骤然凝聚在他一人身上。

黄衫青年瘦削精悍，目光闪亮，一条两指宽的黄缎带，将浓密的黑发扎成一束，披在颈肩；整个人随意站着，就像一柄出鞘利刃，寒气四射。他左腋夹具长形布包，右手负在身后，进门稍立，旁若无人地满店扫视一圈。

马啸风与黄衫青年目光一撞，刹那间，两双眼睛火花燃爆。“就是他了!”马总捕头心中认定。

黄衫青年目不转瞬，径直走到临近马啸风的一张茶桌边坐下，将布包轻轻搁在台面上，默默直视马啸风；伙计上前招呼，他也一声不吭。同桌另外两位茶客，见黄衫青年神情怪异，心里发毛，匆匆结账离去。

马啸风经事多多，见怪不怪，目不旁视，仅用眼角余光瞟住他，仍旧神情专注地吃饼喝茶，身心却进入了临战状态。

在黄衫青年灼灼目光下，马啸风吃下两块“蟹壳黄”，动作轻柔、稳定，连一粒芝麻也没落在桌面上。

“阁下好定力!”黄衫青年冷冷开言。

马啸风先不看他，喝了口茶水，清清嗓子，方浓眉一扬，平静发问：“你跟我半天，有什么事情吗?”

“久闻阁下是‘八卦封门刀’好手，今日，我的向你请教。”

“呵呵，要与我较技？可惜，马某是公门中人，奉守职责，向不参与民间比斗。恕难从愿。”马啸风坦然拒绝。

“今日一定要比的！否则，你难出此门!”黄衫青年决然道。

“哦？”马啸风出语更缓：“你怎的强人所难？口气也大得吓人？看来对自己高估得很，那我们择日切磋如何？不说马某正在当班，这里也非合适场所。”

“真正的高手，不会因时因地影响自身实力发挥的。此时甚好，此地甚宽；你若避战，便是心怯，结果必死！”黄衫青年口气强硬不已。

“阁下哪为切磋武技而来，倒是欲置马某于死地呀？光天化日，强行恶事，这样不好。阁下不会不知，马某乃公门中专司刑律之人吧！”马啸风想起关大人遇刺之事，将话语往深处点了点。

“一样的！武无第二。不论何人，赢者生，败者亡！”黄衫青年倨傲瞭目。

一干茶客注意到这块角落不同寻常，胆小怕事者纷纷离座退去。徐掌柜知道马啸风身手，并不担心他命丧己店；但想到打斗一开，店堂必然遭损，不由心痛，眉头紧锁，愁苦着脸，两手笼袖，呆立柜后。

黄衫青年似乎话已说尽，伸手将桌上布包打开，亮出一长一短两柄无鞘雪刃。

“啊？他是倭人！”茶客中识者一见如此双刀，惊吓不已。

马啸风脸色一峻，他已经判定眼前挑衅之人，与昨晚自毙府衙的黑衣杀手是一路货色了。

“好！你既如此心急难耐，马某就不扫你兴致，在此时此地‘切磋、切磋’吧。何况，你即使半途收篷，也不能走了。马某职责在身，岂容你在中国土地上撒野犯恶？就借这茶楼办一办公事吧。”马啸风凛然发话，示明态度，他有心拿下送上门来的黄衫人，以审案情。

黄衫青年正是曾在天平山麓饮酒赏菊的柳三郎。小林一夜未归，令犬雄不安，嘱咐柳三郎，天不亮即赶路，早点进城，顺便打探一下师弟的消息。

柳三郎却一心只想先杀了马啸风。他在捕房外候了半晌，又盯梢一程，终在松风楼内与马啸风碰面。言语相激后，听马啸风答应一战，柳三郎反倒沉静了。他收了邀战狂态，调顺呼吸，细致地将刀衣解开叠成四折，握在手中，拭了拭长刀、短刃，稳定的动作好似进食前擦净手上的餐具。

马啸风见青年自显高手风范，也敛起轻视，盯住他一举一止，不敢稍怠。

柳三猝然发动了！哦，动的不是他，也不是手中的刀，而是那幅布帛。

柔软轻飘的裹刀之布，被柳三郎以真力催动，急旋低啸，撕裂空气，如铁轮急转，飞割马啸风胸前。

飞巾刚刚出手，柳三郎随即离座跃空，双刃并刺，人刀合一，疾速袭向马啸风。

马啸风正将盘中最后一块“蟹壳黄”取在手中，一见布幅飞旋而至，又瞥柳三郎身形亦动，指尖立弹，鸡蛋大小的烧饼激射而出，迎着巾幅一撞，冲进了帕轮；二物缠在空中，恰将柳三郎跟进之途阻住。

柳三郎跃动的身形毫不生滞，左手短刃一颤，将布团飞劈落地；右手长刀进势不变，仍然直取马啸风。

马总捕头也有后着，“蟹壳黄”一经掷出，飞脚又将茶桌挑起三尺，再阻柳三郎身形。

柳三郎短刃一收，长刀电般连劈，腾跳中的方桌立被切成四块，“哗”地散落一地。

电光石火般，柳三郎、马啸风攻招守势互发，阻隔障物均破，两人相距五尺，迎面而立。

剩余茶客夺门奔逃，齐聚街头，哗声四沸。

马啸风已从袖中抽出一柄铁尺，斜举胸前，虎目炯炯，看定柳三郎。他从黄衫青年所出二刀中，判知来人武功不逊于己，称手佩刀又不带在身边，再无半点托大，有心待敌先动。

两刀发出，所聚杀气浦泄。见马啸风渊停岳峙，柳三郎也知对手老辣，超出犬雄与自己的估量。他稳了稳身姿，重提真气，双刀交错，二度攻上。

马啸风惯经战阵，见对手两次攻击，均双刀一并递出，知其意欲速战，兼欺自己兵器短小，有心用强；又记起黄衫青年话语中，提及“八卦封门刀”，显是有备而来，就不用本门刀法，改用擒捕恶犯的技法，双脚一滑，疾闪如电，避过刀风，铁尺直点柳三郎右腰精促穴。

长刀刚刚出尽，眼前却失去马啸风身影，柳三郎心头一紧。他长刀回收不及，护体短刃更在圈外。马啸风抓住瞬息破绽，全力攻击，放手递尺。

柳三郎难见侧后敌踪，却感知落入险境，无暇变招，只得身随刀势，往前急纵，以求甩脱随影疾上的马啸风。

双方攻守之势立换。

马啸风大胆行险，一招抢到先手，岂肯轻弃？他铁尺在握，弹身而上，步步紧赶，尺头始终不离柳三郎后腰寸许。两人在店堂内疾走一圈，撞得桌仰椅翻，马啸风固是迫停不了柳三郎，柳三郎也无隙寻机返转身来。

这时，围堵店外的百姓，也知二人并非较技，而是搏命了，有心者便惶惶跑去报官。

柳三郎脚法不敢懈怠，意贯下盘，精湛刀术难以尽展，心知追缠下去，惊动了官府，别说格杀马啸风，脱身都难。情急中，柳三郎将长刀在茶桌上猛然一拍，借反震之力拔起半空，左手短刃回递阻击，与马啸风攻进的铁尺“呛”地一叩，火花飞溅。柳三郎再借马啸风尺上劲力，飘前五步，抢得一线时机，终于转过身来。

场上又成相峙。二人额上沁汗，微微生喘。

静寂间，只听茶庄门外炸开一声呐喊：“大胆狂徒，敢在闹市滋乱相殴?”声落人现，排众而入者，却是苏州府副总捕头俞念培。

俞副总捕正率四员捕快例行巡逻，走到玄妙观前，忽听有人急报松风楼生案，忙飞步赶往事发地点。俞念培身壮力大，冲开人群，闯入堂来；喝声方落，看清拼杀中一人竟是总捕头马啸风，反倒怔住。

马啸风见俞念培率役到来，心中大定，朝一名捕快喝道：“借刀一用!”他知若不全力施为，是制服不了黄衫青年的。

柳三郎一见众捕围到，便知搏杀马啸风已无可能，去意即生。不待马啸风接牢捕快掷至的腰刀，他已身折如弓，发力一跃，箭般射向临街之窗，撞得窗棂四分五裂；破窗而出后，又一连踏倒数人，纵身蹿上街屋，飞踏而去。

马啸风挺刀扑到店外，四下寻望，何处再寻柳三郎踪影?

三

事情结局出乎犬雄意料：“九重天”老八小林一目，夜刺苏州知府关九州，一去不回，音信全无；接着，柳三郎又无功而返。

“奇怪，小林武艺固然不及柳三，可对付关老儿绰绰有余，怎的还不回来?”犬雄一秀满脸郁闷，甚是不解。

杨老汉陪坐一侧，闻声试问：“犬雄先生，是不是允在下去苏州城接接小林?”

“不必了，他至今不回，一定杀身成仁了。”

“也可能力战不出或负伤遭……遭擒了呢?”老杨提醒道。

“你的不懂，扶桑武士一旦战败，宁可赴死也不做俘虏的!”犬雄傲然驳斥。

“是、是，犬雄先生说得对。”老杨赔笑道：“老汉失言了。”

“……不过，为了确切掌握官府动向，烦劳杨兄明晨进城一趟也好，听听有什么消息。”犬雄心中并不踏实，想了片刻，仍是同意了老杨的建议。

丽子进前对犬雄道：“启禀副帮主，肥田、风娘来了。”

肥田、风娘是一对青年夫妇，在“九重天”十大弟子中排名第七、第九，此次随副帮主潜至苏州，负有特殊职责。犬雄担心众人都住老杨家太过惹眼，便令肥田夫妻就近择屋另宿。近日，犬雄三箭齐发，两路已然受挫。此刻，听说肥田夫妇前来，犬雄连忙唤进，不待二人坐定，急切发问：“我正等着你们呢。怎的才来？探过了么？怎么样？”

肥田忙道：“禀报副帮主，我与风娘此行顺利，风娘下池探过了。上午行人颇多，不便出门，故此时方来，请副帮主恕罪。”

犬雄喜道：“好、好！风娘，你说说池下情况。”

肤色黝黑、苗条矫健的风娘，平日唯夫是从，人前很少说话，听犬雄点名催问，方细声回应：“池水深约三丈，阔约二丈二尺，水性极凉，人若在水中待上半个时辰，手足皆僵；池部下端左壁上有一碗大泉眼，涌流不息；底面倒是平坦，属下用手摸遍，好像是一块整石，没有寻到缝隙。”

见犬雄脸上露出一丝失望，风娘续道：“不过，池西北角丈高处，有一块二尺见方的岩石，像是人力嵌进壁中。壁缝灌有糯米浆汁，用小刀能刮下糊末……”

犬雄眸中生亮，抬手止住风娘话头：“那就是了！你估计凿开石块需多少时间？”

“回来后，属下计算过，要是两个人合力来做，除去换息和暖身时间，大约得两个时辰。只是，还不能肯定石块后面就是墓穴通道。”

“两个时辰？太久了。”犬雄想了想：“凿开口子，可用火药一点点往里炸嘛。”话锋一转：“风娘，你不愧是北海道深水采蚌好手，帮主派你来，果然有眼力。”犬雄兴致甚高。

肥田注意到老八小林一目缺席，见隙问道：“副帮主，小林师弟呢？”

“小林……可能失手了。不过，这不会影响此行的主要任务。还有你……一时杀不了马啸风也不要紧，再找机会吧。”犬雄望向柳三郎，出语抚慰。

一向自视甚高的柳三郎，面含沮丧，不发一语，似坠沉思，听了副帮主言语，微生涩笑，羞于看向众人。

“副帮主，我们干吗非要去杀关、马二吏呢？行前，帮主没有交代这事呀？”肥田关切小林，心生忐忑，皱眉直问。

“这个……你们不懂兵家之术，我实是以佯实并举之计迷惑官府呀！”

“佯实并举？”听者都觉愕然。

犬雄看一眼老杨，欲言又止。老杨识相地起身：“犬雄先生，你们谈吧。老汉告退，该下厨准备晚饭了。”

犬雄略生尴尬，摆手笑道：“杨兄不要见外，既在你家落脚，自是信得过你。我昨天说了，一切都会告诉你的。坐下、坐下，还要请你助我等一臂之力呢！”

老杨闻言，不再坚持要走，重新落座倾听。

“所谓佯实并举，即指除掉关、马乃为佯，成则壮我此次行色，帮主定会嘉奖；不成，也必定搅得官府混乱，无暇他顾，利于虎丘行事之实。”犬雄端起茶碗长饮一口，抬掌抹抹嘴角道：“这也是双管齐下，确保取剑！”

“取剑？取什么剑？上哪里取剑？”老杨甚是不解。

“杨兄，实话告诉你，我等此次潜来苏州地面，根本所为，是要从虎丘剑池中取得吴王随葬之剑！”

老杨身子微颤一下："啊？剑池中真能有剑？又如何取得到呢？"

犬雄扫了众人一眼："连杨兄都不明所以，看来中国人见识真是孤陋。虎丘不是战国时期吴王阖闾葬身之地吗？阖闾一生喜爱奇兵利器，死时嘱咐其子夫差，将他最珍爱的十柄名剑随葬，藏于墓前深池畔，寓守卫阴宫之意。剑冢沉伏的水潭就名为'剑池'了。"

"九重天"的几个弟子也是首次听说"剑池"之名的由来，都感新奇。柳三郎似觉不值："属下一直不解，我等漂洋过海，费这么大劲，甚至冒性命之虞，就为一千多年前的几柄破剑？不知帮主究作何想？"

"若不理解，就怨你自家学识不逮了。史书记载，阖闾的十柄随葬之剑，皆为万中选一的神兵利器，名噪一时的'湛卢'、'鱼肠'、'扁诸'等，都在其内。春秋时期，吴国一度称霸，也靠这十柄切金断玉、锋利无比的名剑壮了军威。'九重天'若拥有十剑作为镇帮宝器，国中何帮何派的名头能相与匹敌？更重要的是，从这些剑器中，我国的能工巧匠还可检测出中国古代冶炼、制器的诀窍，大大强我军力、国力……"

犬雄越说越起劲，围坐的部属听入了神，连婢女丽子也难得露出了笑意。唯有老杨咧着大嘴，傻了一般。

老杨五十八岁了，虽然一副山野老农神态，身子骨倒算硬朗，将庄稼人的把式"鸭掌功"三十六套招式练得烂熟。否则，犬雄这个八段武士怎会夸他"武艺过人"呢？可犬雄只识其一，不知其二，他哪会想到，老杨实乃大明刑部一名"隐身潜哨"，外放出京，暗中监视苏杭一带地方官员；三月一期，京中自有联络人士前来与他接头，取走近期地面政、商、民、律诸情汇报。

老杨不仅不是"一介平民""一具老朽"，他实领从五品俸禄，地位不逊苏州知府关九州多少呢！

在姑苏城郊一住多年，老杨不事劳作，日子过得舒适，却并不引人注目、生疑，一来，老杨从不张扬，去做惹人注意之事；二来，近邻皆知，老杨中年丧偶，两个儿子倒有出息，常在沿海经商，时与东瀛、琉球人士贸易往来，赚钱不少。有儿子接济，老杨生计自是不愁。

人们却不知悉，老杨两个儿子是生意人不假，但还另有身份。倭寇犯境日渐频繁，边境不宁，战事不断，朝廷忧虑，地方惊惧。官府一面组军建制，以武力抗衡，一面在各地广植“暗线”，监视窜犯的流寇散盗。老杨既是公门中人，其儿也接指示：以行商之便，出入东域，与倭人虚以委蛇，获取情报。为得倭酋信任，老杨又因儿子与倭人的关系，摇身一变，做了倭盗登陆东南的秘密联系人，居处也成倭人落脚之地。老杨父子三人的特殊身份，只在刑部备案，阅过其档者，不超三、四名重要官员，地方衙门半点不晓。非紧要关头，老杨也不得现身官府，自曝面目。

犬雄等不知老杨真情，老杨倒因儿子与“九重天”生意上的便利，对“九重天”了如指掌。

“九重天”为倭域大阪贵族“金袍侯”所创武力帮会。东瀛内乱时期，“金袍侯”为保族人安全与巨硕家资，组建了一支武装力量。后在逐权争战中溃败，逃到一座海岛苟且。困厄中的浪人武士闻讯，纷纷投靠“金袍侯”麾下，以托庇护。“金袍侯”俨成岛国之王，树旗“九重天”，正式成为一方势力。十多年后，“金袍侯”殁，长子东天一皇接过“九重天”帮主之位。这名侯门二代，青年时期寄身多家书院，通文识史。学成后，又闯荡江湖十许载，自有见识。他接过父位，不依旧章，革故鼎新，激浊扬清，重立规矩，起用年轻一辈，将“九重天”发展、壮大，仅仅三年，即跻身东海四大岛王之列。

两年前，有一汉人过海投靠东天一皇，使他如虎添翼，野心勃然膨胀。

汉人名谓袁元通，祖上曾在元朝任过姑苏府达英花鲁（蒙语：长官）的副职。元亡后，袁氏宗族式微，至袁元通一代，偈促福建甫田一隅，行商谋生。

袁元通因屡犯大明“海禁”之律，被衙门没收所有货物，又遭全国通缉。走投无路的袁元通，索性变卖了祖屋、田地，携家人乘舟远行，至东洋水天深处，投靠了昔日在海上走私时结识的“九重天”继位帮主东天一皇。

袁元通献上巨资，并将一路纠集的二十七人一并引入“九重天”，颇得东天一皇高看。正在招兵买马，极欲拓展势力的东天一皇，又见他经年读书、秀才出身，是帮中不可多得的汉人之材，从扩张所需着眼，封了袁元通“九重天”堂口“事务参赞”一职，留在身边问讯咨询。

从祖上遗留的《姑苏方志》中，袁元通知悉，“虎丘剑池吴王墓中，随葬宝剑十柄”，便向东天一皇献策：派员掘破剑池隐穴，打捞十柄名剑，既可拥宝自重，又可以为范品，自铸利器，扩师备战，待得羽丰，重新争逐国之重柄。

东天一皇本就雄心勃勃，追求功名宏图，闻言大喜，立即采纳袁元通之策，派出副帮主犬雄一秀和数名得力部属，一头扎至姑苏城外老杨家，实施“盗剑行动”。

犬雄一秀心机颇深，唯恐泄露风声，只到行动前夕，才向属下及老杨和盘托出底细。

四

马啸风、俞念培出了松风楼，立即尽遣捕快，闭了内外城门，逐街挨巷巡查。同时，遵照关九州指令，捕房加强了重要官员宅第的警卫，防止再有倭贼袭官事件发生。忙碌至晚，各组捕快陆续返回，都没有寻到重大线索。一名捕快在报告中提到街坊所传一件事，虽然与案件无关，却引起了马啸风的留意，他向关九州详细说了——

“事情最先出自一名老年乞丐之口。昨晚，这个在虎丘一带行乞的老丐，露宿在剑池边的石旮旯里。大约半夜时分，他被冻醒，忽听崖旁剑池中水声哗哗，不由生奇，借着月光探身下望，隐约看见池中浮动着一个黑团。老丐以为池鱼月下嬉水，惊讶池中竟藏有这般大鱼。不想，黑团游到池边，老丐吓了一大跳。”

听到这里，关九州笑道：“难道不是大鱼？池里还会有什么水怪不成?”

“真的不是鱼呢。据老丐说，他看见一个长有四肢、细细条条、似人非人的怪物，贴着池壁往上爬。怪物全身灰黑，通体无毛，池水顺着身子像串串珍珠往下淌，身上光光滑滑的。那怪物屁股倒像女人的，圆圆翘翘，没有尾巴……”

马啸风见关九州边听边皱起眉头，知他定有所思，略停了停，换口气续道：“老丐胆子也算大了，那时却吓得一颗心‘嗵嗵’跳，伏着身子，不敢稍动，生怕惊扰了怪物。结果，他又发现池沿边还趴着一个全身黑装的男子，并伸臂扯那怪物上来。怪物立定后，脱下包头的罩子，散开一蓬长发……”

“真是个女子?”关九州也觉讶异。

“是个女子。两人嘀咕几句，匆匆离去了。老丐看清池中爬出的是一个女人，怕是不怕了，但更觉奇怪。天亮后，在同伴中说了此事。于是坊间传开，不少百姓都知道了。有的传说就离奇了，什么剑池中游出一条美人鱼，在月光下变成一个美女，跑进苏州城勾引男人来了……”

马啸风见关九州一语不发，在房里踱开步来，便止住不说，寻思一番，问道：“大人，剑池之事，与两个倭贼刺客相关联么？有点风马牛不相及呢!”

“看似风马牛不相及，但有两点，耐人寻味。一是，剑池边上的那个男子，一身夜行衣衫，与昨夜自毙府衙的倭贼倒是一般装束；二是，从池中出来的那个女子，按理不会不穿衣服的，老丐所见一身灰黑，料想不是皮肤之色，极有可能是穿着‘水靠’。”

“‘水靠’？”马晓风问道：“可是传说中用鲨鱼皮为材，依人体形状裁制缝做的潜海服？”

“大概是吧。潜水人穿了这种衣服，保温护体，还可减少水中阻力。”

“这种衣服，不是普通缝衣匠人能够制作的。”

关九州点头道：“也不是偶尔入水的人会备置的。只有长年经月与水为伍，并需潜至深水中的渔人才需要这种‘水靠’。当然，江湖上的水寇也可能拥有这类衣饰。不过，老丐看见的是一个女子。近年，长江、太湖中还没听说出过女盗吧？”

“没有。寻常渔民也不会半夜三更鬼鬼祟祟地在剑池嬉水吧？”马啸风笑道。

“更深人静，身着‘水靠’潜入剑池？时值深秋，本地女人又一向把‘妇道’看得甚重，岂会以如此方式贪水泳玩？入水者必有明确所为。”关九州凝目而思。

“那剑池方寸之地，会有什么呢？只怕大过巴掌的鱼儿也少呢。”马啸风望向上司。

关九州双瞳精光一闪：“剑池……剑池，池中有剑。啸风，你问到点子上了！”

“池中有剑？真会有剑？”马啸风诧异道。

“既叫‘剑池’，自有渊源。”关九州凝眉思索：“本府方志上记载，吴王阖闾入土时，有十柄名剑随葬，剑冢置于棺椁正前十丈处。算来，正是虎丘山腰剑池一地。后人估测池后或池底即是埋剑处，故将这潭深水名为‘剑池’。”

马啸风知上司博览群书、胸中锦绣，一听之下，自是相信，忙道："那两个男女，夜半临池是想盗剑?"

"尚难确定。真要盗剑，恐非这二人所能。你想，那剑若是易取，还能留存至今吗?"

"一千多年了，说不定剑早锈蚀了。"马啸风道。

"那十柄名剑，是当时能工巧匠用稀世之材冶铸而成，加上藏在地底岩间，不大可能毁废的。"

"千把年了，要是已让人盗了呢?"

"听说剑冢构造神秘、巧妙，一旦被人洞穿石壁，池中之水便一泻而净，尽入山体，再难蓄积；池壁也会整体坍塌，将盗剑者深埋地下。如今，剑池不仍是一汪碧潭吗?"关九州一一解去了马啸风所虑，加重语气道："这十柄名剑，可谓中华无价之宝呀!"

"无价之宝?不就是十柄古剑吗?"马啸风愕然。

"是古剑，但又不是一般的古剑。这十柄剑乃吴、越两国宫藏珍品，更有吴王、越王所佩。世间稀罕至极!"

"哦?"马啸风兴致大增。

"本官在古籍中看到过，吴王阖闾生前极喜收集剑中名品，把玩为乐。临近逝世，特地嘱咐宫人，务将他最珍爱的十柄宝剑随其入葬，既为永世藏之，不虞流落他人手中；又示他在地府也将仗剑巡游，以镇国脉，保得后代千秋万载执掌权柄。"

马啸风倒吸了一口凉气："好家伙!吴王想得倒远!"

"帝王嘛，总是企望自家永主龙廷的。"关九州不以为然地一笑："其实，又怎么可能呢?阖闾只传夫差一辈，不就被越王勾践十年生聚、十年复仇，顷刻亡国了吗?"关九州话语一转，重提名剑："不过，阖闾藏剑的愿望倒是实现了。宫中将十柄最好的宝剑存他墓穴之中，伴他灵寝，慰其亡魂。"

“卑职倒觉这种做法，暴殄天物！”马啸风讪笑道：“若是这十把极品之剑能为后人所用，倒可助佐英杰建功立业、以利世事呢。”

关九州点头道：“你这一说，也自成理。可惜帝王不是你这般想事的。只怕，临死恨不得将天下江山也带着走呢。”

这下，马啸风倒不敢接着往下说了，岔开话头：“大人，这十柄名剑，威力真的异于常物吗?”

“那当然！别的不说，十剑之首，名曰‘湛卢’，当时号称‘天下第一剑’。史载，此剑通体黝黑发亮，浑然一体，锋刃不显，却切金断玉，无坚不摧。相传，造此剑时，铸锻大师欧冶子亲自掌锤，用红石山中深挖的锡块、深山干涸溪床中掘出的紫铜，反复配料以试，直至最为相衡；锡、铜合融时，雷声隐隐，天际连响；熔炉红透，竟有蛟龙绕鼎三圈，入地而去。待剑制成，又暴雨如注，如天河决口。最奇怪的是，此剑虽锋利无比，却无一丝杀气，尽显仁道。活脱脱一柄‘王者至尊剑’。”

马啸风双目圆睁，咋舌不已。

关九州又道：“十剑之副，名曰‘鱼肠’，一柄七寸短剑，却因专诸刺吴王而名动天下。”

“专诸刺吴王，卑职倒是听茶楼说书艺人提到过的。”马啸风接道：“那个在太湖边捕鱼、烤鱼的专诸不就是后来被饮肆、饭铺奉为‘厨师之祖’的专诸吗?”

“阖闾正是因为买通专诸杀了其叔吴王僚，才登上王位的。从此，他对那柄能置入鱼肠中的短剑爱不释手，终日笼在袖中，大去之时当然也带着走了。此剑虽然短小，却列名第二，与‘湛卢’一长一短、一重一轻共御众剑。”

“听说专诸拔出鱼腹中这柄短剑时，殿前卫士出器阻隔，却被此剑连断三刀两戈，再入吴王胸膛，竟刺破僚穿在身上的三重铁甲护衣，直穿后背而出。果然锋利无比！”马啸风也尽述所闻，兴奋不已。

“十剑各有故事，皆非寻常之剑。”关九州归结道：“这十剑的用材、熔铸、锻法都大有讲究，连燃料也非常用的木炭、煤块之类。若能洞悉、掌握铸剑之技，发扬光大，别的姑且不论，对国家军事倒是大有裨益。”

“十剑既乃国家神器，岂能让倭人得之？若让他们成千上万地复制开来，那战力可要大大增强，我大明势不危殆？”马啸风愤道。

“所以，你我绝不能让倭人阴谋得逞呀！”

“一千多年前的国宝，岂能在卑职当苏州总捕头时被人盗走？”马啸风明白上司心意，不由豪气涌升。

关九州思绪回到先前：“现在，外出的捕快、探子，都因城里生乱回来了。这是巧合么？”

见关大人望着自己，马啸风也受启发：“大人的意思……有人搞‘声东击西’的障眼法？”

“也不完全‘声东击西’，与你搏杀的倭贼武功之高、格击之烈不像是虚；还有昨晚那个刺客，不自毙当场了？我看既是‘声东击西’，又是‘双管齐下’。哈哈，这伙人不仅贪心忒大，也诡诈得很！”

“这么说，剑池出现的男女，也是倭贼？”

“不是倭贼，也与外鬼脱不了干系，合伙作案的可能性极大。捕房要将他们放进案中，一并勘查。”

“是。卑职立即派出捕快，将剑池监视起来。”

“不、不，那样动静太大。你派人到虎丘，他们必会察觉；若不再行动，上哪里寻其踪迹？只有让他们误以为官府一无所知，不察所为，继续犯事……”

“大人所见甚是，那就外松内紧好了。卑职关照白云寺的僧人暗中留意剑池；当然，我不会向他们说破原委的。”

“这个法子可以。白云寺每日要到剑池汲水，僧侣如常走动，不会引人怀疑。另外，我们也不能一味干等。我看，那个已死的倭贼还可利用一下。这么着，你令衙役放出口风，就说……”

五

晌午时分。进城卖菜的老杨匆匆赶回院落，不等犬雄发问，卸下空担即道：“犬雄先生，多亏进城一趟，可听到大事了！”

正与柳三郎等人闲聊的犬雄一怔，讶然发问：“什么大事？”

“嗨，你们那位小林没有死，让人家抓住了。可也难活长了，三天后，官府要将他先示众再斩首呢！”

犬雄一伙勃然变色。

“小林活着？落到官府手上了？怎么可能呢？”犬雄摇首不信：“‘九重天’戒律第三条就是不当俘虏呀！”

“错不了，苏州府衙贴出的告示，糨糊还没干透呢。上面写着‘近期倭患猖獗……民众要小心防范……’一大篇啦。吓得老汉后脊梁直冒冷气。总归自家心里发虚呀！呵呵……”老杨语末还自嘲几句。

听说小林没死，柳三郎、肥田、风娘等人缓过神来，喜形于色，唯有犬雄阴沉着脸：“哼，幸亏我还没告诉小林取剑的事。”

柳三郎忙道：“小林就是知道，也不会招供的，他的脾性我了解。”

“是啊，他要招了，我们在这里还能住得安稳？也不会再有‘三天后处决’的下场了。”肥田也为小林辩护。

“副帮主，小林保全了我们，我们可不能听任中国官府将他处死呀！”柳三郎情绪激动，出言硬呛。

肥田见犬雄默然不语，接着帮腔：“柳三兄说得对，我等师兄弟一场，岂能见死不救？再说，这事要让‘巡天五使’知道，定会惩戒我等，只怕……只怕副帮主也脱不了干系。”

“巡天五使”是“九重天”近二年新设的执行帮纪、监控全帮的神秘机构，共有五个行刑人物，直接听命帮主，除了东天一皇，再无第二人知道他们的真实身份。“五使”只知执行帮主命令，六亲不认，任谁触犯帮规，也难逃他们辣手严惩，轻则丧命，重则株连全家；而且，他们还有临机处罚、先斩后奏的特权。提到“巡天五使”，全帮上下莫不胆寒，即便高坐“二把交椅”的副帮主犬雄一秀，也不敢怀轻慢之意。

肥田抬出“巡天五使”，柳三、风娘忙点头赞同，唯有丽子站在一旁神色如常，事外人一般。她身份卑微，没有议论帮中事务的资格，向来知趣，少言寡语，只埋头做事，甘心侍浴。

犬雄听众口一词，脸色几变，不得不道：“不是我弃小林不顾，只是担心一步行差，误了大事。我与你等身份有异、职责不同呀！好吧，今晚三郎、肥田随我闯一闯苏州大牢，看能不能救出小林。”

见犬雄语气仍含勉强，但毕竟愿意前去劫狱，众人也就不再言语。

犬雄续道：“我等也不宜在此久住。今夜救人，明晚取剑，等官府从乱中警醒，我们已在大海之上，那就什么也不怕了。”

“去大牢抢人不是易事，人手少了不行，我抖一抖这把老骨头，算上一个吧。”半天没吭声的老杨兴致也高起来，主动要求同往。

“行，杨兄功夫，我一向佩服，有你相助，胜算更大。”犬雄对老杨甚感满意，难得露出一丝笑容，夸了几句，又转对风娘道：“你留下做好破石取剑准备，让丽子帮着再赶制些水下炸药。石壁坚硬，只用镐凿太慢，还是逐层炸开石垒的好。”犬雄念念不忘取剑之事。

一团云絮遮住了细月，地面暗了一暗。犬雄等人待巡逻衙役走得远了，急忙甩出绳钩，攀入大牢院内。放眼看去，一片黑黑沉沉，唯几所高顶大屋耸立处，泄出片片光亮。四人戴上面罩，匍匐行进，片刻，即见两盏

"气死风"灯挂在一扇铁门旁，四名狱卒荷枪挺立，另有四卒执刀巡行。

"副帮主，这里戒备甚严，定是大牢入口，杀了他们，抢到钥匙就能进去了。"柳三郎战志已燃，提刀催促。

犬雄正感到进来得容易，心里忐忑，不及答话，猛然一阵铜锣敲击声响彻狱院，四周数十火把高燃，从暗处跃出幢幢人影。为首者哈哈一笑："果然来了！关大人真是神算！"

柳三郎识得说话之人，轻声对犬雄道："这厮就是马啸风。"

犬雄四人知道陷入衙门埋伏，但自恃武功，并不惊慌，一字站开，与圈上前者相持不怯。

犬雄对马啸风道："你们只会依仗人多，敢与我单打独斗吗？"

马啸风道："老子擒贼缉盗，从来都是一对一，用得着你来激我？"一指柳三郎："你我前日未见输赢，现在接着来吧。"又一指犬雄："你嘛，看来是个头目啰？那好，不能怠慢了，自有高人接着。"

犬雄被马啸风指来指去的嘲讽，心头火起，不甘示弱，大吼道："谁敢与我一战？"

一位长者越众而出，胸前胡须被火光映得一闪一烁。四周静下来，只闻火把燃烧的"噼啪"声。

"本知府关九州，设下区区小计，捉拿尔等倭贼。你还敢逞勇斗狠？"关九州发出官威。

"你就是关九州？我是扶桑八段武士犬雄一秀。你把我属下小林一目抓去牢中，今日要你放人的！"犬雄怒道。

"小林一目？哦，可是图谋行刺本官的刺客？他胆敢暗杀大明官员，犯下死罪，岂能放还？今日你等自投罗网，省了官府不少力气，索然一块降了吧！这样，你或许就可以见上那什么'小林'了。"关九州半点不将这班倭盗放在眼内，从容而言。

"东洋武士从无降者！你有何能与我一战？"犬雄话音未落，冷不丁一记长拳攻向关九州。

犬雄有心先发制人，以求拿住关九州，脱离险境。他不信一介文官，能与他八段武士放对。

柳三郎见犬雄猝起发难，也紧着一挺双刀，直劈马啸风。

二处战局立开。

关九州见犬雄面白无须，说话间双目游动，知是奸诈之辈，心中早有防范，见他凶悍来袭，拳风猛烈，便微一侧身，左袖放卷，切向来拳。

犬雄一拳挥击袖片，“啪”地清响，如击硬壁，指骨隐痛。他识得这是内家“硬袖功”，忙欲收势，手腕已被软袖裹住，无一点着力处。犬雄心中生惊，料想不到面前儒雅官员竟是内家高手。小林刺杀此人，怎能落好？唉，老杨头也是想当然，说关某人只是一介书生，真是糊涂！误我大事，折我强助！犬雄乱想虽生，手上不慢，左掌立出，强拍关九州面门；右脚旋即飞踢，直踹对方下腹。犬雄上下齐发，全力抢攻，有心打倒关九州，立威当场。

柳三郎与犬雄一样心思，也知今日若不拼命，四人难有活路，双刀使得如雪花飘飞，狠厉迅急更胜松风楼一战。

马啸风在自家地头作战，人多势众，心中半点不躁，只按事先拟定的方案，将“八卦封门刀”法使得淋漓尽致，一柄腰刀在身前织下铁网，不露半丝破绽，虽取守势，却无败象，将柳三郎牢牢吸在身前。

肥田、老杨被俞副总捕率众役迫在一隅，好在肥田身形灵活，闪转踔躲，五尺铁棍，划东打西，几名衙役一时拿他不住。老杨则使开“鸭掌”技法，动作虽然笨拙，却也雄浑力足，打得三四捕快东避西走，应对不迭。

双方清楚，关九州与犬雄一战，则是全局胜负的关键。

犬雄一秀不知关九州武功深浅，接战之初，心理上先吃了点亏；出手又想速胜，不留余力，一味猛攻硬打，只将技艺全出，既失了节奏，又乱了次序。关九州大袖飘飘，身形闪动，一记也没让犬雄击实。犬雄知道关九州用以柔克刚之术与己交手，只有对自己内功深具信心者，才敢如此施为。“这个官员内力深不可测，难不成是武林高手？先前太低估他了。”犬雄一念至此，心中开始发毛。

“九重天”帮会中，犬雄位居副座，经域内“武士盟”正式授予“武功八段”证书，是帮中仅有的四个“八段”之一，以劲足势迅的“扶桑三十六路神拳”著称，从来顾盼自雄、眼高于顶。此时，身陷重围，性命攸关，犬雄强抑乱意，招招用力，尽展威势。

关九州先取守势，见招拆招，十个回合走完，已将犬雄拳路摸清，也已测知自己内力胜之，便式生反攻。

犬雄见关九州出招有变，克制内心之惊，出拳大开大阖，愈加凶猛，将“神拳三十六式”打得虎虎生风。只是虽将关九州挡得一步难前，却没能伤他分毫。犬雄不敢久战，正欲变招，两截小臂突被关九州一双长袖搭盖。犬雄立即发力，意图破袖出拳。哪知，刚一使劲，双腕又遭关九州拿实。

犬雄上身力气堵塞不通，忙中出腿解急，关九州的“袖里乾坤”已轰然发功。

犬雄被一股大力推出，踉踉跄跄止不住步，退出丈外，终是“金鸡独立”稳不住身，一跤翻倒。

老杨、肥田抢步来扶。犬雄新力重生，一跃而起，满面通红地对二人耳语：“大事要紧，快随我走！”言毕，返身打散几名阻拦捕快，向院墙处扑去。肥田看一眼正在拼战的柳三郎，稍一犹豫，紧随犬雄冲出围去。

老杨断后，挡了挡追上前来的关九州，扬手打出一物，将关九州阻了一阻，也追随犬雄、肥田跃过院墙。

捕快、狱卒一阵忙乱，分出十数人随俞副总捕出门追赶。关九州内力虽强，却不擅轻功，也不便当着一众下属的面攀爬墙头，便折回身，走到柳三郎身后站定，心想，只要不都跑光就行。

柳三郎出尽刀势，破解不了马啸风的“八卦封门六十四式”，正感焦躁，察觉犬雄三人竟冲阵而去，顿时心灰；再见关九州一追即回，封死了自己生路，不得不绝了离去之心。

此刻，柳三郎已经清楚，小林一目不可能活着了；他也理解副帮主另有图谋，非将肥田带走不可。自己怎么办？力尽时束手被擒，还是追随小林而去……

于是，在明亮的火把光耀下，众人看见了一个撼心动魄的场景：黄衫青年忽然停止攻击，垂下双刀，朝马啸风一揖：“你的刀法不错，我的佩服！”转而，回首向关九州傲然一笑：“我的，要去见小林师弟了！”说毕，紧咬牙关，双目一闭，迅疾将左手短刃刺进了自己的下腹……

六

“副帮主，我们这一走，柳三兄恐怕难以活命了。”老杨对街巷熟悉如握，头前领道，三人绕路甩脱追赶的衙差，攀出高城，到了旷野。肥田数番回顾后，忍不住开口埋怨。

“那场面，稍一延误，就全都栽掉了。我等还有大事要做，不跑怎么办？”犬雄疾奔中，头也不转地斥道。

三人返至居处。风娘、丽子候在堂上，一见犬雄等人神态，再看不仅没有小林一目的身形，连柳三郎也没有同回，知事不妙。

肥田心气不顺，把劫牢遭伏、弃柳而归的经过，对两位女子约略说了。一干人阴忧地望向犬雄。

犬雄知道“九重天”这班年轻骨干，都是帮主东天一皇亲手调训出来的，心目中并不把他这个副帮主看得太重。这次随他前来的四名好手，尚未成事，已折半数，剩下二人自然会生怨忿。他不解的是，一向谦恭的丽子，也流露出不满表情，这是从未有过的现象。犬雄不由愣了愣，只好解释几句，以免下属俱生异心。

“舍下柳三，情非得已。当时敌众我寡，非撤不可。弃了一个，换得三人脱险，明晚方可行取剑之事。诸位心意，我都明白，我能不痛惜柳三郎？不过，我等行止，当以大局为重，千万不可感情用事，自毁自灭！”

“折了柳三这把好手，帮主定会生怒。再说，取剑时，少了柳三兄，我夫妇待在水里，也难心安。”肥田与风娘水中功夫很高，击技却是平平。肥田担心没了柳三郎，他夫妇临事安全少了保障，倒是实情，但话语中也透出对犬雄薄情寡义不甚放心。

犬雄听了这番话，果然心中生堵，立对肥田硬声道：“取剑之事，主要靠你夫妇。我一直在保全你俩，你还看不出来么？风娘，你别担心，你和肥田跟着我干，不会吃亏的。再说，一俟剑取到手，帮主追究不追究折损小林、柳三的事，都无所谓了。”

此话一出，肥田、风娘、丽子全都惊讶地抬起头来；闷坐一角、疲累欲睡的老杨也睁开了眼睛。

犬雄阴阴一笑：“事已至此，我把底牌向各位摊开吧：取到那十柄名剑后，我想，大家不必再回‘九重天’了，就在海上另找岛屿占了，开门立派，成立一个‘名剑门’。那时，升旗建寨，招兵买马，我是大门主，你夫妇俩就是二门主、三门主，丽子可以当门内总管，我等自成一派、自由自在，不比在‘九重天’里听人使唤好吗？也不用担心，一言不慎就被‘巡天五使’夺了命去！”

犬雄一说，众人怔在当堂，各自盘算开来。

犬雄察言观色，又往深里说道："这个打算，我来前就谋划好了，只是碍着小林、柳三，不好对各位明说。现在去了他俩，你们反倒好排座次了。我自是信任三位，还望你等与本门主同心协力，共图大业。"

肥田原无离开"九重天"之心，但此刻小林、柳三均已折损，自己夫妇无能与犬雄抗衡，只得看看风娘，二人一样心思，不再吭声，以示默认了。

丽子垂下眼睑，轻声道："我可当不了什么总管，还是侍奉副帮主到底吧。"

"好、好，不当总管也行，只要令我满意，一样不会亏待丽子你的。"犬雄见自己说服了三人，兴奋不已："喔，还有杨兄呢，干脆你来当'名剑门'的总管吧？"

老杨叹口气道："你们说离就离了'九重天'，我不行啊，我两个儿子还依仗'九重天'势力混饭吃，我要是随你去了，'九重天'的人会找我儿子麻烦的。再说，我年龄大了，不想背乡离土，更不愿到孤岛上喝风饮浪了。"

"行、行，随你心愿。你就明替'九重天'、暗为'名剑门'干活吧，银子不会少你的。脚踏两只船，不是更好么？哈哈……"

望着犬雄得意的笑脸，大伙有所领悟，小林、柳三相继命殒官府，倒隐合犬雄的意愿了；说不准，恰是犬雄有心将他俩送上不归之路的呢。唉，名剑尚未盗成，自家队伍倒先生异变！众人一时惶然无语。

黎明前，苏州府衙内。关九州与马啸风的谋划也到了紧要处。

离了大牢，踏进府衙大门，关九州即对马啸风道："你随我来。"将他带进了书房。

"看看这个。"关九州递给马啸风一幅二指宽的纸条。

马啸风就着烛光，只见纸条上用炭线划了八个拇指盖大的字：倭人明晚剑池盗剑。卷末画了一个小圆，圈里有个“十”字。

“这是?”马啸风不解。

“今晚最后跑掉的那个蒙面人，用它包着石块扔给我的。我以为是件暗器，怕伤了身后的弟兄，就扬袖将它收了，入手才知是借石传书。”

“倭贼中会有人向我官府通气?”马啸风犹似不信。

“他不是倭人，是中华子民。”

“大人何以得知?”

“你看信末暗记。”关九州解释道：“这些年，江浙一带倭患连连，朝廷刑部便在百姓中安插“眼线”，隐在倭人中刺探消息，做的是‘死间’之举。”

“‘死间’? 那是要搭进身家性命的呀!”马啸风惊道。

“听说，行此事者共有十人，分别以不同方式与倭人结识，取得他们信任。十人常将倭情密报朝廷，但从不暴露真实身份，即使冒官府误杀的风险，也不说破。因为，他们既为倭人干活，家人又大都被倭人挟持。倭人凭此控制他们，他们也借此示以忠诚，所以，成了‘死间’。你看，这是他们独有的标识，意思是十人同心，各处一方，纵横有术，决不张扬。以至，除了兵部、刑部的几名大员，地方上无人知晓他们是谁。”关九州指点小小圆圈，细说不已。

“忍辱负重，蒙耻不辩。这十人牺牲太大了，真是奇男儿!”马啸风点头赞叹。

“巡抚大人对各地官员提说过此事，以便必要时予以配合，我才略知一二。今日还是首次亲遇呢!”关九州感慨不已。

“这么说，纸上所言可以相信了?”马啸风又看了看字条。

“有这个标识，我看可信。前两天，我们所获老丐的言说，不也与此有关? 现在可以肯定，夜闯剑池者必是倭贼了。”关九州接过纸条，在烛上燃了。

“这帮倭贼已经折了二人，昨晚虽说跑回者三，估计战力不会太强。何况其中还有一个自己人。三根手指捏田螺，稳捉了。”马啸风分析道。

“那个‘自己人’和他们在一起时，不会公然相助我们，还得算作敌对力量。加上在剑池露过形的女子，就是四人了。翻他一倍吧，我看至多七八人。”关九州剖析道：“但是，倭贼都是亡命之徒，胆大妄为，投机心重，为了取剑，必会舍命一搏，我等不能轻敌。”

见马啸风欲言又止，关九州即道：“啸风，有话但说无妨。”

马啸风受到上司鼓励，便道：“关大人，卑职这几日也有所想，不知当否，说出来望大人指教。”

见关九州点头允可，马啸风即直述疑惑：“听大人说了十剑之事，啸风深受震撼。但后来又想，那些名剑虽然殊异，也是一千数百年前所制。今日铁制兵器早已取代铜器，远为锋利坚韧；何况，自火器出现，飞箭燃矢、流星爆弹、霹雳大炮，威力一个比一个猛不可御，现今，又出愈加轻巧、可执手中使用的火铳。铜制冷器淘汰已久，倭人怎还要研析陈年旧物？费这大心机，太不值了！”

听马啸风一气说完，关九州沉吟半晌，笑道：“春秋战国，吴越交锋，已然远去。那时所制兵器再好，也确实难望今日项背。你所思不差！依本官看来，倭人窃夺名剑，并非常人想象的一味仿制，实是图谋更深、更绝。”

“图谋更深、更绝？”马啸风初听上司赞同己见，心中甚喜；再闻关九州所说，一时怔住。

“是的。倭人是要毁我中华之源，掘我中华之根呀！”关九州语中含愤，忧虑更甚。

“啊！这么严重？”马啸风大感惊讶。

“天有三宝：日、月、星；地有三宝：土、水、林；人有三宝：精、气、神；国也有三宝：史、人、文……”

马啸风打断关九州话头："天、地、人三宝，属下倒曾听说过；这国之三宝，实是初闻。望大人详说。"

"国之三宝：史、人、文，是指任何民族、国家、社稷，赖以繁衍、生存、发展，全凭历史沿袭、贤士能人、文化建树。前两项好懂，文化建树包含技艺一说，内涵广阔。所谓技艺之涵，即指世人发明、创造的各种技能，如观测天象、地情、风水；制造各种劳作、生活、作战器具；救人活命之医术、药理；哺婴育儿的种种方式定规；著书立说及字、画、乐、绣，纺织、工匠等都属于此类。这些技艺中的极致作品、物件，是国家、民族的'神器'。体现一国一域一族特有的传世绝高技艺，源头均乃人文智慧。史、人、文不是国之瑰宝，又作何论？"

马啸风连连点头："大人所说甚是，啸风受教了。"

"制剑乃诸技之一，名剑则是这项工艺技能当世的代表、精华。既为'国宝'、'神器'，若被他国掠有，有辱国格，有损国体，并且伤我子民自信、自尊；甚尔，毁伤我民族立足世界之颜面！"

"哼！倭人虽与我邦渊源极深，却一向对我上古种种存留，垂涎三尺，屡欲染指。今日，决不能让这帮贼子野心得逞！"马啸风一掌击在桌面。

"所以，我等必须强硬应对，不能有丝毫闪失。"

"如何行动，请大人下令。"

"与我交手的倭贼，极可能就是首领，得你或我才能接下，估计这班人中，不会再有武功高过他的了。"

"大人的意思……不必调动军马，仍是捕房的弟兄来办案？"

"出动军队，消息四传，倭贼闻讯定不敢来。你安排念培挑选捕快硬手二十人，扮作游客，分散去往虎丘，傍晚前全部进入白云寺听令。其余弟兄随我等行动……本官还有一个想法，你即刻前去太湖边，挑四个水性好的年轻渔民，一并带到白云寺。"

马啸风立即明白关九州的用意："好，卤水点豆腐，一物自需一物降。真要跳进剑池中，我这只旱鸭子，玩不过那穿'水靠'的婆娘呢！"

七

秋夜，凉意浸透虎丘山间；漫山遍野叶稀枝疏的林木，交织成一大片一大片的黑影。月过中天时分，林间小道上出现五条人影，脚不带尘，向剑池处疾行。

犬雄一秀担心人手不够，连婢女丽子也带了过来。他志在必得，犹如赌徒孤注一掷，所有顾忌都不再虑及。

越过试剑石、板岩坪，进到剑池畔，只见一泩墨水点点闪闪，展伏池中；四周崖石峥嵘，危壁高耸，一条三尺宽、丈许长的石桥，连接两方巨岩，通往山脊白云禅寺；石桥下方，幽水生寒。几人散在池边、窝在石凹，无心者即使近到跟前，也难察知。

"好个隐蔽场所！大伙开始干吧！"犬雄对地形满意，心情愈加迫切了。

按照事先调派，丽子越过石桥，伏在崖后，监看白云寺方向。更深夜静，只要僧侣不出山门，就不虞有人走动。老杨则退至小径，注视大石坪外沿动静。肥田、风娘早将"水靠"穿上了身，褪落披风后，一个提着器械，一个挟着几小包用油纸密封的水下炸药，悄无声息地滑入池中。

片刻，池底透出沉闷的敲凿声。犬雄轻吁一气，拣了一方石块坐下，他只需要等待了。

这一切，都被隐于数十丈外灌木丛后的关九州、马啸风瞧在眼里。

“可以动手了。再迟，这些人会将池子弄毁的。”

听关九州发话，马啸风便仿了几声夜莺啼鸣，传出行动暗号。

苏州府衙制定的围捕方案是，一旦倭贼进入实施阶段，立即上下夹击。

因为担心过早让犬雄察觉，捕快不敢靠近设伏，分散埋伏在稍远处，接到上峰指令后，只能匍匐着缓缓向前移动。

正在此际，剑池崖顶响起一声咋呼：“好哇！你们又来这里做啥？老叫花子倒要弄个明白。”话声中，一条身影从崖上攀滑而下。

犬雄与众捕两下里均吃一惊。

马啸风暗暗叫苦：“千算万算，把这里有个老叫花子漏算了。这横档里一记，偷袭不成了。”

犬雄跳起身来，定睛细看，援壁而下者满头乱发，一身脏衣，心头顿松，杀机陡生，狞笑道：“贱人！你要弄个明白？那就过来看吧。”边说边迎了上去。

老丐见犬雄面露狰狞，吓得转身即走，犬雄一跃进前，从背后扣住他两只肩胛。

犬雄试出掌下之人不会武功，又担心他发声乱叫，便一提右膝，狠撞老丐腰椎；双手则合力以拧，有心折断“搅局者”的颈骨、喉管。

见犬雄欲取老丐性命，马啸风再不他顾，撮唇厉啸，发出强攻命令。四围捕快发声喊，齐奔剑池；白云寺门也轰然洞开，冲出一彪人马。

场面剧变。

犬雄懵了一下，顾不上灭杀老丐，中途变力，将他甩落石桥，匆匆朝池中低喝：“你二人潜在水里，不要出来！”言毕，一振身形，弹跳丸跃，降身下到老杨立足处。

老杨已与马啸风对上了。虽然蒙着面孔，关九州已凭身姿猜出此人即是飞石传信者，便朝马啸风略一示意，自己则上前几步，迎头截下犬

雄一秀。

犬雄不及猜测捕快怎会候个正着，关照肥田、风娘暂不出池后，一心逃离此地，引开捕快，待机再来。他本无拼死决战的意愿，再见关九州也身临此地，迎面而阻，更不愿捞不到名剑先送掉性命了。

犬雄正拿眼巡睃退路，丽子吁吁跑到：“副帮主，寺里也有埋伏，都冲下来了！”

犬雄向老杨、丽子喝道：“此地不可久留！快走、快走！”

老杨提刀防着马啸风，口中嚷嚷：“肥田、风娘还在池中，等等他们吧！”

丽子随声附和：“是呀，不能再丢下他俩了！”

犬雄暗骂二人不明事理，不通权变，更气老杨说破池中匿人，恼怒地抛出一句：“那你俩留下吧，我不奉陪了！”身形急住斜坡纵去。

关九州两条大袖立即发出，飞拍犬雄。半空中的犬雄，只觉一飙大力直袭后背，迫得落下地来，转身出掌硬接。

见身前捕快头领只是拦着自己，并不出刀，老杨担心犬雄、丽子生疑，出语暗示池中有人后，便一抡刀片，主动扑向马啸风。

几名捕快上前捉拿丽子，丽子步法灵活，左躲右闪，避到老杨身后。

副总捕头俞念培率人冲出白云寺门，跑到石桥上，见战局开在岩下，正寻思如何下去助战，被犬雄摔得头破血流的老丐已攀爬上来。一见四面多是官府衙役，老丐大致明白八九，不顾身上疼痛，朝俞念培喊道：“官爷，这池里还有人呢。”

俞念培立对随来的四渔民道：“你们下池看看，要是有人就捉上来。”

渔人一入池中，但见碧水翻涌，波掀浪拍，显是水下生战。捕快立即分出人手将池沿围住。

犬雄与关九州对了几招，终是内力稍逊，不敢恋战；待见捕快围紧了天池周边，绝望顿生，奋力攻出两拳，趁关九州新力未发，飞踹连连，踢翻近前的三名捕快，冲开缺口，跑进暗林密树中。

马啸风刀势虽猛，却心中有数，只将老杨挡在身前，并不全力攻击，暗中留意全场，一见犬雄逃离，立即撇下老杨，追了过去，口中大呼："别让正主跑了！"

老杨趁机一扯身后的丽子："事已至此，我俩也走吧。"他有点怜惜这个温和勤快的东洋少女，不愿她落入捕快之手，有心救她离去。

犹豫中，丽子回首剑池。但听一声闷响，地面猛颤，池中厉烈生光，映得崖岸上下透亮；随即，一飚巨大水柱冲天而涌。池边的捕快、老丐，被震得四下滚翻。

水浪落处，池面浮起几截残肢。

丽子料是肥田、凤娘不能脱身，只好引爆火药，与捉拿他俩的渔人同归于尽了。

满场震惊。一众呆立。

眼见老杨、丽子遁入山林，马啸风已当先追出，关九州心系剑池，连忙转去察看。

犬雄逃出数丈，忽听身后风急，知有高手追至，扭首偷看，见马啸风独自提刀而来，便瞧准高处，拔步登上，喝道："恁你一人也敢追我！"嗓音未落，剑池处响起炸雷，将二人震得一呆。犬雄知道肥田、凤娘难以生还，悲苦之心尤甚，急从怀里摸出一物，直掷马啸风，嘶声道："你也去死吧！"

马啸风尚未从巨响中缓过神来，就见一枚鹅蛋状的铁球迎面击至，忙将佩刀一抡，"啲"地一声，硬将来物磕向地面。同时，鼻中嗅入几丝硫磺气味。

马啸风自是行家，心里一紧，急忙一个后仰，倒翻丈外。脚未踏实，只听"轰"的一声，原来站立处爆出一团火花，碎石断木飞溅乱射。

"好个歹毒的倭贼！"马啸风一颗心几乎跳出胸腔，抖落身上泥砾，冲出烟雾，再寻犬雄，已是失了身影。

八

犬雄仗着救命暗器“霹雳子”逃得生路，一口气奔到天平山下，喘息未定，老杨、丽子也遁回院屋。三人神沮力竭，半晌无语。

喝了两杯热茶，犬雄生出新劲，打破沉默：“杨兄，今日多亏你将丽子救回。”口气中似对自己率先逃离也有愧意。

丽子低头不语。老杨叹道：“可惜肥田、风娘死得惨呵！要是叫上他俩一块逃了多好！”

丽子抬头看了犬雄一眼。

犬雄脸色尴尬：“唉，真没料到这种结果！”心中却想：官府好像就在剑池等着一般，怎的这样凑巧？难道……柳三郎也没死？他招供了？

“小林、柳三究竟是死是活，一直难以确定。大概是柳三郎将这事供出去了，要不，官府哪会正好等在剑池？”犬雄要将这次失败的责任找人担起来。

“是啊，生不见人，死不见尸，难说得很。”老杨模棱两可地附和。

“好在我们三人安然无恙。明天，丽子随我回转‘九重天’，把经过禀告帮主，再作定夺吧。”犬雄好像忘了要另立门派的宏志，转而柔声吩咐：“丽子，你去烧水，我沐沐身子……歇一宿就上路吧。久待此地，保不准官府会查过来的。”

“走得这么急？过三天就是本土风俗日子‘重阳节’了。痛痛快快地吃几顿螃蟹、喝几坛绍兴黄酒，解了馋再走也不迟呀……要不，先到太湖芦苇荡里避避风头？”老杨有意挽留。

“事情闹大了，官府不会就此收手，一定要大举搜捕。以关、马之能，不会放过角角落落的。我们留在这里终不安全，说不定还会累及杨兄。三十六计，走为上。贵国的兵法么！还是早走早好。”犬雄坚持道。

直到躺进温热的浴水中，犬雄惶急的心绪才渐渐平伏。他非常喜欢香汤泡浴，特别配制的草药汤汁，令人舒筋活血，元气充沛。每当犬雄需要刺激肌体、振奋精神时，只需在热腾腾的香汤中，畅快地浸上半个时辰，就能雄姿英发地出现在公开场合了。

泡在温水中的犬雄一秀，精神松弛下来，往事历历在目。

那日，海岛营寨大堂上。汉人袁元通将虎丘之行说得如探囊取物一般，只是手到擒来而已。自己也是鬼迷心窍，只当建功立业的机会降临了。帮主征询众将意见时，自己竟不作细思，抢先应承：愿往剑池一行，定取名剑献上，以遂帮主心愿，以振本帮雄风！

此次积极请战，一是轻信了袁元通这个混账所言，没有周密、冷静地思考，全无虑及此行艰辛危险；二来也受“九重天”内近期形势所迫，不做出惊人之举，只怕副帮主之位难以坐稳了。

想来自己也是老帮主“金袍侯”旧班底中的一员，与现任帮主东天一皇称兄道弟，厮混日久。可叹东天一皇继承帮主之位后，一味起用新人，对故旧排斥的排斥，下派的下派，疏远的疏远，还下狠手肃清了三五倔强者。幸亏自己见机得早，率先喊出“东天一皇，吾帮希望；宝座永固，美梦呈祥!”的贺词，才得以保住副帮主之位。不过，仍实权旁落，除了议事时说上几句，调动不了帮中一人。

犬雄急于做出几件实绩，以图在帮主跟前不致冷落太甚，免得被帮众日渐小觑。

但是，这次行动搞砸了，不仅没有取得中华名剑，反而折损帮中四员好手。肥田、风娘原系北海道的渔民，常年在深水洋中养蚌捞珠，采珊瑚、殖海带，水下功夫常人难比。“九重天”每次与敌海战，都是他夫妇带着擅长水性的弟兄率先出击，直将敌船凿得底通舷穿，致使敌方未战已败。如今，夫妇二人同葬剑池，说到底，自己调遣失当，难辞其咎；若是及时唤他夫妇脱离剑池，不就一块逃了回来？唉，只怪心存侥幸，指望他俩暂匿池底，自己回转来可再行其事。

柳三郎、小林一目均是帮中高手。柳三郎武力已达七段，人又悍猛，冲锋陷阵，一马当先；小林虽仅六段，阵仗中却骁勇异常，杀性极盛。二人对帮众有莫大的带动力。帮主因他俩年轻，可堪造就，很是钟爱。此次却一起折在自己领导的行动中，这又如何向帮主交代？刺关杀马，确非帮主旨意，只是自己一时起兴，贪功太过。

折腾一番，功既未成，却犯下大错，还一时冲动，泄露了另立山门的企图，这实属大逆不道，回去后，只怕日子难过哦！帮主欲向丽子查问，再遣人与老杨对质……

犬雄越想越生后怕："这二人一定要笼络好，否则，我很难在帮主面前编圆话语的。"

一念至此，犬雄大声唤道："老杨、杨兄在吗？"

只听老杨在院中回应不迭："在咯、在咯，犬雄先生有啥事体？"

"在这汤水里泡泡，有益身体。杨兄，待会你也试试，叫丽子伺候、伺候你。"

"喔哟哟，犬雄先生，还是免了吧！老朽这把年纪，无福消受，也消受不起哟，只怕拆散了骨头架子。免了、免了！"

犬雄暗笑，不再勉强；又见丽子虽不言语，却嘴角含笑，面颊生羞，较往常更艳三分，不禁心中一动：把这小女子的嘴巴封好，倒是当务之急。

犬雄抹一把脸上汗滴，夸道："丽子呀，你这次随我行动，表现甚好，我一定在帮主面前好好说上几句，建议提升你为总堂副领，带几个姐妹，为帮主和我做事，日后有福享呢。"

丽子笑而不语。犬雄索性再言："你若不愿在堂中做事，那就跟了我吧。我一个副帮主，娶上三妻四妾本是平常事情。你到我身边，做个三姨太，好吗？你快二十岁了吧，别去伺候他人了。你瞧，我身体多好……力气足得很……"

犬雄一秀说得亢奋，人也躁动起来，禁不住出指点点昂扬勃动的下体，仰身坐起，一手抓向丽子肩头，一手搂住她腰肢，将她拉往怀中，吐语急促："丽子……哦，丽丽、丽丽……我早就喜欢你了……瞧，你衣衫都湿了，不如脱了，咱俩一块沐沐身吧，也让我来伺候伺候丽丽……我很会做的，试一试你就知道了……"

丽子挣脱犬雄身手，一掌将他捺得半躺下来，低言道："只怕丽子没有那命呢。副帮主别乱来喔，可不能坏了规矩。我们虽是侍女，却不随随便便出卖肉体的，日后还要嫁人呢。何况，实话告诉你，丽子已被帮主临幸过，你省省心吧……你若不能自控，丽子不伺候你了。"

"啊？帮主已经要了丽丽？我该死、该死！你千万不要向帮主提及我方才的话喔！我马上自控、自控……你瞧，这物事多听丽丽的话呀，向你低头了。嘻嘻……今儿这么快就认错，我都管不了它了……你洗吧、洗吧。"犬雄言语调笑间，给自己下了台阶，缓缓调和吐纳，平了乱态，闭目似睡。

犬雄要在香汤中恢复信心和体力。可是，丽子柔软的双手不停地在他身上游走蠕动，令他通体舒泰，昏昏欲睡。这是从未有过的现象！他警觉地张开眼来。

"嗯？"犬雄疑惑地看看丽子。丽子正冷冷地望着他，眼中全无早先的卑和、羞意。

犬雄第一次看见丽子寒如刀锋的眼神，心头微颤。他想扶着盆沿坐起身，出手间，只觉两条胳膊虚弱得难以抬动。

"丽子，你在水里掺了什么东西？"犬雄一开口，才知道腹间元气已

散，不禁骤然生骇。

“我在水中放了两粒‘软骨化气丸’。”丽子平静地答道。

“啊，难怪它软得这么快！丽丽真会开玩笑，快，给我解药……哦，不对呀,你……你怎会有这种……药丸?”犬雄知道，这类至毒药物，一直都是帮主亲手掌管的。“你竟敢谋害副帮主?”犬雄气急败坏，喘不成句：“你这个……小贱人……想死……”

“谁敢背叛‘九重天’、背叛帮主，谁就必死！我有帮主亲授的密杀令，你要看看吗?”

“你……你是‘巡天五使’中人?”

犬雄冷汗陡涌，布满面额，强提一口气，还想挣身，丽子已竖掌如刀，一记按在他喉结上；接着，犬雄下腹一麻，丹田之穴也被丽子封住。

“丽子……我对你……一向不错……我也没做……对不起帮主的事……”犬雄再不敢乱动，强挣着吐出几句话来。

“你到此地，大错有三：第一，擅自命令小林、柳三分头暗杀苏州官吏，致使他俩遭挫，不得生还；第二，你两次眼见帮中弟子有难，都不出手相救，有意借敌之手，除去帮主亲信。最后一条，你鼓动他人背叛‘九重天’，自立‘名剑门’。此罪尤重！其实，帮主一年前就怀疑你生有异心，不甘久居副帮主之位，特地派我到你身边监视，做你的侍女。果然不出帮主所料。哼！你还有什么说的?”

“你……你既早知……为何今日才……”

“本想取剑之后再来除你。如今，此行失败，皆由你起，你也莫想回去了。这本是来前帮主给我的指示。一切，我自会向帮主交代清楚的。”

“丽子，你一定误会了……我临来之时，帮主隆重设宴，以贺此行马到功成……对我期许甚重，怎会不让我再回总堂?”犬雄仍存一线生望。

“这是帮主哄你呢。你在帮主面前，以老资格自居，以拥戴有功自重，全无尊卑之别，成天老三老四的，帮主早已烦你。你当真浑然不知? 这次行动你自承自领，却功劳全无，又屡犯大错，还打算回去？果然不把帮主放在眼内，死了也省得帮主闹心……帮主早有安排，并怀仁意，要我转告你，念及你往日功绩和地位，可享受战死武士的优厚待遇，福至家眷；并在帮内供奉你的牌位，香火长燃。你安心去吧！”

丽子说完，上下手掌同时发力压了下去……

老杨多闻艳浴丧命之事，听说犬雄暴毙，当他是恣意纵欲，脱阳而亡，也不过于惊诧，叹息几声，将猝死浴盆的犬雄一秀用被单裹紧，连夜背至山僻处，挖坑深埋。

老杨挥锹填土，口中唠唠叨叨，似与亡人说话：“唉，俉伲乡下人都知道，‘只有累死的牛，没有耕坏的田’；私底下还流传一句‘女人胯下三寸刀，温柔乡里斩狂夫’，以示警诫。你犬雄先生神气活现、人五人六大半辈子，连这点道理都不懂？死得肮三唻稀，呒没面皮（吴方言，丢人现眼、出丑露乖之意），老汉都讲不出口，真正替你不值哟。对了，你既是一只外国赤佬，坟碑么就不树了……”

回来，老杨又劝丽子止住了哀痛。

天光大亮。

丽子吃了早饭，收拾好物件，向老杨辞行。

老杨送丽子走出庭园，不忘叮嘱：“丽子啊，你一个年轻女儿家，回去找个老实男人嫁了，好好过日子吧，不要再和江湖中人厮混了。”

老杨不会知道，若是那日答应犬雄做了“名剑门”的总管，此刻，哪里还有劝说丽子“从良”的机会。

丽子深鞠一躬，垂首低应：“丽子一切，得听帮主安排。杨老伯的好意心领了。谢谢老伯多日关照。你对‘九重天’忠心耿耿，我会上报帮主的。我们也会一如既往照顾你儿子的生意。请放心吧！”

丽子走远了。老杨返回草屋，轻轻关拢了木门。他也要好好休息一下，然后书写三月一期“社情汇报”。剑池一事、苏州府衙的功绩，自是报告的重中之重。

小院恢复了宁静。数日前的赏菊人大多逝去，墙角那蓬菊花，却被浓浓的秋意一催，披霜挂露，在晨熙中生机盎然，色彩越发的艳了。

（成稿于 1999 年 6 月）

（2016 年修订）

一

苏州东山地区景色秀丽，富庶安康，不啻人间天堂，江南人士向往不已。近年，虽时有倭寇犯疆，四周乡镇不宁，但东山地理位置独特，青山遮护，绿水环绕，不受匪患侵扰；民众生活依旧平静、祥和。不过，谁也料想不到，暗地里，正有一桩关乎东南时局的大事，在此地悄然进行。

东山镇上有爿“蒋记”肉铺，掌柜姓蒋名白，年少时浪迹江湖，学了一项屠宰之技，抡起短柄斫斧，只需一十八斩，就将一条躺在案板上的整猪，劈成蹄、尾、首，皮、骨、肉六下分离、堆堆零碎，绝无连筋扯皮之虞。此般技艺虽不登大雅之堂，却令市井中人惊叹。日久，蒋白绰号“十八斩”叫了开来。

人们只是不知，相貌敦厚、年纪轻轻的蒋白，明里是个肉摊主，暗中还另有营生，干着奉命杀人的勾当。“杀手”蒋白，隶属一个名叫“陆家亲”的秘密组合。六年中，他仅奉命动过三次手；可三次运刀后的进项，远远超过八年挥斧卖肉所得。

今日，十月初五。秋风送爽，东山城厢连行成排、纵横交错的银杏树叶，遮天蔽日，半空金黄，令人赏心悦目。

日上三竿，集市上各项生意红火，蒋白却不在案板后面卖肉，而是端坐苏州城郊寒山寺外的一家茶庄内笃悠悠喝茶，观赏银杏叶暖人的黄、红枫树喜人的旺。只为，三天前，他收到“陆家亲”老大的密杀令：十月初三、初四、初五三日，每天上午辰时至申时，候在寒山寺枫桥畔“洗心”茶庄。只待一名身着月白长衫、蓄有长须的中年壮汉路经，听得有人说出“瞧，这天空真蓝”话语时，立即袭杀“月白长衫”。届时，自有援手之人，事成可得酬银三千两。

接到指令，“十八斩”蒋白即依时上起肉铺门板，孵在“洗心”茶庄喝茶。“月白长衫”却一直没有出现。今天是第三日了。蒋白并不着急，他知道，“老大”从不轻发“密杀令”；无须怀疑，只要等待。他更明白，一个杀手对任务有了一丝疑惑，内心便会生出松懈；一旦感到急躁，行止定会显现不安。而松懈与不安，是顶尖杀手最为忌讳的破绽。所以，蒋白一直保持沉静。他不急。他在茶庄里喝着茶，貌似闲散地欣赏秋景，实是全神留意四周的动静、行人；心弦调得松松的，将满满的杀气深深蕴藏内衫里，一丝也不外泄。

蒋白有暇去想，这次三千两银子到手，自己的积蓄就超过万两了，对常人来说，这笔铜钿不是小数目，娶妻成家绰绰有余。娶谁家姑娘呢？……嗯，就巧巧吧。虽说巧巧是种菜人家的小女子，但模样端正，眼是眼，鼻是鼻，细胸挺挺的，圆臀翘翘的，看上去蛮清爽，秀秀气气，招人喜爱。对了，老法子讲，姑娘家前挺后翘，不只身姿好看，有旺夫相，更益于生育、哺养下一代。怪不得自己早就牵记她呢？只要巧巧来买肉，我都是挑最好的部位下刀，秤尾高高的，她会看不出来？巧巧内心肯定知道的，要不，每次离铺时怎会冲我笑一笑呢？就娶巧巧了！挑个好日子，拜托南门杨媒婆，向巧巧的阿爸、阿妈正正经经提个亲……嘿嘿嘿，这桩婚事要是成了，种菜丈人卖肉婿，倒也蛮般配的。巧巧一家再也想不到我这个女婿竟然存下介许多的白银吧？娶了巧巧，就不能再跟着“陆家亲”干那种买卖了，靠暗地里下刀子赚血腥钱，哪能好当长事情做？再说，前三次杀的都是什么人，只闻他们“通倭”，其余情况知之甚少，这般糊里糊涂下去，一旦被官府知晓，可是要吃官司、丢性命的呀！

蒋白首开杀戒，是拿西山宋浩岩祭的刀。“老大”令他出手时，只说了一句话：“姓宋的通倭，你要为国除害！”蒋白杀心立燃。

行动前，蒋白听“老大”讲了宋浩岩的大致情况，知他五十开外年岁，经营山货干果商行，乃当地商界的头面人物。宋老板管理着三百亩果园，闹市中开设了十一家店铺，生意做得风生水起。每年春夏之际，苏州方圆百里地面的“香煞人”茶叶和白沙枇杷、紫红杨梅、水蜜甜桃等时令鲜果的产、供、销，大半由他一家掌控，别人少有能量染指。

这么一个实力人物，仍被蒋白悄无声息地结果了性命。一刀，只是一刀，即让宋老板了然无痕地告别了曾经拥有的一切。

第一次试刀，令蒋白意识到，一些看似分量十足、风光八面的人物，其实脆弱得很，如一条狗、一只鸡般，瞬间即可毙命，生命价值与寻常走卒挑夫、卖浆者甚至乞丐、侏儒之流并无二样。

蒋白在叹息死者易逝如草间露、瓦上霜的同时，也感到了自我的存在：一个微不足道、卑至于无的“肉贩子”，竟然也可做出惊世骇俗的行为，让街人惊惧，令官衙生乱。

因行杀开悟、自觉强大的蒋白，找到了生活中的“存在感”，爆出了自信；同时，也在心灵深处植下了不安、促生了扭曲。

蒋白双亲死得早，又无兄弟姐妹，他一个人孤零零地生活了十多年，几乎忘了家的感觉。除了前来买肉者，很少有人与他搭讪。自从加入“陆家亲”，开了杀戒后，虽然找到了“生存价值”，但心灵日渐冷漠，神情也变得“木觉觉”了。只有见了巧巧姑娘，蒋白才略略开怀。不过，别人从他脸上是啥都看不出来的，蒋白把自己杀过人的秘密瞒得一隙不透，将喜欢巧巧的心思也藏得很深，除了只递向巧巧外，还没让第三人知晓。对巧巧，蒋白言行谨慎，以至有些腼腆，全无领命操杀时的果决、勇猛。他自己也弄不清爽哪能一回事，时而气馁不已，常在心中暗问：我对巧巧挺中意的，她究竟知道不知道？她又能看上我吗？二人到底般配不般配？我不会是剃头挑子一厢热吧？疑虑丛生，一有闲暇，便七上八下地想个不停。

蒋白与巧巧除了在选肉、称肉、递肉时交谈几句，还没真正“谈”过一次。但是，蒋白却识得巧巧的家，也知道巧巧歌唱得好。

一次，蒋白早起，赶到乡场屠宰作坊，进了百把斤五花肉、蹄膀、肋排、猪手、板油，推着小车，兴冲冲地往回赶，以抢在集市开张时售货。日头刚刚露出田畦，林间雾气未散。蒋白忽然听见一缕歌声飘来：

太阳公公笑吟吟，
我与姆妈菜园行。
满目色彩花人眼，
露珠晶晶喜相迎。
辣椒红，像灯笼；
青菜青，绿盈盈。
黄瓜细咪丝瓜长；
菠菜叶儿水灵灵。
啊呀味哉，囡囡俉么真开心。
……

歌词乃乡间俚语，蒋白听得明白；又觉歌者嗓音老熟悉的，不禁心中一动，紧撵几步，透过薄雾，依稀认出菜畦中唱歌的女子，正是常挂心间的巧巧姑娘。

巧巧背侧身，弯腰寻看，将摘下的菜蔬，一一放进脚边竹篮内。蒋白停下推车，立在不远处，痴痴望着她，双睛再离不开巧巧优美的身姿、玲珑凹凸的体态。

蒋白有意招呼巧巧一声，却瞥见离她几步远还有一位老妇，正在豆架上摸索，寻思应是巧巧娘亲，便不好意思上前。他忍住兴头，看了半晌，才一步三回首，依依不舍地推车走了。巧巧清脆、甜润的歌声却一直伴随着他。这天卖肉时，蒋白劲头特别足，脸上也泛起浅浅笑意，惹得铺前顾客几番偷眼打量他，不明所以。

从此，蒋白知道了巧巧住处，每次路过那块地面，蒋白都会满怀企盼，慢下脚步，举目四寻。可惜，他尽管又来回走了几十趟，却再没遇见菜园中的巧巧，当然也没听到她的歌声了。但那次听过的唱词，蒋白倒记住了几句，没人时，他也哼哼“辣椒红，像灯笼；青菜青，绿盈盈……”

一天夜里，蒋白做了一个梦：自己正在旷野间高声吟唱：“……黄瓜细咪丝瓜长，菠菜叶儿水灵灵……”忽然，面前出现了巧巧的身影。她被蒋白的歌声逗笑了，右手食指一捺他的额头：“这是我小辰光唱的儿歌呀，你一个大男人瞎唱八唱的，要面皮哇?”蒋白一个激灵，从梦中醒来，他甜蜜蜜地一遍遍回想着梦里巧巧的俏颜笑语，再难入眠……

蒋白杯子里的茶早喝得淡如清水，只是下意识地抿上一二口。他想到高兴时，眉眼间生出笑意；想到情动处，心头“别别”跳了几跳。不过，他不怕别人看出自己的神态，他是易过容的。谁都不会认出这个神色呆滞、双目暗淡、憨头愣脑的壮小伙，会是身怀绝技的东山“十八斩”蒋白。他太不惹人注意了，两天来，矮胖猥琐的茶庄掌柜和瘦长条子的冲茶伙计对他视若无睹，除了为他添水送点心，收他几枚铜板，几乎不与他搭腔，任他一人枯坐。没人说话最好，蒋白一直留意门外过往的行人，也生怕与人嘎讪唔（吴方言，指闲扯、聊天）分了神。

“洗心”茶庄简陋得很，茅草作顶，芦席以围，内室摆着三张桌子，屋外撑起的布篷下也放了三张木桌。秋风一起，凉意渐生，路人歇息喝茶的少了。寒山寺门外一个卖炒白果的乡下少妇，生意倒不错，陆续有人光顾她的炭炉边。乡姑不时扬颈吆喝“又香又糯炒白果唻”的甜脆声，搀杂着白果的清香荡漾四散。相比之下，“洗心”茶庄落寂多了，布篷下三张桌子空无一人，内室连蒋白算上也只有三名茶客。

一位秃顶老者比蒋白到得早，占了最靠外的桌子，支肘托腮，双目微闭，有一歇才端起瓷盅呷口茶，又慢吞吞拈几粒花生米搁进嘴里，咀嚼半天，一副无所事事的样子。蒋白琢磨“秃顶”是附近的“白相人”（吴方言，指有点钱，有点闲，不需劳作，玩耍度日之人），早起到茶庄来打发时光，享受“皮包水”，午后到浴堂再来个“水包皮”，一天就打发过去了。秃顶老者衣着平常，只是桌面上一个长条布卷，扎裹讲究，引人注目。蒋白揣测不出里面有什么物件，但摒除了刀、剑一类的硬器后，便不再关注这“秃顶”了。

比蒋白后到的是一位青衫文士。蒋白看着他从枫桥渡口下船登岸，空着手，悠悠踱进了寒山寺。一会，青衫文士出了寺门，四处望望，走到卖白果的乡姑跟前，和乡姑聊了几句，买了一包刚炒好的白果，用手巾托着，走入“洗心”茶庄，也把白果的清香气味带进店堂。蒋白见此人四十开外，书生装束，眉目间透着英气，人也挺拔洒脱，精神得很，像是出门游览名胜的读书人。

青衫文士进了茶社，向定睛看他的蒋白微微颔首，拣最靠里的桌子坐了。蒋白没来由地生起惶然，后背的肌肉紧了紧。他省出，自己失了“坐地”，没有占住茶庄最好的位置，将“后防”交给别人了。这点怎么事先没有想到，我比他先来的呀？为啥此人一落座，我会生起不安呢，他只是一个读书人吗？蒋白缓缓侧身，瞥见茶庄伙计正在招呼书生。青衫人见蒋白回首打量他，便略略欠身，一笑以应。

蒋白放心了，身后一介文人，懂什么“坐地”之利？不过随便一坐而已，自己干上“杀手”营生，又常被“老大”训导，不知不觉变得多疑了。还是关心正事要紧。

蒋白自嘲地笑笑，摄定心神，留意起室外动静。他搁下生意不做，到此喝茶，只有一个目的：一俟“月白长衫”出现，耳闻“瞧，这天空真蓝”话语，便一举格杀“目标”。杀手必须聚精会神，又在青天白日下，蒋白不敢再分神打量他人了。

二

苏州衙门三班总捕头马啸风早晨一到班房，循例浏览巡夜捕快和各地“眼线”报来的快讯，这是多年的习惯了。不了解一下苏州地面最新治安情况，马啸风心中就不踏实。何况，这几日不同往常，连知府大人关九州都成天悬着一颗心呢！

一叠快讯翻过，仅有几桩偷盗、诈骗、失火、泼皮斗殴的案情。马啸风推开卷宗，沏了一壶热茶，慢慢喝着。终是心中有事，一会，又抓过报件翻看。第二次看毕，两个消息引起了他的注意：一是，东山镇的“线人”报说，镇上专营猪肉生意的商贩蒋白，已有两日不见人影，原因不明。晨市时，铺子不开张，附近想要吃肉的市民埋怨不已。

马啸风对肉摊主蒋白有所耳闻，听说过他有“十八斩”手艺，虽然只是剁肉的技巧，但作为习武者，尤其是使“斩”字诀器械的高手，马啸风便将此人记在心底。蒋白两天不开铺，人又不在店内，那是去了何处？他可是有“十八斩”耍斧弄械功夫的人！马总捕本能地生出警觉。

近三年，苏州府所辖数县递送的案情报告上，有几件命案一直未破；被害人均系因刀毙命、断喉而亡。杀手用刀技巧甚高，锋刃切入咽颈间，一刀而过，划断气管，剖裂喉结，穿过颈椎，却不透皮；进刀、推刀、停刀、出刀十分利索，拿捏之准，丝毫不差。马总捕到场验过死者，看出凶犯刀锐、力足，对人体结构十分熟悉，显是操械老手。马啸风本是武林“八卦封门刀”一派中的好手，对江湖中善使刀者了然于胸，案发后即一一排查，却吃不准杀手使得是何门何派的刀法。被害三人，都是积极兴办团练、力主抗击倭寇的城乡豪绅。衙门怀疑是倭寇暗中所为，遍索凶手不得，只得束案高搁。侦查中，马啸风对辖地内使用“斩”字诀器械的民间人士，统统收进眼内、记载入册，东山“十八斩”蒋白即是其中之一。他的行止，捕房在东山的“线人”便及时报进了府衙。但他善使之器，则为斧，与刀法大相径庭。所以，衙门并未将他列为“重点人物”。

这两天，有一位“贵客”路经苏州地面，关知府与马总捕领受上命，保护“贵客”安全过境，唯恐有一星半点闪失，已经忙碌数日。前天客人莅临姑苏，今日启程北上。眼看风平浪静，事端不起，可以圆满交差了；“十八斩”蒋白却突然失了踪影，这不能不使马啸风生惕。

第二件让马总捕头留意的消息，来自铁铃关，报说枫桥“洗心”茶庄被转手盘卖，数天前，掌柜、伙计全换了人。原来的胖掌柜怀揣五百两银票，乐呵呵地乘船去了甪直镇，改营丝绸生意了。

这爿小茶铺，哪里值得五百两白银？谁这么不惜资本，执意盘下“洗心”茶庄呢？茶水生意何时方能赚回这笔投资？

“枫桥……枫桥？”马啸风双目一亮：“贵客今日午时，要在枫桥渡口乘船走太湖入长江，于瓜州港口登岸，换车驾北上。‘洗心’茶庄是必经之地……”

几年来，江、浙、闽三地边患频生。倭寇虽尚未派出大队人马入侵苏州地面，没有发生大规模烧杀掠夺的祸民事件，但苏州临江濒海，四面通衢，人员流动方便迅疾，零散倭人时而窜犯乡间，滋事生扰，常有从长江入海逃遁之事。知府关九州、捕快首领马啸风一直为防御倭盗劳心费力，破过几桩案子，受到朝廷嘉奖。

接待“贵客”过境，乃苏州府衙近期重头事务，倭患又侵扰不息。两件令人生疑之事一经碰撞，马啸风心中即刻琢磨不已。

马总捕头眉尖紧蹙，沉思有顷。昨晚，他带领手下在“贵客”住宿的驿馆外巡守一夜。今晨，“贵客”由关大人陪护，前往寒山寺礼香祭拜。“十八斩”蒋白去向不明，枫桥畔茶铺易手，两事尚难断定互有关联，但“贵客”安危，事关社稷大局，岂可掉以轻心？

再想到，经年间，一连三名社会重要人士被害，却难查痕迹，案不能破；足以说明，苏州地界，潜藏着一股危险势力。其伪装之巧，隐匿之深，当是所谋必大、必远。行凶之徒，刀法高超，绝技在身，却不显身形，如大海一滴水、大漠一粒沙，寻无可寻。这才真正令人可怕！如此当口，岂可侥幸指望不生事端？二十年捕快生涯，千万不能白白活了半辈子；一点点疏忽，足以贻笑六扇门几代儿郎。

马啸风一念至此，疲乏立扫，系上挎刀，唤人备马。他对急急赶至的四名留守捕快喝道：“你等立即自行赶往枫桥，不得有误！”

话音未落，马总捕头翻身上骑，纵缰而去。

“十八斩”蒋白浑身肌肉腾地绷紧，双睛灼亮，后背拱起，犹如一只急欲扑袭猎物的豹子——他看见“身着月白长衫，留有长须的中年汉子”了。

三顶软轿在一干衙役护卫下，出了铁铃关，一路行来，落停寒山寺门前。出轿三人现身片刻，谈笑间进了寺门。转瞬，蒋白锐利的目光捕捉到了“目标”，虽然远远一瞥，但他肯定：苦苦等待的那个人出现了！

他准备行动。

蒋白感到怀里掖着的锋利短刀，正随着自己的呼吸颤动，冰冷的刀片早被体温焐热，渴望一饮爽爽的鲜血。蒋白平日割肉用斧，杀人时却只执薄刃。不用“老大”点醒，他也知道耍斧之名在外，再以斧杀人，不是明着给衙门下帖子吗？蒋白没有读过书，只识得秤花和银价，还有猪肉的等级，但并不愚鲁，要不怎能将“十八斩”使得出神入化？他懂得掩藏自身行迹，所以，杀人时专用刀，只是将屠猪的技巧化进了刀功。人的颈项比猪脖子细柔多了，他操使薄薄刀片，得心应手，轻松自如，全将技艺完美展示。

蒋白出道以来，一共杀过三个人，都将死者的头颅和躯体连在一起，他有心留个“完尸”。毕竟不是仇人冤家，自己只是拿钱听命罢了，何必残忍至极呢？

蒋白从不用脑往深处想事，他只知道，“陆家亲”的老大是他的恩人。自小沦为孤儿的蒋白，没有饿死、冻死，被恶少打死，都是因为有“老大”暗中照应。也是“老大”寻到名家，传授“十八斩”屠猪之技，使自己成人后有所特长，得以维持生计。只是“老大”行事诡异，每次相见或蒙面或易容，从不以真貌示人。蒋白心中奇怪，却不敢细问，只当江湖上奇人异士，行事皆不可思议。六年前，“老大”看中他孤身一人，无牵无挂，说动他加入了“陆家亲”组织。他虽不太愿意，却难以推辞，他欠着“老大”多少情哦！十多年来，蒋白没有见过“老大”的真容，但无时无刻不感受到他的存在。所以，蒋白遵“老大”之命，听他说句“某某通倭”，便三次黑夜杀人，从没多问过“欲杀者所作所为”之类的话。何况，“老大”出手阔绰，每次都有大笔银子用他名氏存入钱庄。这次，系白天行动，酬金更是翻了一倍，三千两银子喔，出手还小吗？不过，这次事毕，要给“老大”个准信，自己再不愿做此营生了。

忆起第二次行杀，蒋白至今心中留惨。

那是距“首杀”隔年后的一个夜晚。蒋白长途奔袭，在太湖鼋头渚岩石缝隙间藏身，待月轮东升，方摸进太湖书院首席老夫子沈怀玉居所。

他揭开屋顶数块瓦片，“呼”地纵落在老夫子书案旁。握管疾书的沈怀玉，于摇晃烛光中，突见一蒙面黑衫执刀人如鬼魅现身眼前，当即惊吓如痴，脸色煞白。

蒋白一言不发，正欲出刀，只闻书房外传来一串女童稚音：“爷爷，囡囡这个字不认识，你告诉我嘛……”

沈老夫子闻声，双眼顿生悲怆；蒋白却突地开窍，低语四字：“唯你一死！”手中之刃疾挥而出；未见血涌，蒋白已启开窗栓，跃身蹿出屋去。

杀人的蒋白不敢多留片刻，但还是在双足落地间，听到了女童由欢快而惊讶、又转为惨恐的呼声：“爷爷……啊……爷爷你怎么啦？阿奶，囡囡骇煞哉，侬快点来呀！”

过去了十多天，小姑娘的哀号之音，仍在蒋白耳中轰鸣。

蒋白只想，此生卖肉为业倒也不错，听围在肉案前的市民夸赞自己高超的斧技；或者，改行种菜也行，每日里和巧巧一起种菜、卖菜，不也很快乐吗？钱庄里有那么大一笔银子存着，还怕后半辈子不好过？养老都不需愁的！一旦洗手不干，退出“陆家亲”，“老大”会杀了自己灭口吗？这一点，蒋白反复思忖过，结论是：不会的。自己为“老大”出过力，现在只是不干了，只要不向衙门告密、出卖“陆家亲”，“老大”何必要绝情断义呢？再说，透出一点点自己暗地里的事来，不要“陆家亲”下手，衙门就得砍了自己的脑袋。三条人命在身，虽说杀的都是“通倭”之徒，官府却因涉命案，不会宽恕“私刑滥杀”行为的。蒋白不糊涂。顶多，“老大”一怒之下，将钱庄存银收了回去。这也没啥，自己有手艺，巧巧家有菜地，还怕饿着肚皮？只要能和巧巧长厮守、过日子就行。

想到巧巧，眼前就出现了她的笑脸，蒋白心头一热，紧绷的心绪松快了，心中响起她的歌声：“辣椒红，像灯笼；青菜青，绿盈盈……”蒋白忽地一愣：哎呀，我搁下肉铺不管，三天没有开张，若是巧巧前来割肉，不要扑空了吗？她一定扫兴了。哎，她会关心我去啥地方了么？恐怕不会吧？我从没机会向她表白爱慕之意，她又凭啥要牵记我呢？这次回去，一定尽快寻机会告诉她，我喜欢她呢。有话要早说，早说早明白，早说才能早点走入下一步……

“哪能一回事？以往动手前从没瞎想这么多，难道是白天行动，人心就会花、会乱吗？还是应了江湖人说的‘若想娶媳妇，莫吃杀手饭’这话？”

蒋白的眼睛紧紧盯着寒山寺大门，手心出汗了。他察觉有点恍惚，便用牙咬了咬下嘴唇，强迫自己保持警醒。

蒋白早上来此前，在家门附近的“一碗清”面铺吃了个饱。蒋白吃面喜欢“硬面一汆头，重油伴重青”。今朝，弄了个焖肉、熏鱼“双浇头”；半当中，又添了一客四只生煎葱香包。泼泼煞煞地吃到嗓咙口。他要有体力、精力“做事”，不多吃，力气不够，哪能搞法？吃多了，嘴巴干，茶自然灌的也多，又感觉小腹胀胀的，便意迫人。“月白长衫”等人进寺不久，估计片刻间不会出来。蒋白有心去了内急再动手，于是立起身，转往屋后茅厕解溲。

排泄一空后，蒋白心情平静了，返回茶庄时，见秃顶老者依在桌前，两眼也直勾勾地望着寺门，似无离去之意，不觉心中一惕：这老伯伯坐在当门处，堵住了出路；杀局一开，自己跃出时，必然因避他而慢上半拍。不行，我要坐到屋外去。

蒋白正要召呼伙计替他移位，只闻身后的青衫文士温言道：“这位兄台，可是在此等人？”

蒋白一愣，不知如何作答，便摇了摇头，并不吭声。青衫文士笑道：

"兄台的茶喝得淡了，却有闲久坐，耐得住性，在下佩服得很。"

蒋白不知此话何意，以为文人酸习，只得虚应道："过奖、过奖……先生不是本地人吧?"

青衫文士一笑："在下安徽人氏，久慕姑苏之名，游学到此，这几天玩得很是尽兴。世人俱夸天下福地是江南，所言不虚呀!"说着，将一粒剥了壳的白果放进嘴里品了品，接道："村姑自炒的白果，味道不错，兄台要不要尝尝?"

蒋白生怕误了正事，不愿与他闲扯，口中谢了，收回目光，转望门外，只是一时不好换位另坐。

文士谈兴不减，仍道："兄台不是等人，心中可是有事?"

蒋白嫌他啰嗦，装作没有听见。青衫文士却不知趣，续道："兄台定然有事挂怀，可否说与在下听听，说不定在下能为兄台解惑释疑，聊尽薄力。"

蒋白计算"月白长衫"等人快要出寺了，见青衫文士热心与他攀谈，不觉好笑："不劳先生费心。先生既是喜欢观景，还是抓紧时间，早点上路多跑跑的好。"他有点怜惜这文士：别看读书人平时侃侃而谈，话多得很，一旦遇到耍刀动枪的场面，每每吓得手足无措、丧魂落魄。蒋白好心催促文士先走一步，免得身处血溅之地。

"不急、不急。在下候船去太湖，开船时间尚早，急也无用。"文士明知蒋白看不见背后，还是抬手指了指枫桥渡口。茶铺掌柜、伙计倒是随他所指，扭头看了渡口泊船一眼。

蒋白不再搭腔，他已看见数人迈出了寒山寺大门，"月白长衫"正在其间。他兴致甚好，咧嘴而笑，倾听身旁魁伟的壮汉说话。壮汉也是一部长须，身着淡紫夹袍，举止收放自如，气度甚雄。能和风神超迈的"淡紫衣人"在一起洽谈甚欢，绝非常人。蒋白掂量出，"月白长衫"为何值得三千两白银了。

三

日已近午，阳光明晃晃地铺满一地。卖炒白果的乡姑见一干人拥出山寺，认为生意来了，嗓音拉得清脆亮丽：“卖白果咪，又香又糯炒白果，两只铜板二十粒。炒白果咪!”

苏州知府关九州随着“淡紫衣人”“月白长衫”步出寺门，举目四望，方圆数十丈内，行人寥落，除了近旁卖炒白果的乡姑、不远处茶铺中的数人，几无滞留不行者。湖中凉风习习吹来。渡口就在一箭开外，一条崭新的大船已泊在岸畔迎候，只要“贵客”登舟离了码头，自己肩上重担就算卸下了。

关九州接到上司密令后，和总捕头马啸风放开一切杂务，将苏州城内外掌控在握，凡“贵客”路经的通衢要道，都布下潜哨密卫；犯有前科劣迹者，均被盯牢。这两天，苏州城内一如往常热闹。局外人不会想到，数百差役、军士藏踪隐形，执刀张弩，戒备森严，就连与寒山寺遥遥相望的铁铃关、枫桥渡，只要关大人一声令下，立时枪戟如林，窜不过一条狗来。

关九州心事沉重、谨慎设防，皆因近几年倭患猖獗，贼寇气焰嚣张。全仗戚继光大将军，统军征剿，南北转战，保得沿海边域不致沦陷贼手。但是，倭寇歹毒狡猾，出没无常，小股流贼不时窜入内陆犯事。加之，国人贪财忘义之徒日众，与倭贼暗中勾结、呼应，搞得乱上加乱；官府防不胜防，百姓谈倭色变。如此局面下，“贵客”若遇不测，关九州自感百死莫赎其罪。好在总捕头马啸风历练老到，经验甚丰，凡事谋虑周详，很为自己分忧。昨夜，马捕头一宿未眠，执刀亲守，更是多年未有之举。

只要今日亲将“贵客”送上船去，下面的事就是好好论功行赏了。

一阵爽风吹过，寒山寺内落叶声沙沙可闻。驻足寺门石阶上的“月白长衫”“淡紫衣人”不约而同收回眺望景色的目光，对望一眼。“淡紫衣人”感慨而吟：“天凉好个秋，天凉好个秋呀！”

“月白长衫”凑趣道：“唐人诗云‘姑苏城外寒山寺，夜半钟声到客船’。今日，方知所言不虚，真是情景交融哦！”

言毕，“月白长衫”笑了笑，出手一指：“渡口就在前面，那船也已候着。我们是否不乘轿了，走走吧？”虽然语含征询，却不待有答，率先举步导行。

于是，众人越过歇在寺门外的抬轿，向“洗心”茶庄走来。

由于青衫文士一番闲话，蒋白失去了换位外移的机会，他眼见“月白长衫”等人漫步近前，知道此时自己若随意乱动，已经凝聚的杀性必然散去，出手时，胆气、力道、技巧都将有所逊色，不能确保一击必杀。蒋白看出，“月白长衫”“淡紫衣人”步态有力，神色沉稳，目透威严，决非寻常百姓；两人身侧的五旬老者，文而不弱，英气内敛，双眸顾盼生惕，也似一员练家子。紧随三人的两名紧衣壮士，孔武有力，落脚生根，腰配短刀，显是武林高手。

“这是一班什么人呢？我出手一击杀得了‘月白长衫’吗？即使得手，又如何在这几人面前全身而退呢？”接连三个念头闪现在蒋白脑海。一顿间，只听身后的茶庄掌柜清咳二响，吩咐瘦长伙计：“精神点，看能不能留住这几位客人。”

炒白果的乡姑提嗓吆喝声起时，茶庄内的五个人精神陡然一振，五双眼睛齐齐落在出寺而来的这群人身上。这是蒋白潜意识中“感觉”到的，他有“杀手”的特殊敏锐。

茶庄掌柜、伙计已向门外移步，露出招徕客人的期盼神态。卖白果的乡姑见一众没在自己摊前停步，有点扫兴，怏怏长视这群人物。蒋白不再有任何顾虑，不管“月白长衫”是谁，能否一击必杀，自己都必须出手了。他心中有底，“陆家亲”每次行事都设计得严丝合缝。虽然这个杀手组织只有六个人，相互不以真容朝面，但配合十分默契，一般只需出动二至三人则可将“目标”拿下，从没出过差错。自己前三次参与行动，都是只尽“一刀之力”，得手即撤，其余的事情均有他人打点。现在，什么也不要想，也没有时间再想了，那干人已然近至十步，再不出击，他们就要越过“洗心”茶庄了。

可是，格杀令还没有下达！

“瞧，这天空真蓝”——命令究竟出自何人之口？难道会在茶室里的另四人中？附近没有其他人了，时间也不多了，两次呼吸间，一切要么发生，要么过去。“怎的还不下令？”蒋白心跳加速了。

就在此时，一直觑着来人的秃顶老者，忽地满脸生笑，探手抓起桌上的长形布裹，快步迎上前去。

“坏了，这‘老浮尸’把自己进击线路阻隔了，此刻若是令下，我怎能从正面猝杀‘月白长衫’呢？”蒋白心中急呼“糟糕”，恶念陡生：“好吧，只得先把秃老头杀了！”他立即设定了两次出刀的挥臂线路。

蒋白深深吸了一口气，凭经验知道，格杀令该下达了；或者，此令不出、行动取消；不会再有第三种情况。

秃顶老者的举止确实突兀，他刚一欠腰立起，已经走到布篷边缘的五个人立即止步，警觉的目光电般扫视过来。秃顶老者不管不顾，边走边把布裹解开，露出一轴画卷，朝当面三位深施一揖，笑道：“三位大爷气概不凡，想来不是高官显贵也是豪门富商。小人有一幅祖传名画待售，总算候到买家了。”

关九州见状，正欲开言，“月白长衫”已抢先呵斥：“路边售物，多藏欺诈。你快闪开，莫要挡路！”

秃顶老者急道：“莫非‘大老倌’（吴方言，民间对富贵、权势人物的尊称。“大”读音“都”）信不过小人？这真是一幅名画，诸位宾客给个面子，搭搭眼便知。”说着，一抖手腕，将画卷展开半幅，迎面捧向三人。

画轴一开，三人目光骤然闪亮。“月白长衫”肃颜一展，微微含笑，对“淡紫衣人”道：“确实不像凡品。要不，看看?”又关照秃顶老者：“你且将此画铺放桌上，让我等细观。”

秃顶老者喜道：“三位‘大佬倌’果然有眼力！这是大唐吴道子的真迹《送子天王图》。敬请鉴赏。”边说边将画幅在茶桌上全部展开。

“淡紫衣人”闻言动容：“画圣吴道子的作品？难得一见哦!”

关九州至此不好再说什么了，他也想观瞻一下吴道子的真迹。要是“贵客”满意，购下此画，倒也为路经姑苏添一雅趣。

见众人围拢桌旁俯首观画，蒋白顿时感到出手的绝好机会到了：秃顶老者避在一边，自己的杀道已经畅通；“月白长衫”“淡紫衣人”俯首赏画，身心分属，对四周动静一时忘怀；茶庄掌柜、伙计也移步凑前，往画上瞄眼；身后的青衫文士正津津有味地自顾品尝“又香又糯”的炒白果，剥壳之声不绝于耳。所有的人都忽略了“十八斩”蒋白的存在。

蒋白右手探入怀中，紧紧攥住短刀之柄；他竖起双耳在听，听那句“瞧，这天空真蓝!”

“瞧，这天空真蓝!”这句话终于被人说出来了。“十八斩”蒋白却似遭轰雷击顶，立时愕住。

四

“瞧，这天空真蓝!”“月白长衫”指点画面，笑着对“淡紫衣人”

感叹。

格杀令怎会出自“月白长衫”之口？他难道自己下令袭杀自己？蒋白忘了行动。不，蒋白不知该怎样行动。

“十八斩”蒋白不是一个头脑灵活、心思敏锐的人。他之所以被“老大”看中，纳入“陆家亲”，一是因为听话、嘴严，对接到的指令，从不设问一词，毫不走样地执行，事后也从不多言半句。二是因为心无旁用。“十八斩”之技，总共挥臂十八次，他就按“老大”的叮嘱，住在山野间苦练了八年，千万次地重复十八个动作。又用后八年时光，按“老大”指点，将“十八斩”精简成“吻喉一式”。从此，蒋白逢集卖肉时操持“十八斩”；奉命杀人时，使展“吻喉一式”。“老大”说：“这是用‘十八斩’滋养‘吻喉一式’。杀人时，刀技才不会衰退；杀人后，官府方难以勘察。”

蒋白以“十八斩”成了肉贩中的好把式，又凭“吻喉一式”在“陆家亲”置身建功，赚下大笔“酬金”。他不喜欢想一些深奥的问题，已成了习惯。此刻，在枫桥畔“洗心”茶庄，却陡然遇到一件出乎意料的事情，顷刻乱了方寸，反应不过来了。所以，蒋白没有接到大脑命令的身躯，僵僵地硬着，一时没有任何动作。

“瞧，这天空真蓝！”“月白长衫”赞画之语一出，茶室内的蒋白没有动，布篷下有人动了。矮胖的茶庄掌柜一晃腰身，突地长高半截，面露煞气，掌出如刀，扑向外侧短衣随从；冲茶伙计则偏腿挑起一条长凳，单手握住，抡成半圆，“嗯”地砸向另一护卫。

呵斥之声一起，围桌观画处也立起变故。

秃顶老者陡掀画幅，从轴孔中抽出一柄细剑，疾刺近旁的苏州知府关九州。

“月白长衫”面对惊变，并不慌乱，对“淡紫衣者”疾言一句：“大人且避一旁！”随即抢前一步，直面怒视尚且坐在茶室内没有动作的“十八斩”蒋白。乍乱甫生瞬间，似乎“月白长衫”潜意识洞悉木然呆坐的年轻人，才是真正图谋刺杀他的凶手。

大乱突临，“淡紫衣人”镇静如恒；他未发一言，未动半步，举目扫视一圈，将四周战况尽收眼底：两名护卫，猝不及防，被掌柜、伙计一轮急攻，迫退了数步，但护主心切，一退即进，抽出佩刀，全力反扑；关九州思虑缜密，向有急智，一见秃顶老者变脸拔剑向他刺来，忙抽步疾退，心中一声苦叹：“到底还是出事了！”秃顶老者一剑落空，后力继发，纵身再进。关九州双袖飘飘，脚下连连倒步，直将秃顶老者引离“月白长衫”“淡紫衣人”一丈开外。

刀光剑影下，惊涛恶漩中，“月白长衫”“淡紫衣人”立脚处，反倒成了平静之地。

这时，“十八斩”蒋白已由震惊幡然醒悟，也看清了面前局势，立即发动了……

总捕头马啸风控马飞驰，一阵风卷进铁铃关城门洞内。守门哨总识得马总捕，料是案急，连忙挥手喝令众兵丁开栅放行。马啸风运气宏声发话：“速速带人前来枫桥！”语音未落，绝尘而过。

马蹄声急，马啸风思绪却逐渐清晰，料定东山镇“十八斩”蒋白失踪、枫桥“洗心”茶庄老板易人恐怕不是巧合，二者或有联系；说不准，茶庄新到掌柜就是失踪的猪肉铺小老板蒋白。蒋白此时接下“洗心”茶庄想干什么？难道他知晓“贵客”必至枫桥渡？若是这般，蒋白的真实面目就匪夷所思了。如此绝密的安排，怎么泄至蒋白这一层次人的耳中？难道“贵客”身边中人……马啸风一阵心悸，不寒而栗。

“贵客”的两名护卫，自是精挑严选、长年随主出生入死的忠贞军士；微服陪同的顶头上司关知府，当然绝对不容生疑。另外一个知情者，就是护送“贵客”由杭州府前来的浙江兵马指挥使帐前副将吴可。吴副将武艺不凡，身材、容貌与“贵客”近似，浙江巡抚令其跟从“贵客”前来苏州，沿途掩人耳目，分散路人注意，若遇不测，则以假乱真，李代桃僵。几天来，吴副将尽忠职责，扮饰得体，俨如又一“贵客”，岂是可以随便揣测的？马啸风将知情人士一一排过，尚未想出问题究竟出在哪里，枫桥已经映入眼帘。

打斗之声隐约可闻，路旁行人驻足引颈，不敢向前。马啸风情知事情不妙，心里更急，催马狂奔；忽见数丈远处，一名坐在路旁炒白果的乡姑起身迎来，还扬起一兜白果，高声问道：“官爷，又香又糯的炒白果。尝一尝吧？”

马总捕见年轻乡姑挡路，担心奔马冲撞她，连忙挥臂斥唤：“闪开！快闪开！马来了！”

乡姑却无惧怕之色，“尝一尝”语音未落，猛振手腕，将铁网兜中刚刚烘焙好的白果劈面撒来。数十粒白果，银光闪闪，如流矢般急遽射向单人独骑。

马总捕头恍然大悟，这面相清秀的年轻女子，实是歹人一伙，专为开打汉子掠阵阻敌的。他见被村妇用“天女散花”暗器手法打来的白果，又密又疾，难以闪防，仓促中，只得急使镫里藏身，偏体挂在马腹右侧，以求一避。

人虽侥幸躲过，硕大健马却被十多粒突如其来的灼热白果打得遍体生痛，惊声长嘶，高扬前蹄，驻足不前；遭击的几处肌肉，抖动抽搐不已。

马啸风刚将身体重在鞍上坐正，眼前人影一掠，炒果女子扭腰展臂，轻如飞燕，已是跃上马首；那柄铁丝编织的兜勺，凌空挥下，直击马啸风天灵盖处。

马总捕头才从惊中还神，又见杀着猝到。两人相距过近，他不及抽刀，只得后折腰，大仰身，挥起刀鞘急扫乡姑双足。女子提气上纵，半空一个转体，堪堪落足马臀上。人未站稳，兜勺又二次击出。马啸风脑后犹如长眼，也不回首，腰刀猛地倒翻而上，直击村妇腰肋。镶铜刀鞘后发先至，乡姑忙求自保，将兜勺改往鞘尖一拍，借力又起，二次落在马首。

乡姑轻功曼妙，连使险招，马啸风不敢小觑。他用刀鞘挡了几下，试出女子内力却是平常，不愿久缠，加重出手力度，将鞘体舞得呼呼生风，有心将女子打下马去。

乡姑看穿马啸风心思，并不与他拼力，仗着身轻体灵，竟在马首方寸之位腾挪闪晃，与马啸风斗起巧劲来。

女子本系寄身江湖杂耍班子中人，惯在小盘小碗内献舞、竹竿梢上弄技，马总捕头连着发了几次重力，不能伤她半点。马啸风已知，乡姑死缠烂打，意在阻挡，不让自己赶赴“洗心”茶庄。再不脱身，则落入歹人盘算，误了军国大事。

马总捕急中生智，鞘交左手，格住击到的网兜，运力带出，迫得女子身形一斜，争得瞬息，已将佩刀抽出，握在手中。

刀刃一亮，马啸风神威立显，他大喝一声，一道飙风爆起。乡姑见刀光疾至，以为马啸风要削她双足，忙提气上跃。双脚刚一悬空，只听马嘶凄厉，一彪腥血喷溅。乡姑低头惊瞥，健马已经颓然翻倒，马啸风纵身离鞍，再不旁顾，发力往枫桥畔“洗心”茶庄飞奔。

乡姑脚下生虚，落到地面血污中方才弄清，马啸风竟然一刀斫断马首，毁了她立脚之巧，破了身前阻障，抢路而去了。

见马捕头这般血性、决绝，乡姑不禁咋舌，料凭真实功夫，绝非马啸风之敌。她不敢贸然追上，只是企望片刻之延，能让主战场己方受益，即使勇猛、刚烈的捕头赶到事发场所，也无所作为了。

按照事前分工，村姑不在核心攻击圈战力计算中。她只是一枚阻援的“棋子”，能截杀援敌最好；最不济，也要“阻上一阻”，为执行“主杀”者争取几分时间。现在，她自觉任务已算完成，可能“老大”不甚满意，但已尽全力，只能如此了。村姑心中一念转过，再看已有军士、衙役赶来布置警戒哨位，欲将这一地面与外界隔离；她不敢有缓，弃下炭炉等家什，混入人群，挤了出去，抽身逃远。

五

“十八斩”蒋白只是顿了一顿，没能在第一时间冲出茶室。他见两处战局一开，“月白长衫”向自己怒目而视，心中反倒警醒，身形弹起，单手执刀前扑，像一只突袭的黑鹰，铜爪铁喙，凌空劲射“月白长衫”。

“月白长衫”颏下一部焦黄之须被扑面锐风吹得索索扬拂，微眯的两条长睛透出精亮，哈哈一笑：“果然是一路上的。就让我来收拾你吧！”说毕，双掌一错，屏息凝神，欲接蒋白突发的招势。“月白长衫”不能闪避、退让，因为，肩后站着“淡紫衣者”；他若不能正面挡住偷袭者，同伴危矣！

关九州正与秃顶老者激斗，他逐次催动真力，一双大袖如同两幅铁板，“铁袖功”越使越酣，拍、扫、压、推，占了六成攻势，秃顶老者一柄细剑缠在袖影中，失了灵动，使得十分沉滞。关九州虽然一直担心出事，当真开打了，他反心定智清，既将秃顶老者引开，就决计不让他有返身回去的可能。

待见蒋白现身，关九州忙将局势估衡一番：两名护卫虽落守势，却无败象；唯一闲着的青衫文士神态非敌，也无出乎意料的举止；他知道“月白长衫”并非庸手，何况“淡紫衣人”的战力自保绰绰有余。再说，驻守铁铃关的兵士，闻讯即会出动，片刻间便能赶到此地。更令关知府欣喜的是，他依稀听到了总捕头马啸风的怒斥声。关九州骤悬之心重归原位，将两条长袖舞得灵动生风，尽罩秃顶老者，令其透气甚是不畅，缺牙之口张成大圆。

“十八斩”蒋白最后出手，使他到底明白了一点：这次伏击，其他人都是“助杀”，按各自得到的指令找上了对手，“月白长衫”是专门留给他的，他才是“主杀”。但那“淡紫衣人”呢？怎么唯独将他遗漏了？是有心将他放过，还是行动出现了误算？蒋白非常清楚，光天化日下实行伏击，讲究速战速决，每个杀手只有一项“目标”，一击不中，必须立即撤离，断无轮番挨着杀去的方案。

场中的“淡紫衣人”似乎也感到了自身的孤独，他环视全场，目光穿越众人，落到已离开茶桌、从容步出的青衫文士身上。满场中人，只有他俩是闲着的。两人也都意识到这一点，不由对望了一眼。

“十八斩”蒋白一旦弄清自己担负着“主杀”的重任，前冲之势更疾更猛。“月白长衫”因心有顾忌，双足如钉在地，全身纹丝不动，待见雪刃直刺而至、立将洞胸穿腹时，方猛一吸气，将胸膛凹陷了三寸。蒋白刀尖进势却只在“月白长衫”胸襟前点了点，突地上扬。这才是他真正的杀着。不料“月白长衫”随即也动，两人快如闪电地接上一招。这一招迅急势沉，显是双方真技实斗、尽力以对。随着“当”的一声脆响，蒋白倒飞而回，落在一张茶桌上。

蒋白绝招——致命的“吻喉一式”已经发出。透过坚硬的刀柄，他感觉到薄刃触处不是柔嫩的颈项，一声清音、几点火星表明，“月白长衫”对他夺命之招早有防范，最后关头，藏在袖中的铁骨折扇，如鬼魅暴现，及时横置颈间，挡住了他的快刀。

“月白长衫”身姿不变，嘲弄地晃了晃手中铁扇，一言不发地看着他。

“这厮怎会料到我袭胸乃佯、实使‘吻喉一式’？”蒋白诧异之极。

“吻喉一式”失灵，蒋白再无第二招可用，生死关头，欲罢不能，他一咬牙，再次疾冲上去，顾不得掩饰，出手就是“十八斩”，刀使斧招，雪刃纵横划飞，只将“月白长衫”当一条整猪肢解。

不料，“月白长衫”对这套“十八斩”招式依然熟悉得很，一柄铁扇，东挡西架，敲、戳、格、切、压，一一破解了蒋白怪异之极的以刀代斧式。

蒋白心中大骇，他脑子转得再慢，也知晓面前之人是谁了？可“十八斩”一经使开，一气呵成，中途难以收手；否则，必被对方铁扇所伤。蒋白只得硬撑着将余下“六斩”一一使完。

“淡紫衣人”尚难料定徐徐步出的青衫文士是敌是友，双目不敢轻移，忽见青衫文士面容一肃，似欲开口，自己后背“灵台”、腰间“命门”二处大穴，突地被人用重手扣住了。

青衫文士置身事外，将场中情势看得清清楚楚：蒋白与“月白长衫”拼杀最剧，细察中只觉蒋白刀式古怪，“月白长衫”却似了然于胸，一柄铁扇攻防间如同长了眼睛。二人形如搏命拼杀，却又似师徒间喂招练式。正有所思，忽见蒋白招式已收，“月白长衫”却借势转步，移形换位，闪到了“淡紫衣人”身后。这一变位错体，立令青衫文士神情骤震，他尚不及示警，惊心之况已生。

六

马啸风甩脱村姑，拔步向枫桥畔飞奔，他已能依稀辨察：知府大人关九州将秃顶老者迫入守势；两名护卫犹在苦斗；力搏“月白长衫”的青年汉子，刀法从未见过。马总捕头师出刀家名门，跑动中再见青年飞斩一十八招后，回刀收式，顿时明了，此厮八成即“十八斩”蒋白了。

“好家伙，你果然在此！”马啸风飞临圈外，正欲参战擒拿“十八斩”蒋白，一件绝对料想不到的事情发生了——

“月白长衫”迫退蒋白后，突然转身出手，从背后重力扣住“淡紫衣人”灵台、命门二穴，哈哈大笑，声震全场。

各处搏杀戛然而止，茶室内外一片静寂。青衫文士虽惊不慌，迅即恢复散淡神色，顺势寻身旁一张方凳坐下。

“淡紫衣人”要穴陡遭人扣，扭头看清身后情势，怒目喷火，厉声呵斥：“大胆吴可，你竟敢勾结歹人，谋害本将，难道不怕朝廷王法？”

“哈哈，戚大将军，倭人出你身价万两黄金，我眼里还有什么‘王法’？天下何物超越这般重赏？”“月白长衫”吴可得意至极，公然说破心声。

“戚大将军？‘淡紫衣人’竟是戚继光？”刚刚罢手的茶庄掌柜、伙计、秃顶老者又惧又喜。他们接“陆家亲”“老大”指令，在此参与伏击，各领职责，却都不知劫杀何人？若是事先知道打“戚继光”的主意，再借他们一颗胆子，怕也不敢前来了。此刻，见“老大”吴可现出真身主持大局，又听说有一万两黄金可分，内心稍感安宁。

“十八斩”蒋白凭直觉先于别人知道了“月白长衫”的真实身份，待听吴可说出原委，如雷贯顶，心头大骇：“老大”竟然发动“陆家亲”全力，谋害威名赫赫的抗倭名将戚继光！原以为自己“主杀”，至此方悟，“老大”吴可才是真正的“主杀”。吴可利用自己全力向他攻击的假象，迷惑同来之人，令戚继光将军对他毫不提防，从而偷袭得手。自己直接助其成事，论“功”自是不小，量“罪”更是极大呀！戚继光将军何等样人？抗倭栋梁、本朝干臣、民族英雄，深受朝廷器重、民众拥戴，自己竟然参与谋害他！蒋白心中波激浪飞，神色惶惑迷惘。

“淡紫衣人”正是抗倭保民的一代名将戚继光。

近年来，戚将军主持东南沿海剿灭倭寇的战事，指挥有方，英勇善战，致使大股倭患平息，千里海疆日渐安宁。狡诈的倭贼改变策略，驾船北犯，屡在渤海湾登陆，侵扰山东沿海村落乡镇。朝廷下旨，令戚继光带兵返京述职，统一指挥威海地域几支大明军队，扫荡北方倭患。

戚继光奉旨北返，离了福建，进入浙江境内。朝廷飞书又到，因军情火急，催其早早到京任职。戚继光嫌大军行进缓慢，决定轻装简从，只带两名贴身护卫，先行策马北上面圣，军队则自去鲁地集结。

浙江巡抚见倭人侵扰日稀，想是前路已无大碍，但又唯恐在自己辖地出事，正对戚继光的决定心存踌躇，部将吴可数番请缨，自愿陪同、护送戚将军一程。巡抚大人便令弓马娴熟的副将吴可随行，待戚将军半途在苏州稍息，与朝中接应高手会合，登船自太湖渡江后折还。因吴可阔脸长须，容貌尚雄，巡抚大人便要他在外放开行止，以夺路人之目，掩饰戚继光真身。苏州知府关九州知悉内情后，索性假戏真做，将吴可与戚继光一并奉作“贵客”接待。如此行来，倒也顺当。不料，三人踏入分手地头——枫桥码头时，吴可将众人引入局中，赫然抛弃面具，露出真相。戚继光一行立陷绝境。

吴可见关九州等人沮丧不已，大为得意。他精心设下陷阱，捕获了倭人处心积虑一杀为快的名将戚继光，失去一个听人差遣的小小副将算得了什么？万两黄金呀！倭人首领丰臣秀吉还许诺允他移居扶桑国，赐外岛称王，下辖千户，三年不须进贡纳税。只要自己和“陆家亲”的弟兄将戚继光用船押出长江口，交给接应的倭人快艇，一切荣华富贵、权势地位都在握中了。

当务之急是尽快离开此地。前来接载戚继光的大船已泊在码头，抬腿即可登舟。吴可抑住心中狂喜，审时度势，知道半点延误不得，铁铃关守军已经出动，片刻之后，再走则难了。

“你等听着，让开路来，莫再阻我，或许可保戚继光之命。否则，我立即杀了他!”吴可恶狠狠地扫视众人，威胁出言。

“无耻之徒！你休想脱身而逃!”戚继光身居险恶之境，心神不乱，胆气甚雄，他多年征战，说出话来，威严尤加。

“你已落我手，谁人有胆阻我?”

“各位听着，戚某一死不足惜，决不可放走贼人，助长倭寇气焰，辱我中华尊严!”戚继光凛然发活，宣示众人。

吴可虽怀“有戚继光在手，足可迫退阻拦”的念头，但也知道关九州等人不是轻易能用话语吓住。他迅捷评估场中态势：那两名护卫虎目圆睁，执刀胸前，随时扑上拼命；总捕头马啸风竟也从城里赶来，破了乡姑阻击，抵达现场；关九州的文韬武略，在官场名声远播，此刻关老儿好像一筹莫展，只是忌惮误伤戚继光，故而隐忍不发，决计不会退让的。

吴可已将戚继光擒住，下一步却难以再走了。令他惊心的是，双掌扪扣处，一股大力冲穴而来。

戚继光天生威武，武艺超群，与倭寇作战时，一柄“神威烈水枪”使得出神入化，魔拦杀魔，鬼阻挑鬼，无人可挡；跨下红鬃雄骏，矫如游龙，四蹄生风，枪、骑、人自铸一体，在千百军中冲锋陷阵如虎扑群羊。眼下，只因一时不备，让吴可拿住了大穴。他一旦稳住心神，立即运气调息，力图自救。

戚继光将军久历风浪，目光如炬，危难中仍洞察全局。他已看出，吴可一伙使用诈术，表面占了上风，图谋得逞，其实不然。苏州府总捕头马啸风冲破阻击，飞临当地；青衫文士虽素未谋面，但在自己遇袭瞬间，脸上流露的关切之情，足以证明是友非敌。此人不曾出过手，却从容泰然、举止镇定，尽显高手风范，只怕即是朝廷派遣的接应之人。自己与关九州若能放手一搏，青衫文士与马啸风再动，局面定然彻底翻盘。这几人之所以没有贸然出手，只是投鼠忌器，担心伤及自己。“只要我脱出吴可挟制，贼人不难就擒。”戚继光心性清明，当即内力一凝，透过灵台、命门二处要穴，连连冲击吴可掌指。

吴可觉得两只手掌不住抖动，几被震起，心中生骇，双臂急忙加力，不敢稍懈。他知道，凭戚继光的功力，一旦脱困，自己万难再能靠近他的身边。那样，局势倒转，“陆家亲”当真要“一家门”栽在枫桥畔了。

“不行，我得腾出手来，不能和戚老儿一块粘下去。只要蒋白的刀子架在戚老儿脖子上，定可镇住这一干人，我也能脱出自由身，方便行事了。”吴可担心时间一长，自己会受戚继光内力反控，心念飞转，有了主意，大声喝令：“蒋白，你过来!”

吴可一开口，马啸风认定执刀退下、背向自己者，就是东山肉贩了。他一时还不清楚吴可为何呼叫蒋白近身，但凭经验判断，蒋白过去，定对戚将军不利。

于是，马总捕头凛然发话了。

七

总捕头马啸风沉声道：“蒋白，你已背负三条人命，今日还敢行凶作恶?”

自听说“淡紫衣人”即是抗倭大将军戚继光，“十八斩”蒋白脑中如电光划过，他沦为孤儿的那个黑夜，清晰地重现眼前：当时他只有六岁，父亲、母亲、姐姐、哥哥一家五口打鱼、种菜，生活在钱塘江入海处一所渔村中。一个闷热的夏夜，三船倭寇悄悄登岸偷袭，包围了村庄，挨家逐户掠夺财物、强抢女子。慌乱中，父亲把幼年蒋白藏进屋后柴薪堆里，和母亲带着姐姐、哥哥摸黑跑出院去，欲到山林间躲藏。刚至后村，一家人就被埋伏的倭兵截住。父亲、哥哥反抗中惨遭杀害；母亲、姐姐则被倭贼掠上了海船。蒋白在柴堆中藏至天亮，方才脱难。三天后，海潮将他母亲、姐姐及六名村妇的裸尸泊上了沙滩……

蒋白从此家破人亡，成了孤儿。二十年来，倭寇毁灭家园、屠戮亲人的惨景，一直刻印在他心头。他在江湖上厮混、谋生、杀人，唯一没有泯灭的灵智，即尚能牢记：倭寇是不共戴天的仇人！万般世事中，他认定，戚家军痛歼倭寇，就是为自己家人报仇雪辱。蒋白幼遭惨变，心性转向，变得木讷少言，家世、心事从不对人轻言；所想所思，无人知晓。今日，他亲见威名远播的戚家军统帅戚继光中计遭难，自己竟是帮凶之一，心灵如被重锤猛击，脑海中人兽搏战，全身抖个不住，脚下木桌吱呀作响。

蒋白入世后，常听民间津津乐道戚继光抗倭之事。铭记深刻的是戚将军的“一言”“一枪”。他感叹戚继光十六岁时即写下“封侯非我愿，但愿海波平”的诗句，足显年少志高、英雄气概。

而戚将军的“一枪”，更是令他神往：坊间传说戚继光惯用的“神威烈水枪”，用天际落下的铁石为材质，依仗地火熔铸，再辅以极寒冰潭之水浸泡，锻造七七四十九天，吸纳日月精华方才制成。其枪锐利无比，近枪者均感冷热转换莫测，心头生悸，难以忍耐。还有一说：此枪随戚将军久经战阵，饱饮倭寇腥血，自有灵性附体，威力惊贼魂魄，已非人间凡品。

蒋白多年来的愿望，即能亲眼见一见这柄“神威烈水枪”……

吴可见蒋白魂不守舍，对自己所唤充耳不闻，当即勃然大怒，骂道：“你这只活棺材！发啥呆呀，不要命了！”

这是吴可第一次对蒋白破口怒斥。

向有出人头地之念的吴可，虽投身军营，却因逢战惜命，难积功勋，故而升迁缓慢。他为此怨天尤人，郁郁不欢。十多年前，他即有心在军中、民间拉帮结派，搞了几个小团伙，为自己私欲所用。隐在世俗中的“陆家亲”，是他亲建的最为秘密的刺客组合，专营江湖中见不得光亮的勾当。自与倭人接上关系，“陆家亲”便成谋杀民间出头抗倭者的特殊杀手集团。

吴可早年有心笼络孤儿蒋白，除了令人授他技艺，还暗中定期接济他的生活，助他度日，并且帮他盘下一间肉铺。这些年，吴可虽不曾以真实身份、真实面目示他，但也多次和他相谈，就近考察过他。等到蒋白“十八斩”“吻喉一式”艺成，即将他收进“陆家亲”，用他上阵了。

吴可视蒋白为一件“工具”，却见他性格朴实，绝对听命，虽也觉他有点木知木觉，但从不加以恶言，反多奖勉。

眼下，可是生死关头，吴可见蒋白却魂走魄散，真正是“怒从心头”起了。

此时，正巧马啸风抢先发话，蒋白听见背后响起这两句言语，本能地回首看去，只见丈外，一名壮硕捕头厉色相对；一怔间，又遭吴可呵斥。“这可是‘老大’头一次在大白天、众人前，公然呼叫自己的真名，局势危殆了！”蒋白立即转刀指向马啸风，语气强硬：“是我杀人又怎样？江湖中事江湖了，与你官府无涉！”他心里明白，事到如此，一切都无法隐瞒，无暇再想什么“将来”了！

马啸风斥道：“朝廷法典，天下众生皆不可违，岂能随意杀人？再者，你所犯之案，公门早已查清，并非江湖仇杀。那三名遭你暗害之人，身世清白，均是民间抗倭首领，经年累月出资筹钱，捐物济人，相助官府，抗击倭匪。你之所为，亲者痛，仇者快；实替倭寇出力，为虎作伥！”

蒋白万没想到，三桩命案，竟是杀的抗倭人士。“老大”吴可明知自己身世，怎么还要自己去做这种事情？反倒污指被杀者“通倭资敌”。这不是诓我、欺我么？莫非“老大”一直暗里替倭贼效力？蒋白脑中混混沌沌，挣扎着想下去："我加入'陆家亲'、追随'老大'闯江湖，难道是为仇人卖命效忠？我那死去的阿爸、姆妈、阿哥、阿姐！我真是禽兽不如呀！"蒋白心中滴血，无力地瘫坐在桌面上。

第三次奉命杀人，犹如倒流时光、转换场景般呈现蒋白眼前。

所杀者，苏州观前街"米佬香"糕团铺老板黄原原。

初闻"老大"要他除去黄老板，蒋白心头一颤："米佬香"铺子制作的糕点，是他自幼爱吃的食品。却先因家里贫穷，后又浪迹乡野，数月、一载难得品尝二次。近几年，方有余裕常去铺中畅快以购，尽兴食之。"米佬香"所售十余种点心，蒋白最爱吃玫瑰糖糕、肉馅方糕、豆沙糯糕、薄荷米糕，以及时令青团、赤豆蜜枣粽等。吃着这些食物，蒋白觉得是在享受生活，体会到"生"的感觉。他活着比较切实的追求之一，就是可以一直吃"米佬香"的糕点，吃到老，吃到死。这样，也不枉到世上走了一圈。

不料，"老大"却要自己除去"米佬香"的继承人、掌柜黄原原。这太难以下手了。

但是，"老大"说：黄原原明里经商，暗中资倭。那就不容自己犹豫了。

蒋白虽不情愿，仍于夜半入铺，将正在灯下核算一天营业额的黄老板性命取走了。

"米佬香"为此长期歇业，坊间谣言四起。直到一年后，少东家黄荣荣脱却悲痛，以黄家第三代传人资格重操旧业，这家名店方再开张。

三次杀人，三种心境。

头一次，蒋白收获了自信、自得，脱去了多年低贱卑下的心态。再一次，蒋白则生悲悯，触到隐痛，数次起念：自己失去父母时，当与沈老夫子的孙女一般年岁吧？而自黄原原殁后，蒋白则没有路经"米佬香"店铺一次，也再没有吃过重新开业的"米佬香"店铺一块糕点。他自此断绝了幼时养成的嗜好，再不愿看一眼曾经熟悉无比的店堂。

吴可又急又气——大队士兵正疾步赶来；四名捕快已飞骑而至，在马啸风身后一字排开。时光稍纵即逝，若再不走，万难脱身。

“戆徒！阿木林！（吴方言，两词均为嘲人糊涂、愚蠢之意）快过来，杀了戚老头子！”吴可朝蒋白嘶吼。他决定先恫吓一番，镇住场面，实在走投无路，只有杀了戚继光，再谋冲出重围。只要留得命在，一样能领到倭人重赏。

不料，应他话声而动之人，竟是端坐一隅的青衫文士。

青衫文士缓缓立起，口中朗声吟道：“南北驱驰报主情，江花边月笑平生。一年三百六十日，多是横戈马上行。”

众人听文士口中有吟，不明所以。唯戚继光心中一动，这不是老夫的旧诗《马上作》吗？他……

青衫文士兀自一笑，对吴可嘲道：“你这么厉害，为何自己不出手？是动不了了吧？”

“你是何人？若是多管闲事，一样杀了！”吴可一直操心大局，没有留意这个书生模样的青衫人。此刻见他言语平和，却切中要害，道破自己尴尬处境，本能生起重视，狠语威胁。

“凭你恐怕还杀不了我。”青衫文士好整以暇地一撩衫幅，左掌亮出一方铜牌，上前两步，朗声道：“我乃大明刑部总捕彭秋中，奉上命，专程到此接应戚将军。你等歹人劫持朝廷命官，甘作倭贼帮凶，犯下大罪，今日休想逃离此地！”

此言一出，场中之人顿皆变色。

关九州、马啸风自是喜从天降。吴可犹兀不信：怎的这般凑巧，此人是否诈言？

戚继光面容舒展：“老夫没有看走眼，阁下果是高手。”

彭秋中端庄一揖：“叩见戚将军，还望将军恕卑职救援迟误。”

“不迟、不迟！幸亏你没在船上干等。你初到此地，当然要把情况搞清楚才能出手。老夫与他相处多日，也没能识破这个‘伪君子’的真实面目呢！”戚继光厌恶地瞥一眼吴可。他深通韬略，自是理解彭秋中迟迟现身的原委，又恼怒吴可虚假欺诈、卖国求荣的恶行，忙中多说了二句，方一吐忍了半晌的怒气。

八

位列刑部四大总捕之一的彭秋中（彭秋中故事详见拙作长篇系列小说《无敌神捕》），奉命离京南来，保护戚继光安全北行。他由扬州登船，沿长江改入运河，直至枫桥渡离舟上岸，迎候戚将军。一番察看后，见“洗心”茶庄中数人易容久坐，心中便生出疑端。彭秋中不曾与戚将军谋面，相互不识，一俟事发，他由于不辨“淡紫衣人”“月白长衫”谁是戚继光，又见两人并无危险，便拿定主意，先看上一看。等到蒋白出手攻击，助“月白长衫”阴谋得逞，方才明了一切。于是，彭秋中适时现身，并吟咏来前记下的戚继光旧作，与他先做心灵沟通，暗示自己的身份。

吴可看清彭秋中所执铜牌，识得真是刑部所颁，方信其言不假。他千算万算，漏此一算，心中虽慌，仍为同伙壮胆：“大家不必担心，他区区一人，还留不住我们。”又对彭秋中吼道：“戚老头子在我手中，你敢妄动，我立时杀他！横竖横一道死好了！”

彭秋中面容一肃，凛然发话：“你身为朝廷命官，却勾结倭贼，结伙生乱、杀人夺命，今日又犯下劫持、谋害当朝重臣的弥天大罪。至此，不思悔改，还敢口吐狂言？我捉拿你等，易如反掌。你若不信，且可看来。”

彭秋中有心立威当场，震慑群匪。他一伸右掌，亮出四粒白果：“那卖白果的女子，方才阻杀官差，也是你等一伙的了。我就用这几颗白果，让你开开眼。”

话音中，彭秋中双指一屈，弹出两粒白果，一前一后，朝站立最远的秃顶老者面门射去。

秃顶老者也非庸手，在“陆家亲”中位居老二，平日自视甚高，适才被关九州迫得一味招架，几无还手之力，甚感失了颜面。现在又遭彭秋中言语一激，心头生火，嘲道：“卵唻，你吓煞我了！老子不信两粒白果能……”脚步却是一移，忙作闪避。

眼见第一粒白果从秃顶老者耳边飞过，已然打空。不料，紧随其后的第二粒白果，如被神催，加速疾飞，在前粒白果侧处一撞，已经划空而过的第一粒白果，竟然折了回来，急如流星般打在秃顶老者后脑勺上，“啪”地生响，白果破碎，点点四溅。

秃顶老者话音未尽，不防后脑突遭一击，更不料一粒小小白果蕴蓄这般大力，痛得一个前冲，折腰倾身。这时，第三粒白果如飞直至，一记打中了他的百汇穴。秃顶老者吃不住劲，眼前一黑，晕倒在地。

举手间，三粒白果制住了一个高手。

三粒白果打出，先侧攻、助攻；后迂回攻、正面攻，手法奇特，出神入化，收四两拨千斤之效。

彭秋中此技一现，茶庄掌柜与伙计眼中透出了惧意，战志顿失。吴可心凉半截，料不到眼前京捕武功高到这般，难怪他迟迟不出手，原来有恃无恐，成心弄个清楚再露真容。

明白了事情原委的“十八斩”蒋白，思前睹今，愧悔至极；再见先前轻视不已的青衫文士，抬手间隔空制服了秃顶老者，方才知晓，自己挟技自珍、傲示于人的“十八斩”“吻喉一式”，实乃微末伎俩，何堪一比？真是羞人！

往日所为，有辱祖上，违背人伦，触犯法典，无颜苟活世上；今日之事，助纣为虐又赤膊上阵，更难善了。蒋白灭了逃脱之想，心生一念，慢慢举起了手中薄刃。

吴可正值无奈，见蒋白似欲出刀，以为他战态复萌，不禁一喜，忙道："小兄弟，到底拎清爽了！快去对付姓彭的捕头！"他已放弃所有的盘算，只望蒋白能把彭秋中缠上片刻，自己即可趁隙而逃，脱离困局；至于"陆家亲"中其余伙伴，就烦不了他们了。

戚继光自彭秋中亮出真相后，不再多言，加速调息内力，一口元气刚刚运足，趁吴可扬声急叫，立即发力冲穴。吴可双掌与戚继光相持至此，已成强弩之末，气势渐衰，突感戚继光体内猛力涌出，自己正分心喊叫，一时拿捏不住，双掌竟被弹开半尺。

戚继光灵台、命门二处大穴一解，神力勃发，加之心头蓄怒，挥臂便抡，立将吴可扫翻在地。吴可借势滚了几下，直至蒋白桌前，方才消掉戚继光所发三道余力。

吴可一辨方向，急欲起身。彭秋中恐他再生恶行，立将尚存手中的那粒白果，"嗖"地射出，打在他右腿曲泉穴上。吴可一个趔趄，屈膝跪倒；随即，又被一飚烈风压倒在地。

惊慌中，吴可颈间一凉，咽喉处多出一柄雪刃，定睛再看，蒋白已从桌上翻落，跌砸在他身上，出刀将他逼住。

"你……你？"吴可不敢相信眼前场景："二十年……我待你不薄……你脑子坏掉啦？不要犯浑哪！"

"我是欠你二十年的情，可你却害了我一生一世！今日，我俩一道死了，就结清前账，互不相欠吧。"蒋白一字一顿、语音寒彻。

"什么？戆徒！猪猡！……你要寻死呀！"吴可气昏了头。

站位离他俩最近的马啸风见状，身形一晃，刚迈出半步，蒋白即已察觉，叫道："都别过来！"手臂之力随声发出。

吴可趁机急举铁骨折扇，狠刺蒋白左肋，想把他捅下身去；扇柄刚

出，只觉颈间遭薄刃轻轻一触，遍体立生凉意，折扇再难伸出半分，全身力道也随着散去。吴可听见自己喉间鲜血“吐吐”涌溅，还听见蒋白呻吟般地发出两个令他莫名其妙的音节：“巧……巧!”

“巧……巧？什么意思？是个人名么？巧巧是谁，让他这样牵心？这小子不是没有亲人了么？老子知其根根底底，难道他还瞒了一事?”躺在血泊中的吴可一切都听不见、看不见了，思索也仅止于此。

蒋白眼前浮现的最后一个形象，是常到他铺上买肉、面含微笑的巧巧姑娘。蒋白迎着巧巧的倩影甜蜜一笑，柔柔低唤了一声她的芳名，随即将手中利刃在自己颈间一抹而过。

蒋白最后连使两招“吻喉一式”，自觉是一生中使得最为满意的两次。他一直没有机会让活着的人见识这一绝技，世人都以为他只会“十八斩”，今天就亮一亮吧，不知那姓彭的京城捕头看清了没有，他会作何评判呢？马总捕头，我也让你看明白了，好结那三桩命案！你懂我心思吗？蒋白软软地从吴可身上滚落，喉间流出的鲜红血液，洇湿了地面。

濒死的蒋白，没有痛苦感觉，反倒在想：我是一个卑微之人、又成戴罪之身，能在离去之时，看到了万民爱戴的戚将军，见识了京城捕快的极高武功，还认识了久闻大名、无缘朝面的苏州府关大人，不也是一生幸事么？死了也值！只可惜，今生再没可能目睹一次戚将军的“神威烈水枪”了。

蒋白眼珠还在转动，吃力而执着地寻找着什么。

他的耳边响起甜美、柔和的歌声：“辣椒红，像灯笼；青菜青，绿盈盈……”

“我太推班了（吴方言，意差劲、不够好），没有早点告诉巧巧……要娶她呢。再没有向她吐露这桩心事的机会了。巧巧，好好生活……阿哥来世一定陪伴你……一道种菜、卖菜……和你一起唱‘青菜青，绿盈盈……菠菜叶儿水灵灵’……”蒋白脑海中浮出最后一点意识：“嗯，这天空真蓝。以前我怎么从未留意过？真的……蓝……莹莹……”

蒋白满怀眷念地闭拢了双眼，他感觉自己的影像缓缓离开身体，向空中飞翔，扑向湛蓝湛蓝的碧空深处……

吴可、蒋白一死，秃顶老者、茶庄掌柜伙计再无抵抗之念，齐齐束手就擒。

关九州忙着唤人收拾乱场。马啸风却突地想到那炒白果的乡姑，回首四寻，哪里还有她的踪影，料是早已逃之夭夭。“早晚也得将这刁妇擒了！”马啸风嘀咕一句狠话，抢步上前与彭秋中相见，互道仰慕。

一干人犯已被押走，两具尸体也覆上盖布，抬上木车。关九州见秃顶老者奉上的“送子天王图”遗落在地，践踏得残破不堪，不由惋叹：“罪过呀！吴道子的作品。可惜了、可惜了！”弯腰欲拾。

戚继光闻言笑道：“关大人，你可看走眼了，这是一幅赝品；而且，明明是水墨线条画，哪有什么‘天空真蓝’？老夫方才就觉有异，不解吴可这厮为何谬赞，接着就开打了，差点没让老夫有机会言破此事。哈哈，今天还真有点玄呢。这几个宵小，比明刀明枪的倭寇还难对付。”

关九州笑道：“戚将军处变不惊，令人敬佩。彭总捕不辱圣命，武艺超凡。常言道，贵人自有天佑，现在不是安然无恙了？”随即又自嘲道：“此画既是赝品，就不足惜了。还是将军有眼力！”

“关大人也莫要谬赞，画儿真假好辨，识人真伪就难多了。”戚继光脱得大难，兴致颇高：“彭老弟，多亏你先到一步呀！来、来、来，我们上船再叙，也好让关大人、马捕头早点回去。他们这几天辛苦了，客走主安么！”

众人哈哈而笑，簇拥着戚继光、彭秋中向枫桥渡口行去。

2000 年 5 月成稿

（2016 年修订）

仁者

一

苏州城厢的“永年堂”药铺，门面不大，名气却不小，方圆十里的百姓，问诊抓药都爱上这来。患者一是看重铺里药材齐备，价廉质优，让人信得过，买得起；更因药铺掌柜兼坐堂医师乔观云医道精湛，待人和善。病家求诊，被乔老爷子望、闻、问、切，听他一番言语，如沐春风，未及吃药，病已轻了一半。乔观云售药行医，尊奉一个“仁”字，任何人只要进了“永年堂”，都以礼相待，竭诚医治，不分厚薄亲疏、贫贱富贵。故此，乔掌柜口碑甚隆，“永年堂”生意红火。

说起乔观云宅心仁义、技艺高超，医案不胜枚举，仅选二例，足可令人心仪：

一日午时，乔观云下乡约诊回来，走至昌门城关，只见一列出殡队伍沿长街而来。有具红漆棺木端放一架板车上，很是显眼。乔观云便与街人退让一旁，让灵车通过。

忽然，乔观云瞥见车上滴下两点血珠，落到青石路面，洇成两朵红紫小花。他心里一顿：人死血枯，怎的还会有血液渗出棺来？

乔观云忙向队尾之人询问，方知系一年轻孕妇难产而亡，一尸两命呢。

乔观云略一寻思，立即央人领其求见行葬主事者，直言以告："且慢落土，只怕棺中之人尚未真正死去！"

主事之人大惊，疑他胡言，斥道："一把年纪了，不要瞎三话四（吴方言，指说话不谨慎，没根据，信口开河）。"

乔观云道："人命关天，老夫岂能戏说？若所言有虚，甘领责罚！且请开棺一验！"

主事者观其龄过五旬，面目端正，神色凝重，并非戏谑之徒，也祈其侥幸言中，不啻天降大幸。于是，急与死者亲属商议，决定停棺以验。

待棺盖启开，乔观云一番诊断，言明真情："该女确实尚未气绝！"送葬亲友涕泪复洒，惊喜交织。

乔观云当即施救，取出数枚金针，扎入孕妇几处重要穴位。

"老夫暂以金针度穴法，保住妇人一悬生机。你等速速随我前去'永年堂'，以作诊治。"说毕，乔观云大步直奔医铺。

事主立即撤了白幡，卸下棺具，将产妇移至板车平卧，随后跟往"永年堂"。

二剂汤药灌下，三个时辰后，年轻女子血气转旺。乔观云即施剖产术，助其产一男婴，重达六斤六两；七天后，母子双双平安，转回家中。

此事传为街巷奇谈。

徒弟孙庆、姜兴大惑不解，向乔观云求教："师傅，你一救两命，当真未卜先知，隔棺算定女子并未真死么？万一有误，丧家还不闹个半死？真是险呐！"

乔观云笑道："看你俩说的。为师哪能未卜先知？只因为师见棺中有血渗出，料是孕妇一时气塞，家人误以为亡，匆忙落葬。可能经车载颠簸，又逢午时，阳机转盛，人气缓过，血脉重畅，胎儿又动，方见红于

外。人若真的死透，全身僵硬，怎还会血流不止呢？既然母亲尚在，故推及胎儿大半仍是存活。为师乃以医理论事，并非卜卦而为，更非率意显技，没有什么险不险的。你俩不要痴精八卦（吴方言，意精精怪怪、神神道道），自己骇自己，让心里清爽人见笑。”

另有一治，也令乔观云声名鹊起。

闽地一行商者，患口渴之症，寻医半载，服了十多种药，均不见效。每天嘴干舌滞，饮水不止；饮食如常，人却日渐消瘦、肢体无力，甚是烦恼。一次前去西域贸易，路过苏州。闽商久闻江南地杰人灵，寄望有医他之人，便在苏州城内小住，四处打听医术高明者。

遍寻之下，有人向他推荐了乔观云医师。

乔观云听求诊闽商讲了病症及治疗经过，一时无语，陷入沉思。

闽商心慌，问道：“乔先生，在下所患，莫非无治？”

“先生乃消渴之症，涉消化、血液两系……当下确无特效之药医治。不过，老夫经年有心研究此症，略有心得。析出患者日常饮食重脂丰膏，腑脏津液显竭，以至食物中糖质难以充分吸收，便需多饮；然饮水一过，排尿也频，体内营养留不住，岂能不日渐瘦削、力气减弱？从根上说，乃是消化吸收器官功能减退，增食反而有害无益。只是，略有心得，尚无病案，正在研配疗方。不知先生愿否身试？”

闽商听乔观云有心在他身上试医，也存幻想，当即表示情愿：“可以、可以。反正在下求医多方，没啥效果，不如让先生用一用新药。治不好，只得认命；治好了，不仅在下获益，可怜同病同症者也有盼头了。恳请先生一治！”

乔观云道：“老夫也不是要你试药，其实真没什么药，不过调理日常饮食罢了。老夫且将疗治用物写下，你服上三月，再看病情如何。”

乔观云操笔写下一方：一、以“香煞人”茶叶五钱、枸杞果五钱冲泡成液，每日饮服五、六杯。二、此去北地，每餐多喝玉米、小米稀糊，佐以麦饼、馒头，以七成饱为适；尽量少吃米饭。三、每日服食生梨、地瓜两斤，分五时段细嚼慢咽，全吞津汁，当水消渴。四、每日食用二碗羊奶，以增体能。三月为一个疗程。

闽商接过单方一读，劲气泄了大半：“这……这，乔先生这服药方真的管用？怎地没一味名贵药材呀！”

乔观云正色道：“老夫也未亲试，只是依病理、药理出方。何况，这些本为食材，几无毒性，食之何妨？先生服用此方，仍须注意：一、不要过于操劳，应修习养精蓄锐之道；二、饮食清淡为宜，少油少盐少糖，全戒杜康；三么，则多多以步代车，也不要过，日行二三十里即可。总之，六个字：迈开腿，管住嘴。这样配合药方医之，估计当会有效。另外，老夫送你二斤黄芪片剂，你每日早晚各三片，含在口中，吞咽汁液，以培神元。这样吧，我也不收先生的诊费、药资了，只望先生归来时，能光临舍下，告知老夫疗效如何即可。”

闽商半信半疑离了苏州城，只抱死马当作活马医心态，一路全依乔观云所嘱行之。正是三个月期至，人到地头时，干渴之症已然痊愈，身上日渐增肉，行止也趋气完力足。

闽商大喜，又坚持了一个疗程，效益更显。返回时，他恢复如初，神旺气清，满面喜悦。闽商搁下手边杂务，第一件事情即去叩谢乔观云，捎上两大筐托人采购的西域珍贵草药，以表谢意；并敬献一幅锦挂，上绣“妙医回春”四字。以至，仁医乔观云的名头传开闽地。

乔观云中年丧妻后，不再续娶，独生女儿远嫁杭州城，做了“喜寿堂”药房少奶奶。六十有五的老乔，日子过得悠闲安逸。每天日头一斜，再无病人求诊，便将前堂生意交给伙计孙庆、姜兴照料，自己踱到后宅，在院内莳花弄草、饮茶读书；晚饭后，焚香净手，研墨展纸，练上一个时辰颜体小楷，神定气宁即上床就寝，一觉睡到鸡啼。乔老爷子治病救人，修身养性，享得真正太平好日子。

谁能想到，竟有两个“贼骨头”盯上了“永年堂”。

光棍汉子尤梦生、包一开，是一对昼伏夜出的“老搭档”。多年前，两人离开了淮河北地的故土村落，一路南行，落脚姑苏城，在江浙地面行窃为生；二贼光顾过富裕人家百把户，仗着年纪轻、脑瓜灵，有点轻身功夫，又系异地作案，从未失手被官府捕获过。

风一顺、运一好，两人禁忌日懈，便由远偷到近，把目光投向身边的人和事。他俩多次从“永年堂”门前经过，看出铺子不乏财源，又探知掌柜的独身一人住在后院，便动了贼心，惦记上了。约莫过了月把，秋风渐起，天气转凉。十月初一中午，两人讲好明日凌晨四更时分，在“永年堂”后院围墙外的老榆树下碰面。言毕，各自回家，养息精神了。

包一开一觉睡到日脚偏西，醒来时，嗅到灶上文火煨炖的鸡汤香气四溢，不由馋虫挠心，起身从床下摸出一坛加饭酒，拆了封泥，满倒一碗；又将闷酥了的鸡肉盛在钵里，一口酒一口肉，吃喝起来。天擦黑时，一只鸡、五碗酒落入肚腹。

满嘴油腻的包一开，醉意涌上头来。他估摸时间尚早，重新上床躺下歇息，不觉沉沉睡了过去。

包一开作夜间伎俩，不敢露富，弄到手的银两都吃进肚里，租住的乃简陋老屋，夜里鼠患猖獗。这晚，栖伏邻舍的一条菜花蛇，嗅到鼠息，顺着屋檐，游进了包一开的房里。花蛇被浓浓的鸡香一熏，躁动不已，从顶梁间滑落到包一开床上。包一开咧嘴酣睡，涎水淌出，湿了下巴。花蛇曲身而上，寻到阵阵鸡香正是从包一开大张的嘴洞里透出，便兴奋地将蛇头探了进去。

包一开正睡间，一口气透不上，憋得醒转过来。黑暗中，感到嘴里被一截凉凉、圆圆、滑滑物事撑得满满，大惊失色，急忙用手拽掏。菜花蛇正钻得起劲，身子忽然遭人捏住，长体一缩，缠上了包一开颈项。

包一开吓得魂飞魄散，酒意全消。他翻身滚落床下，双手乱扯，牙齿强咬，挣扎了片刻，终透不上气，熬不过憋闷，失去了知觉……

尤梦生依时到了地头，隐在榆树后，静待包一开。一会，遥闻四更敲响，却不见包一开人到。两人合作经年，包一开过时不来，实是头遭。尤梦生暗暗责怪包一开坏了规矩，猜测他大约贪杯睡过了头，决定只等一炷香时间，再不见人，此次行动只能作罢了。因为，待近五更，东方就要现出曙色，街巷间难免行走早起之人。那时，即使进得“永年堂”，也难以出来了。

弯月如线。“永年堂”后院附近居家稀落，黑沉沉的一片静寂。尤梦生不甘空手而返，白跑一趟，心里正踌躇焦虑，忽然听见夜幕里生起丝丝音响；他细细一辨，觉出声音似从“永年堂”围墙内传出；心中奇怪：莫非另有道上的朋友抢在前头下手了？

思虑间，围墙沿上显出一条瘦削身影。只见那人利索地蹲伏墙头，扯上一具长条布裹；随即又一壮硕之人“嗖”地从墙上跃了过来，直接落在围墙外，这人双足一经踏实，墙上汉子即递下布裹，跟着轻轻飘落地面。

两条大汉都用黑巾遮面，一身夜行紧身服。尤梦生见二人身手矫健，腰悬短刃，背插长刀，知是练家子，功夫高出自己多得多，心里悻悻然，灭了见者有份、上前分一杯羹的念头。他只是不解，这二人从“永年堂”偷出的东西，看上去既非金银细软，又不像名贵药材，鼓鼓囊囊、沉沉甸甸的，会是什么呢？

尤梦生无暇琢磨，瘦长汉子已将包裹扛在肩上，径往西南而行。年纪大些的壮汉，十分警觉，抽出佩刀，举目四周，料定无人察觉后，方疾步赶上前去。

尤梦生心里连连打“突”，他已辨明，长条包裹里显出的竟是一具人形；他也认出，那步后夜行者手中所握，乃是东洋倭人惯用的长柄细刃刀。

识出这两点，尤梦生知道，今夜所见非同寻常。他不能就这样离去。尤梦生混迹江湖，见多识广，认定此刻所见之事、所遇之人大有蹊跷，不愿轻易放过。他明知武功不及对方，但对自己的轻身术、盯梢法还是有点信心的，这是他仗以捞钱吃饭的看家本领。“跟着他们，看个究竟。”心念一生，尤梦生不再牵记包一开，缓一缓心跳节奏，沉住气，挪身前行，瞄着执刀汉子的模糊身形，悄悄跟了上去。

二

早晨，宿在前堂西厢房的伙计孙庆、姜兴，到点不见掌柜乔观云出来，心生诧异。待见求诊病人越聚越多，孙庆耐不住，跑到后院敦请乔观云。但见掌柜卧室房门虚掩，轻唤一声，不闻回音；推开门不见人影；再往院里寻找，也无乔观云踪迹。孙庆着急，告知姜兴后，二人又到药库、厨房、厕间里外默默再寻，低声呼唤“掌柜的”“师傅、师傅”，半晌不闻应答，方知乔观云压根不在“永年堂”内。

后院无门，店面铺板天亮方卸；老爷子这把年纪岂会翻墙越院？掌柜的难道飞了出去？两位伙计百思不解，一商量，直觉乔老爷子凶多吉少，只得出来对候诊病人谎称：“掌柜的身染微恙，今日不能堂诊。”劝得众人离去，二人慌忙关了铺门，挂上“歇业”告示牌，直奔府衙捕房，禀报“乔老医师突然失踪”之讯。

苏州府三班总捕头马啸风接到报案，便与副总捕头俞念培一同来到“永年堂”，前前后后、里里外外察看了一番，核实乔老爷子确实“不见了”。

二人回到乔观云卧室细研。

“奇怪，生不见人死不见尸。乔掌柜凭空消失了不成？”俞副总捕念念出声。

“以他老人家的脾性、身份，岂会不告而别、另忙他事？更不可能自个儿躲起来，与伙计玩一回捉迷藏的。”马啸风忧道。

“总捕头的意思是，乔观云并非主动出走，有人违背他的心愿……”俞念培听懂了马啸风话意。

“你看，床铺上少了点什么？”

俞念培注目看去，略略一想，脱口道：“怎么不见了盖被？”

“是呀，白露已过，夜里很凉的。乔观云年过六旬，身体虽好，不至于睡觉时不需盖被子吧？”马啸风道。

“他是与棉被一起失踪的。这真怪了，难道他所往之处没有被子？还是弄他离去之人，担心老爷子夜半更深着了风寒，故而携被同走？”俞念培甚是不解。

他重新打量屋内陈设，又道：“你看，一点凌乱迹象都没有，不像用武力劫持的吧？瞧，连鞋子都穿走了。难不成让熟人接去看急诊了？不过，要将盖被也携裹了去，就显得矫情了吧？”

“不会是熟人、急诊什么的。再熟悉的人、再急促的事，也不可能违背常理，不走大门进来请医生吧？你不是也看见后围墙泥地上的几个脚印了吗？那么深，摆明来者是跃墙跳进跳出的。这会是熟人、朋友所为？”马啸风归结道：“不惊动伙计，不走正门进出，能是光明正大的事？”

俞副总捕点头不已，赞同上司所作结论。

二人再不言语，都往深处揣摸。

突然，马啸风鼻子皱了皱，深吸一气，双目生亮：“老俞，你觉得不，屋里有种香味？”

俞念培用力嗅了嗅：“是有香味……嗯，这里靠近药材存放处，可是药香?”

“不太像，味道不正……有江湖人用的‘迷香’余味。”马啸风缓缓而言。

“‘迷香’？这就有点对路了。”俞念培醒悟道：“乔观云一定是在熟睡中遭人迷晕，然后才被搬移出房并翻越围墙的。”

“这样盖被不见也就可以理解了。来人先将乔观云迷晕，给他穿上鞋子，再用被褥将他裹了……”

“这么说，来人并不是要乔老爷子的命，也没动柜子里的银俩，只是要将他带走，又不愿被人察觉。”俞念培疑惑全通。

“从留下的脚印看，来者有二，印痕深的几对鞋印，定是背负乔老爷子之人。乔观云是药铺掌柜、坐堂医师，伙计又说不上他有什么冤家对头，来人为啥要用如此手段将他带走呢?来者既无意钱财，劫得他去，除了看病，只怕没啥可图。乔先生被弄到哪里去了，又是谁，需要他如此出诊呢?”马啸风双眉蹙得越发紧了：“得向关大人禀报才是”。

尤梦生一路蹑手蹑脚、不远不近地跟着两名夜行人，穿巷绕屋，往僻静处行去；翻过一处城墙坍塌处，不觉到了郊外。又紧走一程，脚下路径越来越高，身侧树影幢幢、岩石峥峥，尤梦生抬头细辨，方知到了天平山里。

尤梦生越走心里越不踏实，遗憾此行少了“老搭档”包一开，遇事没个商量之人。

天蒙蒙亮时，前面二人离开山路，往荒草树丛间行去。尤梦生不敢弄出声响，推测他们所去方向，似乎是一道峡谷，便伏下身等了会，才慢慢蹭上前去。

摸进山谷，闻得涧水淙淙，早起的鸟儿生起啼鸣。尤梦生至此豁了出去，一点点挪进谷深处；又走了十多丈远，他听见了人声。

尤梦生小心翼翼地将脑袋露出藏身岩石，一眼看见谷底临溪处，紧贴石壁搭着一架树枝茅棚；棚内身影晃动，那两夜行人已将长长被裹放倒，掀解一开。

借着曙色，尤梦生清楚地认出，被裹里躺着的正是“永年堂”掌柜乔观云。踩点时，尤梦生进过“永年堂”，混在人丛中，就近端详过乔老爷子。此时见这位讲究养生、举止方正、不苟言笑的老先生，如此这般、迷迷糊糊地被人耍弄手段，肩到山谷树棚中，即诧异又好笑，一颗心“怦怦”直跳：“乘乘龙得咚！东洋老鬼要乔老爷子命啰!”

两个夜行人解下遮巾，露出面孔。瘦削、年少之人，白净长脸，眉眼凌厉；年长者，约莫四五十岁，络腮大胡，肌肉强健，孔武生威。

青年走到涧边，将一条巾帕湿了水，回来盖在乔观云脸上，搓擦了几次。

尤梦生厮混低层，一看便知，乔观云着了迷香，才不哼不哈地被人扛到此地；冷水一抚，老爷子就要醒转了。

果然，湿巾拿开一会，乔观云便睁开眼来。他仰起身，抬眼看见一坐一立的两名黑衣人，愕然生惊，斥道：“你们是什么人？我哪能会在这里?”

坐在大石上的壮汉，闻声立起，摆了摆手，生硬地说道：“乔——先生——你的——不要怕——听我说——我的——有事求你……”

听他开口，乔观云尤加一骇：“你们……你们是……是倭人?”

年长者点头道：“是——我的扶桑——雄龟太郎——他，”指指立在一侧的青年：“我的部将——长谷小米——那个，”雄龟太郎往树棚最里面铺草处一指：“我的女儿——小岛川子。”

乔观云听懂了雄龟太郎这番磕磕巴巴的中国话，他扭颈望去，见草铺上躺着一名十六七岁的少女。乔观云是名医，目光锐利，一瞥之下，看出少女五官端正，双眉细长，面貌清秀，但长发凌乱，容颜憔悴，双目紧闭，显然正遭病磨。

雄龟太郎涩声道：“我女儿——她的病了——你的看！”

藏身不远的尤梦生听到此处，方才明了，两个倭人潜入姑苏城内，劫持乔观云，原来是这姑娘即雄龟太郎的女儿生病了。

雄龟太郎末了一句话，十分强硬，透出命令口吻，让乔观云憎恶。他冷冷道：“你们不尊重我，我从没这样出诊过，也从没遇见病家如此求医。我——不看！”

“呛”地脆响，一直没有吭声的青年——长谷小米，拔出长刀，低吼道：“八格！不看，你的死！”

尤梦生吓得缩回脖子，只听传来乔观云一句回话：“死了，也不看！”乔梦生内心生起钦服：“乔老爷子倒是硬铮咯，威武不能屈，撑中国人面子。”

接着，尤梦生又听见雄龟太郎叽里咕噜地说了一串；他偷眼看去，原来雄龟太郎在向长谷小米发脾气。长谷小米一边点头“哈伊、哈伊”应着，一边将腰刀送回鞘内。

“他的蛮横，不好——我的不对——乔先生——我请你——看看我的女儿——请你的。”雄龟太郎似显表达难以尽意，说完，笨拙地躬身朝乔观云抱拳施礼。

尤梦生知他是模仿中国礼节，以示诚心求诊，不禁暗笑。又想，倭人一贯嚣张凶恶，拉腮胡子能软语执礼，定是情系骨肉，不得已为之。看来，这少女病得不轻。

乔观云也是同想。他见雄龟太郎表示歉意，目露乞求，不觉心中生动。医师的本能，驱使他慢慢起身，走到少女卧铺前。

乔观云弯腰细察，只见小岛川子面无血色，印堂灰暗，双唇干裂，喉间隐隐作响；伸手探其额，热烫灼手；再一搭脉，只觉脉相细微，时断时续。诊视中，小岛川子全无反应，身子软塌塌的，眼睛也不曾睁开半分。乔观云知她实是昏迷了。

“这姑娘病得不轻，性命有虞呀！”乔观云心中忧虑。

见乔观云神色肃然，双唇紧闭，雄龟太郎惴惴不安：“乔先生——我的女儿——话的不说——我的着急——请乔先生看看！”

乔观云默然点头，思忖一番，开言道：“你的女儿，好像是惊吓过度，逆火攻心，又遭受风寒，胸存郁结，造成五腑冷热煎交；另外，似乎疲累不甚，营养不济，致使身体虚脱。这个……非常严重……非常严重！”他一边说一边比划，尽量想让雄龟太郎听明白。

雄龟太郎听懂大半，顿时声音带出颤抖：“乔先生——怎么办——你的帮我！”

“我想想……想想……”乔观云身处此境，面对此情，心绪矛盾，思绪纷乱：“这二个倭人怎会跑到这里？躲躲藏藏不像好路道？治是不治？这般状态下，又何以一治？”一时不知如何是好，嘴里下意识应着，坐在石块上发起愣来。

雄龟太郎与长谷小米静立一旁，四只眼睛紧系乔观云身上，目不转瞬地观察他的神情，不敢出声打扰。

尤梦生明白，倭人劫持乔观云，是为给小岛川子看病，谅老先生性命一时无虞，又惦着包一开爽约之事，便悄然退出谷去，寻着来路，匆匆下山。

三

尤梦生进得城来，穿街绕巷，直奔包一开住处。

包一开家宅门紧闭，门上无锁，仍是从里面拴着的。

“这小子，日头三丈高了，还在睡大觉，害得老子担惊受怕，一夜跑得脚底板痛!”尤梦生心中有气，又急吼吼要把所见所闻告诉包一开，出手用力拍了拍门板。

里面没有动静。

“老包、一开、包一开，开开门，老子来了!”尤梦生破例喊起门来。

屋里仍是无声无息。

尤梦生肚里冒火：“包一开这家伙搞什么鬼名堂？装聋作哑耍弄老子!”双眼溜见附近无人，便用力一肩撞上门去。插栓折断，尤梦生乘势拱身进了屋，嚷道：“辣你个妈妈的！老包，你跟老子装什么装……”

阴暗的屋内场景把尤梦生吓得半死——

包一开躺在地上，双目圆睁，面孔扭曲，似乎骇极而亡。嘴边、颈下鲜血块块，已成半凝。

尤梦生壮胆近前细瞧，只见一条酒盅粗细的菜花蛇，缠绕在包一开脖子间，蛇身已经僵硬，蛇头却钻在包一开大张着的嘴巴里，那淋漓血液竟是从蛇颈间流出来的。原来，包一开用牙齿硬生生将花蛇颈脉咬断，自己也被蛇首活活憋死了。

尤梦生见好友如此惨死，禁不住浑身抖个不停，抢步逃出门去；被白晃晃的日头一照，脑袋发晕，差点瘫倒当街。他强摄心神，想到自己与包一开的关系，万万张扬不得，岂能与他邻人照面？但朋友一场，不闻不问抽身溜走，也不够仗义吧？

尤梦生转念生智，扯开嗓门大喊：“哎哟喂！不得了啰！没得命啰！包家死人啦！包一开死了！快来人哪!”

嗓音未落，邻近住户即生动静。尤梦生慌忙抬腿钻进对街小巷，一溜烟走了。

尤梦生一夜没睡，奔波劳累，但几经震骇，心藏秘密，神经亢奋不安，全无倦意。他离开包宅，胡乱穿行，一时不知该做些什么，肚里又饿得“咕咕”发响，便拣一家食铺坐下，要了一壶香茶、一客酥饼，填填饥。和包一开习性一样，尤梦生也是一具“脱底棺材”（吴方言，指一味贪婪，挥霍无度，存不住资产的无赖之徒）。二人只要弄到钱，全部花费在吃喝上。一人吃饱，全家不饿。吃，最是实惠。此乃包一开、尤梦生存世所求。吃着佳肴美食，能使一颗乱跳的心脏平稳如常，烦恼之事也暂抛九霄云外；吃，还能使人体力充沛，干活有劲。包一开、尤梦生对此一样认同，一般重视，从来家无隔夜粮，兜无积蓄钱。折腾了一夜，又惊见老友夭亡，尤梦生只得依照习惯，在吃喝时定神、琢磨、理顺思绪。

待茶喝淡，尤梦生又点了一碗虾仁、鸡片、银鱼、笋丝“四白浇头”面，他尽着口袋里的几文碎银，享受口腹之乐。一为折了老友，从今往后，得自个单干打打气；二为心中藏了个秘密定定神。鲜汤美味，足以令人忘掉不快，滋生愉悦。果然，尤梦生吃饱喝足，也拿定了主意：还是静观其变，先回家睡觉的好。

尤梦生结账付钱，正欲走人，只闻一阵铜锣声近，过来几名差役，将一张告示贴在食铺对面的墙壁上。行人围拢争睹，尤梦生也凑兴挤了进去。

尤梦生虽不识几个大字，听那识者边看边读，也明白了大部：“永年堂”掌柜乔观云，昨日夜间突然失踪，官府悬赏寻人，有知情者，告进府衙，只要确切，可得纹银二百两。

尤梦生再听不见旁人的议论，心底里一个劲地发喊：“这二百两银子，老子拿定了，你们想都不要想！”他紧张、激动地退出人丛，兴冲冲循着铜锣声追赶差役。走了几步，尤梦生心中一惕，“拍拍”抬手打了自己两记耳光：“尤梦生啊尤梦生，你真是让二百两银子热昏了头！自古官贼不两立，贼躲着官走。哪有做贼的主动找上官府讨赏呀？你是怎么看见乔观云被倭人劫持的？三更半夜，守在人家围墙外，想干啥呢？嗨，你经得住官府三查两问么？呸！你嫌活得年岁太长了是不？急着要寻包一开去了？看你骨头轻成啥样子？”

尤梦生凉了半截，立在当地搔起头来。

“可是，凭一句话就能到手的银子，不要白不要呀。”尤梦生心有不舍，想来想去：“再说，我把乔观云的下落说与官府，也算救他一命（尤梦生潜意识里已认定倭人不会再让乔观云活着离开天平山了）。既做善事，又得银子，我老尤不要是生平第一次噢！”

片刻间，尤梦生有了主意：官府大门是不能随随便便自己跑了进去的，这乃属本行业的最大禁忌。但我可以找“永年堂”呀！与“永年堂”的伙计私下谈谈价，一定能要到更多的银钱。好事不在忙中做，我且回去补上一觉，晚上再去“永年堂”谈价。老子不怕别人来抢这桩生意，有谁知道乔老爷子现时会在哪里呢？我呸！这两个东洋老鬼真想得出，蛮会找地方。

尤梦生贼忒嘻嘻地低着头疾步往家赶，半途中，突地另生别念——

我就要到手一大笔银子了，还知道眼面前苏州城里最大的秘密，不要太了不起喔！介多的好事，老子一人独享，岂不可惜？唉，要是包一开活着，和他关起门来，一边喝酒一边嘎讪唔（吴方言，一块扯扯聊聊），倒是蛮乐胃（吴方言，开心，舒畅）。现在又能找谁倾诉呢……对了，可以寻阿珍聚一聚呀！她听我讲出这么多事情，定会开心，也要高看老子一眼。

阿珍是尤梦生的姘头（吴方言，指婚外性伙伴）。尤梦生从事的营生见不得光，又一向好吃懒做，正经人家自不待见，三十大几了，还没娶上老婆。几年前，他在集市上认识了卖菜的寡妇于阿珍。

丈夫病故后，年纪轻轻的阿珍，领着三岁幼儿，倒卖蔬菜维持生计。尤梦生见她姿色过得去，就常到她摊位前买菜，照顾她的生意，每次还多付她零碎钱。三来两去，孤汉寡女就好上了。

后来，尤梦生月余上门探望阿珍一次，并在她家中留宿。虽然有点偷偷摸摸见不得人，倒也自在、快活。

估摸此刻，早市收了，阿珍也该回到家中。尤梦生兴致随生，难得地大白天就拍响了阿珍的房门板。

见老相好突然到来，阿珍喜大于愕，插上门，一把抱紧了尤梦生，亲个不住。两人一阵忙乎，拥摸抓吻，弄得气喘吁吁，瘫倒床上。歇过劲来，尤梦生便将乔医师遭掳、官府悬赏寻人二件事，细细说给阿珍听了。

阿珍知情，心头乱跳，更为有天上落下的银子而激动，面生潮红，再次搂住尤梦生亲了又亲，以表祝贺。

当尤梦生说出夜里欲去"永年堂"，找伙计谈谈价钱的打算，阿珍劲道更足了。她多年在市场厮混，"门槛"精了不少，帮着出主意："好，你去得对！官府只给二百两银子，太小气了。我看，你开口一千两……"

"一千两？"尤梦生吓了一跳："这个……他们肯付么？拿得出么？"

"这不要我们烦的。你只管咬定一千两，切记不要松口。永年堂生意一向很好，姓乔的银子赚得不会少。逼一逼，肯定拿得出。那两个伙计年纪轻来唏，好哄得很，哪搞得过你这种'老油条'呢？"

尤梦生被阿珍说得开心，笑道："嗯哪、嗯哪！娘子说得对！听娘子的，就一千两。钱到手后，板定给你三百两！"

阿珍听了，眉飞眼笑，佯作羞涩："哦哟，现在喊'娘子'，早了一点吧？看你表现喽……"边说边替尤梦生褪去了衣裤……

温柔乡中的尤梦生，被阿珍撩拨的爽快、惬意，魂散心醉，可劲低唤："哎哟喂！娘子……娘子……哦哟哇啦……娘子啊……辣你个妈妈的，舒服得没得命啰！"

关在卧室外的小儿，不明所以，只将门板拍个不停，稚声连连："姆妈……姆妈……倷拉做啥呀？（吴方言，即你们在做什么呀？）"

四

“雄龟先生，你们是怎么来到此地的？川子姑娘怎会病成这般模样？你要告诉我，否则，我不能答应医治。”乔观云思忖良久，对雄龟太郎道。

雄龟太郎踌躇不决，一时语塞，再看看奄奄一息的小岛川子，长声叹息，只得对乔观云叙述开来——

雄龟太郎本是东洋九州岛上的渔夫，半辈子规规矩矩捕鱼捞虾、采贝敲蠔；家中生活贫穷，熬到三十出头方得娶妻。不料，妻子临盆时，染了产后风，出血不止，在月子里撒手西去。雄龟太郎含辛茹苦十数载，既当爹又当娘，好不容易将小岛川子养大成人。八年前，他见当地一些常到中国近岸抢掠的凶邻，先后富了起来，架不住他人唆弄，又自恃武功出众，不由动了贪心，也在村里聚了十多汉子，驾着一条木船，闯到中国沿海，做起了盗寇勾当。数年过去，雄龟太郎敛集了大量财物，人马也扩充许多，俨然成为一支船队的头领。

雄龟太郎双手染上中国民众的鲜血后，便从一名朴实的劳动者，扭曲、堕落成了凶残的倭贼首脑。终年刀头舔血的生涯，唯一留存在他心中的温情与人性，就是看着小岛川子一天天在战船甲板上长大，出落成一名绰约少女。

膝下的川子，给人过中年的雄龟太郎带来深切的慰藉。和其他倭寇一样，他糟蹋了众多的中国女子，却担心川子与后娘不合，一直没有正式续娶；行凶作恶时，也刻意不让传承温和、善良品性的川子目睹，以免她看见父亲丑陋的一面。

不久前，雄龟太郎这股倭盗，在浙江萧山海面登陆，往纵深抢掠，不料陷入戚家军伏击圈。一场激战，二百多名倭匪悉数遭歼，唯有盗首雄龟太郎在众人拼死掩护下，背负女儿，借夜色冲出阵去。身边十员悍勇家将，唯长谷小米一人幸而不死。

雄龟太郎料定沿海已被明朝官兵封锁，不敢往原途逃窜，索性弄险，直奔苏州地面，妄图在江畔寻船入海，遁返本岛。

十多日亡命生涯，小岛川子终于吃不住劳累，病倒了。

雄龟太郎随身藏着一支高丽野山参，搏战受伤或疲乏之极时咬上一口，强提精神。见心爱的女儿病况日重，他将剩下的半截野参一片片切了，喂川子连服数日。川子服参后，不但不见好转，反而身热唇裂，气息紊乱，神志也迷糊不清了。雄龟太郎不明究里，五内如焚，无心逃遁了。

趁着夜色进入苏州地面，在天平山峡谷中找到藏身之所后，雄龟太郎乔装进城，将几家药铺探查一遍。他见“永年堂”铺面不大，生意却很兴旺，又见医师乔观云鹤发童颜，和气应诊，尽显医道高深状，便将女儿生还的希望，寄托在这个中国老人身上。

雄龟太郎知道，倭人屡犯大明疆域，引发各地民众仇视，若公然上门求诊，只怕不仅不能医治女儿，反被告进官府，成戴罪之躯。自己若是遭擒，小岛川子也断无活路。雄龟太郎与长谷小米商议后，便采用卑劣手段，潜入“永年堂”，迷倒乔观云，将他掳至山野深处。

雄龟太郎说完，脑袋沉沉，低垂胸前，一脸委顿、无奈的神情。

乔观云被他爱女之心打动了：“雄龟先生，我对你女儿患病深表同情，也非常理解你作为父亲的心情。不过，我要问你一句，你们犯我大明疆域，到中国杀人放火、掠夺民众财物，造成了无数中国家庭的苦难。你可曾想到是在犯罪么？你能感受到无数家庭失去亲友的痛苦么？”乔观云神色凝重，言辞犀利，双目直迫雄龟太郎。

雄龟太郎闻言变色，抬眼看了看乔观云，嚅然无语，不敢对视，再次搭拉下脑袋。长谷小米也愧转身去，茫然看向野地。

“你女儿是无辜的，这点我明白。医者皆有活人之心，她的病，我一定尽力而为。”

乔观云话音刚落，雄龟太郎昂起头来，眼中闪出光亮。

“但是，小岛川子的病已入肌里。她平时娇生惯养，此番身历战场断杀，虽然体表未伤，但魂魄饱受惊恐，神经深受刺激；连日夜行逃亡，风寒露重，透达肺腑；加上为父亲安危焦虑，引动虚火上升，造成寒热交替，神元俱伤。你又不适当地给她服用高丽野参，更是增火催痰，心灵壅寒。眼下脉相极微，已呈虚脱之状，实是难治得很。”

“乔先生——希望——希望的有？”雄龟太郎试探轻问。

“治是难治，但并非无治。”乔观云名医神态不觉显露出来，侃侃而谈：“依老夫之见，此时，参是万万服不得的。需先用百年灵芝、十年黄芪熬汤，每日服上数盅，以温养和，吊住病人底气。”

雄龟太郎似懂非懂，不歇点头应诺：“是——是——乔先生的高明！”

“然后，就要着手驱寒。这我有办法，只要……嗨，可惜手边没有药材。”

雄龟太郎屏住气，等待乔观云往下说。

“内热压住，虚火降下，湿症也需根除。姑娘已唇焦舌枯……得用绿豆、百合、薏仁等谷物熬粥，连服三日，再辅以生梨之津……这都是平常之物，可此时此地上哪里去找呢？”

乔观云又一次止住了话语。雄龟太郎一颗心沉沉浮浮，紧攥的掌心沁出汗水。

乔观云轻吁一气，续道：“光用药还不行，她需要调养，得长时间静卧休息，方能恢复神元，增强体质……待在荒山野地怎么行呢？”

雄龟太郎已知面前的中国医生找到了救治女儿的方法，却为如何实施犯愁，心中又喜又急，但难有计较，只得不断给乔观云鼓劲："乔先生——不要急，慢慢地——想办法。"

"雄龟先生，不是我着急，救病如救火呀！中国有句俗语：巧妇难为无米之炊。我虽然知道如何治病，但手边没有可用之药，这里条件又不行，你女儿的病，还是一样没法治呀！"

"药——你家里的有？"雄龟太郎沉思有顷，小心发问。

"那当然。'永年堂'啥药没有？"乔观云一笑道。

"去你家拿药——大大的拿药！"长谷小米在一旁嚷起来。

"年轻人，谁去拿药？我去，你们相信我还会回来？你去，可你识得药吗？"乔观云哑然失笑。片刻又道："依我看，要想救治小岛川子，你们必须结束眼下的存活方式。这地方，到处湿漉漉的，寒气太重；又龌龊得很，没病也会待出病来的。再耽误两天，川子就没法……"

踱步不止的雄龟太郎突地站定，双睛直视乔观云，大声道："你的——大大好人——我的信你——我们一块到你家——我女儿病的好——我的——官府自首！"

乔观云、长谷小米闻言，均觉一震，不由看定了雄龟太郎。

"雄龟先生，你说……要去官府投案？"乔观云想弄清他的真实态度，缓缓开言。

"是的——女儿病好了——我与他投案领罚的。"雄龟太郎一指长谷小米，神色坚定。

乔观云明白，雄龟太郎理解了自己的话意，但他投案有一个前提，必须眼见小岛川子病体痊愈。知他在走投无路的境遇中，爱女心重，人的本性占了上风，想自首赎罪，以身救女。

雄龟太郎的念头既大胆又冒险。四人潜回城内，路上难保不被他人发觉；川子病体不愈，雄龟太郎、长谷小米未及投案，官府却获知消息，捉上门来，结果就难以预料了。或者，小岛川子病好了，雄龟太郎另生变卦，毁言而遁。自己则可能落个“与倭贼同谋”的罪名，那真是百口莫辩……乔观云心中忐忑不定。

“乔先生——你的放心——我若食言——死啦死啦的!”雄龟太郎抽出腰刀，在自己腹间比画一下，又道：“你的——治不好我女儿，”雄龟太郎手腕一振，挥刀“刷”地将身边一株臂膊粗的楝树拦腰削断：“树的一样!”眼中又闪出几星暴戾之光。

只要回到“永年堂”，用不了三天，乔观云有把握让小岛川子的病体大见起色。他见雄龟太郎把话说绝，知其心意已坚，并非一时诳语。往深了说，真能促使雄龟太郎弃械投案，不是一桩利国之举么？乔观云不再生豫，苦笑道：“事已至此，只要雄龟先生说话算数，我就舍命信你吧！不过，大白天不能回去，只有等到深夜再走。”

“好的，听乔先生的——一切都听的!”雄龟粗阔的脸上，至此浮出一丝笑意。

五

入夜，寒气弥漫。“永年堂”药铺内，孙庆、姜兴对烛闷坐，相视无言。掌柜乔观云下落不明，一天未做生意，二人无所事事，六神不定，一筹莫展。

伙计俩正长吁短叹，无计奈何，忽听有人轻轻敲门。

孙庆、姜兴“噌”地站起，心中一闪：莫非是掌柜的回来了？二人并肩争着开门。

当门而立者乃一名瘦削汉子。他冲俩伙计龇牙一笑，扭头望望，不待相邀，一步迈进屋来，反手立将门扇关紧。

孙庆、姜兴见来人行止诡异，面带浮滑，不像寻常求医人，心起疑惑："朋友，啥个路道？"

"朋友？对、对！一个朋友，嘻嘻，一个朋友。"从阿珍家直接前来的尤梦生，进了"永年堂"铺子，见伙计神情委顿，知他们念主心切，这桩生意谈得成了，忙展颜示好。

"朋友？我们怎么从没见过你？"孙庆不解。

"大家见面就是朋友，我们三人有缘分。"

"啥个缘分？"二位伙计更是摸不着头脑。

"我们的缘分，就是贵号掌柜乔老爷子呀！"

尤梦生此话一出，伙计神色大变；二人意识到，来者定与乔观云失踪一事有所关联了。

孙庆连忙伸手相邀："既然如此，朋友请坐。"

姜兴兴冲冲地筛了一碗热茶："朋友，请用茶。"

尤梦生满意地接过茶碗，呷了两口，见二人焦虑地等他开口，也不再托大，开门见山道："在下知道贵号掌柜的下落。"

孙庆、姜兴大喜："乔掌柜在哪里？朋友，请讲！"急切之情溢于言表。

"乘乘龙得咚！说出来只怕骇死你们哦！"

"啥么？师父他老人家到底哪能了（吴方言，意什么状况）？"

尤梦生轧出苗头，不接茬儿，端起碗来，慢慢喝茶。

孙庆望了姜兴一眼，知趣道："这位朋友，敝号当然要重谢你的。官府告示上不是也写明了么？"

"在下要那二百两银子，不会直接到官府去么？"

"朋友的意思……"姜兴探问道。

"'永年堂'掌柜的身价，只值二百两纹银？"尤梦生出言点拨。

"哦，这位朋友想要……"孙庆明白了。

尤梦生竖起右手食指："一枪头（吴方言，意一言为定、无二价）——一千两。"

"这个……这个，数字太大，我们不好做主的。"孙庆惊道。

"你二位哪能这样狗逼倒灶（吴方言，意不爽快、不诚心，拖拉推诿），乔掌柜的性命不要太值钱哦，哪是一千两的价……好吧，算我多事。在下告辞，乔老掌柜爱在哪里就在哪里吧！"尤梦生站起身来，作状要走。

两位伙计慌了神，一把扯住尤梦生胳膊："朋友，请留步、留步。凡事可以商量……你且坐下再谈谈。"

尤梦生不情愿地重新落座，口中叨叨不休："这还差不多。别看我是江北人，也知道你们这块有句话，叫作'聪明面孔笨肚肠'。二位一看就不是这样的人，拎得清爽。我们那块也有一句话，叫作'闷声发大财'。你们要人，我要钱，各得其所，不吱声就双赢了，不要太便宜哦。"

尤梦生口中唾沫星子乱喷，只为用连番言语扰乱伙计心神。

两位伙计走到一旁嘀咕几句，回到桌前。孙庆道："朋友，真的不是我俩舍不得钱，一下子拿不出么！现在，我们商量过了，答应你，一千两就一千两。柜上只有现银三百两，你先带着；另七百两，隔日去筹，等乔掌柜回来，三天内一定交你手上。不过，我们弟兄要你马上领路去见人。"

"嗯哪、嗯哪，就作两次付清；那七百两给银票好了，要南六省统兑的哦。你俩写下凭据，省得日后啰嗦。辣你个妈妈的！先小人，后君子么。三百两银子拿来，只管随我去，保证能见上乔掌柜……只是，凭你二位，不一定有能耐接他老人家回府呢。"

"我们只要亲眼看见乔掌柜，知道他的下落，银子绝不少付一两。"孙庆挥毫写下一纸契约，和姜兴一同具了名，盖上"永年堂"印章，递给了尤梦生。

尤梦生将纸契细细看过，小心折了，掖进内衫；再将孙庆取出的三百两银子，用布幅一裹，牢牢扎在背后，这才领着二位伙计往天平山奔去。

孙庆、姜兴少年时，即进“永年堂”学徒，待乔观云亦师亦父，师徒间感情很深。二人听尤梦生话说满满，自是信了，只想早日见到乔观云。只要师傅安然无恙，其他一切好说。他俩十几年来，头次碰到这种事情，既担惊害怕，又怅然无措，只差把尤梦生当作“菩萨”看待。

尤梦生背负沉甸甸的银子，暗赞阿珍这记竹杠敲得对。心想“这个女人既精明又辣手，倒是我的好内助。日后，索性娶了她吧!”心里乐，脸上笑，一路疾行，半点不觉疲累。他行窃半生，虽是个中老手，也是第一次一票赚到这多现银，想到还有七百两银票正在等他，裤腰带上又掖了两支从“永年堂”顺手牵出的全须老参，展望生活前景，劲气源源不断地上涨。

“包一开、包一开，你命中终差一着哦！你若不遭横死，就是与我五五开哩，还不乐坏了你？可惜、可惜！不过，你死了也好，让我老尤独享，又便宜了阿珍，这种好事，不是天降，又上哪里找去？东洋人呀东洋人，敢情还要谢谢你们这两只‘猪头三’（吴方言：指人愚笨、鲁莽、不开窍）呢!”

三人各怀心思，摸黑进了天平山，高一脚低一脚地寻进峡谷，终于看见不远处燃着一堆柴火，映出树棚里几条人影。尤梦生压低嗓门唤二位伙计伏下身：“你们看，那不是乔掌柜吗？在下没有欺骗二位吧?”

乔观云的面颊、长须被火光映得灿灿亮亮。一天来，他仅吃了几枚野山果充饥。长谷小米从涧中捞起数尾小鱼，砸成生鱼浆汁，端给乔观云吃。乔观云闻着腥味，一口也咽不下去。他从长谷小米采摘的山果中，挑出四只野山梨，用石片研磨成浆，分两次一点一点喂小岛川子服下。

长谷小米想让小岛川子吃点生鱼泥，被乔观云阻止了：“不、不，山水中的小鱼性寒，她虚火正旺，寒气蓄腑，鱼肉入胃，五脏之气窜成一团，姑娘岂能受得？你们昨天喂她吃过鱼吧，怪不得脉相乱走呢。”

雄龟太郎、长谷小米对乔观云所说不甚了了，但内心服帖，凡事依他所言，不敢违拗。长谷小米仰颈将研磨的生鱼汁，倒入口中，吧嗒吧嗒嘴巴，似很对胃，自个笑了笑。

乔观云在附近寻了几株清热解毒的药草，放在涧水中浸泡了两个时辰，傍晚，叫长谷小米揉出汁液，一滴一滴喂小岛川子咽下。

“现在服药，与天时地气正配，有益药性发挥。”乔观云对雄龟太郎解释。

见乔观云连着设法给女儿施救，雄龟太郎心中熨帖，为表歉意，脸上一直堆着微笑，不时赞道：“贵国医术大大地高明！”

乔观云心想：“这点小意思算啥？真正高明的，你还没见识过呢。你们这些倭寇，终是蛮荒气重，没有开化呀！”

三人在火堆旁歇息，只等午夜时分，潜回“永年堂”去。

雄龟太郎虽然不懂医术，但常年行走风口浪尖，搏命刀头，又身负武功，自是耳聪目明，敏锐精细。他纳定心神，闭目假寐，忽辨谷口气息生异，听出十数丈外有人，立即望向长谷小米。

长谷小米多年随主，与雄龟太郎心意相通，颔首而起：“我的方便——方便。”提刀向棚外暗处隐去。

巨石后，尤梦生见二位伙计既喜又恐，怔怔观望；他却不愿久陪，小声道：“二位，看清楚了吧？乔老爷子在倭人手上，能不能接他老人家回来，就看二位的能耐了。没我的事，在下就先走一步。余下的七百两银票，啥晨光（吴方言，什么时间）来取呀？”

孙庆、姜兴见乔掌柜虽遭倭人劫持，好在尚且安然无恙，心里稍感踏实；又见两个挎刀倭寇一脸凶悍之气，知非易惹的主，正不知下一步如何做好，听尤梦生要提前走人，孙庆便道：“朋友，你半道撤手，那七百两银票还好意思要么?”

尤梦生忙道:“那二人可是东洋国中厉害角色,好佬哦!还带着刀,我留下有啥用?哟,走了一位……要不,我们三人一起冲过去,将那大胡子摁倒,救了乔掌柜?不过,银子可要再添五百两,老子搭上性命陪你们玩呀!”

尤梦生正讲得起劲,突地颈间生凉,一句生硬的中国话在耳畔响起:“你们——三人——都不许动的!”

三人大骇,斜眼一瞧,方才离棚而去的年轻倭贼,已经把长刀架在了尤梦生的脖子上。尤梦生嘴里不住念叨:“乘乘龙得咚,这下没得命喽,没得命喽……”二位伙计尚未想定要不要拼一下,即见长着络腮胡须的壮年汉子,一个跃身,如大鹏扑食般飞纵而至,落在三人面前,抡起刀鞘一一拍过,将孙庆、姜兴打倒在地。

两个倭人如此凶狠,尤梦生等顿失抵抗之心,乖乖地被押到树棚前。

“孙庆、姜兴!你们怎么找到这里来的?”乔观云借着火光一看,惊诧不已。

“掌柜的,是这位朋友带我们来的。”孙庆一指尤梦生。

知悉二人是“永年堂”的伙计,雄龟太郎神态顿缓;听说是尤梦生带路而来,便对他一人瞪目发问:“你的——什么人——怎么知道的?”

“他们的朋友……朋友——一块的干活——随便走走看见的。”尤梦生连比带划地乱语。

“八格!”雄龟太郎见尤梦生神情油滑,眼珠溜转,不禁疑怒顿生。

“这个……昨天晚上,你们走时,我看见的,没有乱讲的,你放心。”尤梦生见雄龟太郎目露凶光,赶紧表白:“钱——他们给我钱的。”他希望雄龟太郎能理解自己只是为了一点钱,并无他意。

雄龟太郎长刀一挑,直指尤梦生胸前,吓得尤梦生一个寒颤,闭了闭眼,便觉背上一轻——布包的结头,被雄龟太郎用刀尖划断,三百两银子“嗵”地落在山石上。

“他的——不能留——你的明白?”雄龟太郎朝长谷小米一挥手。

长谷小米跨步上前，将尤梦生胳膊拧住，推了就走。

尤梦生吓得急叫：“喔哟喂，辣你个妈妈的！东洋爷叔、东洋伯伯，饶我一命喔……”

“慢着、慢着!”乔观云虽然不识尤梦生，但知伙计与他有涉，急忙出言阻拦：“雄龟先生，这人无非是想弄点银两，才带我的伙计来此，本属人之常情，不能免俗而已。再说，他并没去官府告发，你们不能杀他。你们在乔某人面前滥杀一个中国人，就休想要我为小岛川子看病!”

“对、对，小人只想闷声发点财，绝对没有乱讲的！全怪我多事喔!”尤梦生双手乱摆，恨不得长谷小米松松手，他好跪下磕几个头。

雄龟太郎听乔观云一席话，僵了僵，眯着双眼将眼前数人打量一番，心里有了主意：“好吧，看乔先生面子——他的不杀——银钱留下，还给乔先生的。你们三人——通通回去——再来的——通通的死!”

“掌柜的，你怎么办?”姜兴不顾长谷小米推搡，挣身喊道。

“我不要紧……”

雄龟太郎打断乔观云的话头，假言恐吓三人：“乔先生的——过几天回去——现在的不行。这里大大安全——多住住的——你们再来——他命的没有!”

尤梦生随二位伙计匆匆逃出天平山，一边庆幸拣回一条命来，一边懊丧不已，大叹时运倒转，竟将落入袋中的三百两银子失去了。

“想不到硬让两个东洋‘赤佬’前后堵住了，老子跑都跑不及。唉，要是包一开还活着，就不会如此了。”以往，尤梦生与包一开搭伙行窃，总有一人专司望风的。遭此际遇，尤梦生想起老友，不禁换了一副心思，生出点感叹。

“不行，不能白忙一场……索性去官府将这两个倭鬼头告了，先拿上二百两赏银再说，总不能‘一头塌一头抹’，两处落空呀！乔老爷子的死活么，就管不了那么多了，反正又不是老子杀他的。”尤梦生又生盘算。待见前面有条岔路，便对二位伙计道：“喂，朋友，算我今朝触霉头，改日再找你们拿银票吧。还有，被东洋乌龟抢去的三百两银子，你们也要补给我哟。现在，大家就此分手。二位保重。”说完，拱了拱手，不等他俩张嘴，折腿向另一方向跑去。

尤梦生摆脱“永年堂”伙计，独自进了城，直去苏州府衙。到了衙门前，抓起鼓槌，将堂前大鼓“嗵嗵嗵”一气乱敲。

府衙里顿生忙乱，灯笼亮火，人声嘈杂；知府关九州穿上袍服，急趋大堂。执役衙差早将尤梦生架进堂来，推倒在地，发声喊，举棍欲打。

尤梦生口中急嚷：“不要打、不要打！小民并非喊冤告状，实是有重大案情禀告老爷……大老爷啊，乖乖龙得咚，韭菜炒大葱！小民差点没得命哦……小民知道‘永年堂’掌柜的下落……”

关九州正为乔观云之事忧虑。乔医师乃地方名医，在民众中声望尤高，若是莫名失踪，人心必乱，也损了官府声威。夜静更深，关九州全无睡意，只在烛下枯坐。此刻上得堂来一听，竟然事涉乔老爷子，连忙喝住衙役，将尤梦生细细盘问。

尤梦生瞒了自己和包一开企图偷盗“永年堂”这段，只说是昨夜回家途中偶遇，看见乔观云被两个倭人劫持到了天平山里。

“那你怎么现在才来报案？”关九州斥道。

“小民糊涂，把消息先告知了‘永年堂’的伙计，指望能多得几个酬银。不料，今晚小民三人前去……探望乔掌柜，被那俩倭鬼头察觉，要不是乔掌柜求情，小民已经没得命了。小民十分后怕，已知难以私了，深悔没有及时报告官府与老爷；又担心久拖生变，故三更半夜斗胆击鼓惊扰大老爷，望大老爷体谅小民难做哦，多多恕罪！”

尤梦生见官老爷沉吟不语，怕他不信自己所言，忙不迭取出姜兴所写契约：“大老爷请看，小人与店伙计写有约定的。决无虚言，要是胆敢瞎说半个字，明天一大早上街买菜，就被东洋老鬼的铁甲快船压死……”

“你说……乔观云是被倭人掳去的？难道与治病有关？”关九州对尤梦生一番乱语并没兴趣，直问关键。

“大老爷英明！那两个倭鬼头正是要乔掌柜为一个年轻女子治病……”尤梦生对这位知府大人一语中的深感佩服，忙抢上话头说开来。

关九州详细盘问情况后，对尤梦生道：“你先下去候着，待会劳你带路前往天平山。所说若实，赏银自不会少。这纸契约，是你们私底下搞七捻三（吴方言，指争来让去，不爽快行为）弄出手的，不好算数的。官府已出悬赏，你等怎可再作交易？你之所为，实有乘人之危、存心敲诈之嫌。契约么，官府没收了。”

尤梦生即刻非但拿不到银钱，七百两银票也泡了汤，还得连夜领路重返天平山；又加两夜一天没睡，并在阿珍身上耗损多多精力，已是疲乏交加，困顿不堪。他心里暗暗叫苦，后悔不迭，却不敢言语，连道：“嗯哪、嗯哪……”退下堂去，随几名衙役，领了一份宵夜——二只菜肉馒头，一碗稀粥，一边吃着，一边候在侧厢待传。

关九州立即差人请来总捕头马啸风、副总捕头俞念培，将尤梦生所言向二位复述了一遍。

“我察姓尤的目光闪烁，举止无当，贪心又重，半夜三更在外闲荡，恐非善良百姓，此人还得细勘严查。不过，他漏夜击鼓，闯堂报案，谅不敢欺诈官府。”关九州向下属说了看法。

“想不到乔观云是被倭寇劫去的，这两个贼人忒胆大妄为了！”俞念培道。

“倭贼冒险劫医，为一个女子看病？这女人在两个倭贼心中分量不轻。”马啸风析道。

“啸风说得对，东洋岛国一向贵男轻女，倭寇扰我大明多年，还没有过为一个女子蹈险犯难的事。”关九州同意马啸风所言。

“这两个倭贼究竟什么路道呢？”俞念培顺着上司的思路发问。

“前些日子，在戚大将军指挥下，我军于钱塘江口剿灭了一股倭寇，唯寇首雄龟太郎数人漏网。沿海一带已被官兵封锁，浙江巡抚王大人传书下官，提醒我们要防范残余贼子向本地流窜。我不是对你等说过此事吗？”

听关九州一提，二位捕头立时领悟。

“大人是说，这两个倭寇可能是从浙江地面逃过来的贼首？”马啸风道：“那患病女子定与贼首关系非同寻常。要不，逃亡途中，断不会逗留一地寻医求诊的。”

“听尤梦生这厮说，女子与一倭人大概系父女关系。此地离江岸不远，他们只要沿江寻船，顺流入海，就可逃之夭夭。放着一、两天的路程不再走了，说明姑娘的病到了不可延误的程度。而医者父母心，乔老先生自是不会见死不救，恐怕已从被迫而为自愿。若是这样，老人家性命倒暂且无虑。但要尽快救他脱出险境，倭人狡诈、善变呀！”关九州如同亲见一般。

“大人，既然已知倭贼落脚之地，我随马总捕走一趟，将他们捉来一问，就全都知道了。”俞念培顿了顿，续道：“迟了恐生变化。”

“尤梦生说，倭头话语中透出，要扣住乔观云在天平山再待些日子。但我想，他们行踪已露，还敢窝在那里不动？八九是诳言吧。”关九州似不相信倭人所说。

“大人，不管怎样，我们还是走一趟，不是一个时辰前的事么？说不定，他们还没来得及换地方呢”马啸风坐不住了。

“那就烦劳二位连夜辛苦一趟了。你俩带二十名弟兄，捎上尤梦生，即刻骑马前去天平山。要注意保护好乔掌柜，也不可伤了那患病女子。我去布置加强沿江防守，控制所有船只。双管齐下，即便他们要跑，也走不掉的。”关九州下了命令。

待尤梦生三人走远，雄龟太郎与长谷小米叽咕一通，又朝乔观云笑道：“乔先生——‘永年堂’的去——马上!”

乔观云世事洞明，知道雄龟太郎对自己伙计说要在此待几天乃是诈言，倭头算计即使消息泄露，官府前来拿人，也必然扑空。几经周折，能赢得两、三天时间了。他既憎恶倭人奸诈狡猾，又怜悯雄龟太郎疼女之心，想到这倭头听从自己所劝，没有再施屠戮，便也拿出合作姿态，点头道：“好的，就到‘永年堂’去吧。”

雄龟太郎背起女儿小岛川子，乔观云把自家那幅薄被披在川子身上：“夜间风寒，别再冻着孩子。”

雄龟太郎心生感激，一笑以谢，顺手扯起被角，在腹前系成结扣，让女儿兜在软被中舒适些。

长谷小米先将银包在腰间缠牢，又到乔观云身前蹲下，示意要背他前行。乔观云一天吃喝甚少，身子虚弱无力，又惧山路崎岖，自己坚持不了多远，便不推辞，由长谷小米背着走了。

雄龟太郎、长谷小米是习武之人，脚劲腿健，虽然各负一人，仍是快步生风，在夜色中疾行；以至孙庆、姜兴前脚踏进屋子，不及插上门栓，四人也一阵风地扑进了“永年堂”。

两位伙计惊喜交织，知晓事情原委后，心里反倒踏实了，赶忙准备吃食，收拾后院空房，将小岛川子安置妥当。

乔观云喝了点稀粥，稍稍休息，找出一支珍藏多年的紫芝，切下几片，加上少许黄芪、枸杞、天门冬，佐以冰糖，熬出一碗热汤，亲手喂川子服下。

“照这方子，两个时辰让她喝一碗，连服十次，孩子体内的毒火即被拔清，元气也吊上来了。明天傍晚，她可进点流食，你们先用绿豆、红枣、莲子、芡实、薏仁六样，熬成薄羹，也让她两个时辰吃一次，每次半小碗。三天后，即可下地行走。然后，再炖老母鸡、山药、灵芝汤，助姑娘滋补、康复。”乔观云当着雄龟太郎的面，对伙计详细吩咐，言明治疗过程，以安其心。一切安排好后，乔观云方回房歇息。

见乔观云胸有成竹、有条不紊地施诊，治病救人之情真诚仁厚，雄龟太郎悬了几天的心终于放了下来。他坐在女儿床前，痴痴地看着熟睡中的小岛川子，不觉渗出两滴老泪。雄龟太郎知道，自己与女儿厮守在一起的日子不多了。

想起妻亡后与女儿相依为命的日子，雄龟太郎心里又暖又酸，挺不是滋味。川子自幼懂事，体贴父亲，每当雄龟外出归来，两岁的小川子一边笑着招呼：“爸爸、爸爸!”一边吃力地将自己所坐的小木椅子拖来，拍着椅面嚷嚷：“爸爸，坐、坐!”又蹒跚着取来雄龟的木屐，让他换下长靴。惹得雄龟畅怀而笑，一把抱起女儿，亲吻不止。

女儿长大了，父亲也日渐显老。川子劝不了雄龟放下海上行径，只得尽可能减他杀戮，消他暴戾之气。川子每月初一必定进寺上香，为父亲祈祷，愿他早日放弃刀枪，重执渔网；愿他尽少行恶，多归佛边，以保晚年福寿安康……

在女儿经久劝导下，雄龟也生上岸做一个良民百姓的心思：女儿已到找一个安分人家嫁了的年龄，再带着她打打杀杀终不是事，也难有善了。还是酌时收篷上岸，金盆洗手，退出江湖吧。

可是，一经同伙说动，雄龟又生再干一票的念头，与多股倭盗纠集一块，登陆中国钱塘一线，大肆掠杀，直至遭戚将军重兵围困、聚歼。女儿对父亲失望至极，气急攻心，一病不起。

唉，川子若是有个三长两短，怎么向她母亲交代？这么好的娃儿，我却没有带好。罪孽呀！我既不是一个好丈夫，又不是一个好父亲。以往所为，自以为得意，夸耀于世；如今看来，所有的“辉煌”，和女儿生命相比，一文不值。

女儿若能转危为安，我一定抛弃所有，自投大明官府认罪伏法，为换女儿日后幸福，面临极刑也心甘情愿，毫不生悔！

雄龟太郎心中煎熬不堪，却暗暗将前路认定。

不知是灵芝的药效，还是小岛川子下意识里感到环境的变化，天刚放亮，乔观云进屋探视时，她即缓缓睁开了眼睛，虽然无力说话，但双瞳已透出点亮。

雄龟太郎知道女儿已从地狱门口返转回来，兴奋难抑，伏在女儿耳边低声咕噜了好久。乔观云听不懂他说些什么，但见小岛川子几番转目望他，眼中流露感激之情，便明白雄龟太郎已将这两天的情况告诉女儿了。

乔观云见醒转来的川子姑娘，清秀纯朴，没有一丝其父神貌，知是继承了母亲的心性基因，老怀欣然，慈祥地对川子微笑示意，轻言道：“孩子，这是乔爷爷的家，你安心休息，病不要紧，爷爷是医生——医生，你懂吗？专门治病的。”

川子随父在中国沿海行走，汉语大略能听出个七八，领会了乔观云的话意，眨了眨眼，睫毛闪闪，淌下两行泪线。她十岁离开渔村，随父亲上船闯荡，所见皆为粗汉蛮夫，很久没与和蔼善良、可亲可信的人一起相处了。在这位中国老人身上，川子感受到超越语言、种族的人性，她的心境涌出祥和、暖意；生命源泉在体内缕缕滋生、点点勃动起来。

七

马啸风率领一队捕快，纵马直驰天平山。到了山下，弃马攀行，由尤梦生引路，悄然掩进峡谷，四面围住树棚。不料，近前一看，柴火熄尽，人去棚空。

马啸风暗佩关九州料事机先，但心仍不甘，天亮后，令众捕快将天平山反复搜索了几遍，终一无所获；日近正午，只得收队回城。

关九州在府衙也没闲着，一边调人沿江设卡，一边令人问过地保，知尤梦生确是街坊闲荡之人，邻人对其多有非议，只是没有作奸犯科的凭证。关九州虑及尤梦生所报属实，便将他姓名录在案底，赏银还是如数给了他，夸他在大是大非面前，没忘了是一个中国人。尤梦生虽然深憾“永年堂”伙计允诺的千两银钱落空了，但到底也有收益，难得到手非经偷窃的银两，半存失落、半怀高兴地离去了。

“也好，有这二百两银子，阿珍那里可以交代了。干脆二一添作五分了，说不定，她会留我再住一晚呢！”尤梦生待在府衙候传的间隙，也没闲着，乘衙役不留意，将师爷搁在条案上一只巴掌大的水晶雕花鼻烟壶悄悄纳入怀中：“阿珍见到漂亮的瓶子、两支老参，不知会多高兴呢！喃，想不到老子还第一次被官老爷夸上了！看来，做点正经事也蛮好。要是和阿珍成了夫妻，就不去干夜间勾当了，设个夫妻档，陪她卖卖菜吧，赚些安心钱；还白白搭个儿子，‘额角头’不要太高哦（吴方言，即运气不要太好呀）！‘小猢狲’面孔一副聪明相呢，长大了会比老子有出息咯……辣你个妈妈的，老子要交好运喽！”想得兴起，尤梦生一点也不感到疲睏，走得欢快不已。

苏州府捕快尽出，在城外、江畔遍查二日，竟然没有一点雄龟太郎、乔观云的信息，仿佛他们在天平山峡谷上天入地了。在此期间，地方汇来的消息中，有份关于一个名叫包一开的光棍，因蛇入咽喉窒息而死的报告。事虽怪异，但大伙心思放在寻找乔观云、搜捕倭寇上，也没过多留意此事。

浙江府衙又一次送来雄龟太郎的详情：据被俘倭贼交代，有一支盗伍，首领雄龟太郎，东洋九州岛渔民出身，貌甚雄阔，蓄有腮须；今年四十九岁，妻亡，身旁携有女儿小岛川子。混战中，父女冲阵而逃，随同家将一名。

快报言明：雄龟太郎熟悉海事，善驾大船，刀法精纯，若得以脱逃，后患无穷。望各地府县大力协查，务必捉拿此寇。

关九州将公文递给马啸风看后，直言道："看来，劫持乔观云的那个倭寇，就是雄龟太郎了。显然是他女儿生病，才迫他在此犯案，露了踪迹。要不，还真让他跑了回去呢。可是，他又躲在哪里呢?"

"会不会跑出苏州地面，不在我们巡查范围里了?"马啸风道。

"他带着一个病人、一个老人，不会明着上路。搜山虽然未果，但城郊要道、几处渡口都加派了守卫，昼夜巡查，他们很难这么快就能通过层层哨卡，不被我们察觉的。我看，他没有走远。"

"我们搜查得够仔细了，城郊百姓都逐户询问过，怎么一点线索也没有? 真是奇怪!"马啸风摇头生叹。

"确实有点奇怪。"关九州沉吟一会方道："乔观云医术虽高，但手边没有现成药材，能给雄龟太郎的女儿看病么? 三天了，危急病人拖得起吗?"

"大人，他们会不会藏身一处隐秘的地方，所以，外界看不出动静；而这个藏点，我们又没能查到?"俞念培副总捕顺着上司话意推测。

"你们这样搜查，仍无丁点消息，我就琢磨，是不是我们划定的范围还不够全，以至出现了盲点。哦，盲点就是自己眼睛看不到的地方。”关九州强调道。

“自己眼睛看不到的地方？”马啸风来了兴致：“那会是哪里呢？眼睛看不到……对了，看不到自己的脸！”

“是呀，离双眼最近的地方，反而看不见。”关九州说到此处，心灵一亮：“啸风，地方报来的文书中，有一个叫包……包一开的人，因菜花蛇钻喉而死的消息。你留意没有？”

“我看过。这人是死得离奇，不过，府里仵作验过尸体，不是他杀。要讲‘他杀’，也属‘蛇杀’。呵呵……这和雄龟太郎一案好像没什么关系吧？”

“倒是没有和雄龟太郎有何关联的证据。我的意思是，包一开被一条蛇钻进嘴里，堵塞了气道；包一开本能求生，必然挣扎，蛇一受惊，就拼命往里面钻。结果，包一开被活活憋死。他绝对想不到，蛇不是朝外逃，而是往他肚子里钻……”

“大人，你提这事，可是和方才所说的‘盲点’有关？”马啸风悟道。

关九州点点头：“我看，雄龟太郎也像蛇一样钻进来了。他不在山野乡间，极有可能藏在苏州城里。我们以为他会向江岸跑，可他偏偏改了方向，往回跑了。”

“雄龟太郎跑进城里，又会在哪里落脚藏身呢？”俞念培苦苦思索。

“雄龟太郎此刻已不是将逃命作为第一要事了，他最急于做的，是救治唯一的女儿。你们看，他要实现这一心愿，最好的地方会是哪里呢？”关九州戛然而止，含笑不语。

“‘永年堂’！”马啸风、俞念培不约而同嚷道。

在乔观云精心调理下，第三天早上，小岛川子的精神好了许多，双睛明亮，两颊隐透嫩红，能依着木床靠板坐上一会儿。她用学会的中国话，比画着双手与乔观云交流了几次，一老一少谈得很投缘。乔观云孤单经年，忽然身边多了个花朵般的少女，听她娇柔地唤着“爷爷”，乐得合不拢嘴。

雄龟太郎将二人神情看在心里，暗自高兴。住在“永年堂”内，有乔观云和两个伙计操持，雄龟太郎省却不少事情，得以有闲回忆自己的往事。

钱塘江入海口一役，他遭遇戚继光将军亲自调教的精锐明军，被杀得全军覆没。行走江湖的本钱都赔光了，多年积贮的珠宝、金银，也随着焚烧的战船沉入海底。雄龟太郎唯恐女儿死在乱军中，咬紧牙关，拼了老命杀出重围，弃阵而逃。自己年岁渐增，即使得以返回九州岛，重操旧业，东山再起的可能不大了。“唉，只怪多走了一步。早点回头，何至今日!”雄龟太郎悔恨不已，觉得妻亡后，自己这些年活得既累也糊涂。

“我给女儿留下了什么？为什么不早听她劝，罢手抽身呢？我身为父亲，除了杀人抢掠的经历，还能让她对后代说些啥?”夜静时，雄龟太郎扪心自问，愧意郁结，深感对不起早逝的妻子、年少的女儿。

见小岛川子身体好转，脱离了危险，雄龟太郎欣慰中又生惶然。他看乔观云望过来的眼神，总觉得是在提醒自己，别忘了去官府投案的诺言。

“我的武士——信誉的有——可我去投案——活命的难——川子年纪尚幼——她怎么办?”雄龟太郎在心里对默默操持的乔观云狂喊。

他唯一放不下的心事，就是女儿川子尚未成人，孤身远离家乡，落难异国，前景茫茫。

雄龟太郎内心天人交战，痛苦不堪，两日下来，鬓边、须根泛出点白，眼角、额前的皱纹添了数道。

思至极处，他心灵一亮，豁然开朗。

这天清晨，雄龟太郎关上门独自与女儿说了一会。然后，将乔观云邀到院内僻静处。

“川子好了——我的高兴——谢谢乔先生——你的好人。你放心——我决不食言……女儿——交给你——你的孙女——她愿意——你多多关照！”

乔观云看出雄龟太郎的心情正在转变，渔民本质日渐复萌，也为他高兴；又全心照料川子，竟一时忘了他要投案的承诺。此刻，听了这番话，想了想，微笑而言：“雄龟先生，我很乐意有川子这样的孙女。你放心，我一定将川子养育成人……我要教她学习中国医术……给她在此地找个婆家。过几年，‘永年堂’就交给川子打点吧。”

雄龟太郎喜不自禁，三次弯腰鞠躬，向乔观云深深致意：“谢谢——谢谢！我代表川子的母亲山口君风在天之灵——向先生致谢！”说着，流下泪来，忙举袖擦拭，一时语哽。

乔观云也生出伤感，宽慰道：“雄龟先生，你主动投案，官府不一定判你……杀头之罪的。过些年，你若出了大牢，再来此地找我、看女儿。你多保重！”

“我的明白——明白——先生前辈的，也多多保重！”

两人坦诚而笑，执手许久。

雄龟太郎与乔观云并肩走进小岛川子房内。

川子正靠在枕头上想心事。她不解父亲为什么关照自己今后要听乔爷爷的话，要一辈子照顾这位爷爷。父亲又要远行了？这次将丢下我独自而去吗？

见雄龟太郎进屋，川子忍不住向父亲道出了心中的疑问。

雄龟太郎握起川子纤手，贴在自己面颊上亲了亲，柔声道：“我的——马上要走——很远的——你和爷爷一块生活。你要活下去，好好活着，这样，你母亲在天国也会安心、高兴的。我的——对不起你妈妈

——对不起你——爸爸——会来看你……”他当着乔观云的面，用中国话向女儿道别，让两人同时明白自己的心意。

父亲从未撇下自己出过远门，川子心里生出不祥，紧紧攥住雄龟太郎的手，一语不发，泪流满面。

乔观云不忍目睹父女诀别，悄悄走出门去；迎面只见孙庆慌慌张张跑来，高声道：“掌柜的，衙门派人把‘永年堂’围住了！”

乔观云暗忖：该来的事情到底来了。

街上的喧闹隐约传进院落，长谷小米也感到了异常，他提着挎刀，从居室行出，站到雄龟太郎父女屋门外，等候主人命令。

乔观云面容平静，对孙庆道：“你告诉雄龟太郎不要妄动，一切由我前去处置。”

待到前堂，铺门已被擂得山响，乔观云连忙让姜兴将门打开。

八

门扉一启，十多名执刀持锁的捕快当面而立。

见乔观云现身，为首捕快上前言道：“在下苏州府总捕头马啸风，奉知府关大人之命，前来捉拿倭寇。阁下可是乔掌柜？你果然已经回来了！”

乔观云拱手道：“小民正是乔观云，久仰总捕头大名。小民前些日子被倭人掳去，有劳官府费心相救，小民感谢不尽。”

马啸风不耐乔观云话语，直道：“今日这里已是围得铁桶一般，是本总捕带人进去呢，还是乔掌柜传倭贼出来？”言语中，认定倭首藏身院落。

乔观云道："这个……能劳烦马总捕头进屋说话么？"

马啸风虑及乔观云德高望重、医术精湛、甚得民心，众人围观前，不好意思要强，再见他神情庄重，大堂内又不像有埋伏的样子，便应道："乔掌柜，你可别误了我等公事。俞副总捕，你在门外看紧点。"说着，毫无惧色，独身踏进了"永年堂"。

乔观云也知公门中人的脾性，一俟马啸风立定，不再虚言："马总捕，东洋九州岛倭人雄龟太郎和女儿小岛川子及家将长谷小米，确实全在小铺后院。只是雄龟太郎已立意到官府投案服罪，正要前往苏州府衙，官爷你们先到了一步。"

"什么？雄龟太郎要投案自首？"马啸风语似不信。

"千真万确！雄龟太郎逃出战阵，心疲力乏，幼女又染重病，令他几近绝望，精神崩溃。他将小民掳去，只为替他女儿诊治。小民与他相处数日，知悉此人虽然沦为海盗，但渔人良善本性尚未全泯，怜女之心尤重。小民见机，好言相劝，陈述利害，他便生出投降之意。已在天平山谷与小民言定，暂借小铺为女治病三日，待女身体初愈，他即自往官府领罪。今日，小岛川子的身体略有好转，雄龟太郎就与女儿话别。他刚准备前去府衙，官爷就率队赶到了。"

乔观云要言不烦，说了前因后果。

马啸风始料不及，心中思忖：倭寇头领肯自动到中国官府认罪，实是少闻。他莫非是要"缓兵之计"？似信非信间，只听一阵脚步声响，从后堂转出数人。

为首大汉方面须腮，眼神落寞涩然，见了马总捕头，俯身低首道："中国将军——我的雄龟太郎——投降你们的。"说毕，解下腰畔佩刀，双手捧在胸前。紧随身后的长谷小米也躬身将腰刀奉上。

女儿的事情有了着落，雄龟太郎心里再无牵挂。他闻知官府人马已到，便伸臂抱了抱川子："爸爸走了——你的不要哭——中国爷爷的好。"

话音一落，毅然转身带上房门，领着长谷小米走向前堂。

至此，马啸风方信乔观云所言不假，咳嗽一声，威严发话：“你们这些倭人，不好好在本国劳动、生活，犯我大明疆土，杀我中国百姓，罪不可恕！当然，你等今日能够知罪投降，还算识相。”他伸臂向门外一挥：“俞副总捕，缴了他俩的刀，锁了！”

俞副总捕迈步进屋。雄龟太郎双臂一缩，收回佩刀，抬目道：“我的佩服中国人——两个的——大将军戚——用兵的利害——乔先生——良心大大的好！”

说完，雄龟太郎面色一紧，双手疾分，长刀“呛”地离鞘而出。

乔观云与二位伙计不料雄龟有此举动，大惊失色，忙不迭退步闪避。

又一道白光闪起，俞念培腰刀疾出，弹身欲扑。

大变猝生。

马啸风历练老到，镇静如常。他见雄龟太郎虽霍然亮刀，但眼中并无杀意，有心看他一看，便出手一阻俞念培：“老俞，且慢！”

雄龟太郎一探左手，从柜台上晾药的竹笾中，取出一支尺许干参，朝众人一示，扬手抛向空中。

众人不解。只见雄龟太郎的长刀，疾如电光石火般迎向参枝。瞬间，白片飞扬，几遮身形。

眨眼工夫，雄龟太郎长刀入鞘，又恭敬地捧在胸前；脚下三尺处，厚薄均匀的参片铺出了一个圆圈。

乔观云、俞念培等人松了口气。原来，雄龟太郎虽然有心投案，但终不愿被中国官民轻视，一点修为抑不住残存的傲气，缴械前演示了一套所习刀法。

“这个倭头，刀术果然不同凡响。”观者生出赞叹。

马啸风目睹此景，联系雄龟太郎出刀前的那番话，知道此酋并不服膺眼前捕快，想以刀术证明，若是不降，捕快不一定奈何得了他。眼下，他以这种方式投降，倒还真让大明法典蒙耻，辱没中国武功呢！不行，要让这家伙心悦诚服地认罪伏法！

习武者，争强之心本重，事情又关国家尊严、民族荣辱、武林声誉，马啸风豪气涌起：“你的刀法，高明！如果我没看错，你一共出了七七四十九刀，将这支人参削成了五十小片。使得是扶桑小林门‘连绵闪电流’的招式。”

雄龟太郎点头应是。

马啸风一笑又道：“在下练的中国功夫是‘八卦封门刀’；微末之技，学艺不精，也现现丑，望阁下指教。”

马啸风缓缓将佩刀抽出，在药笾里翻了翻，挑出一截长约五寸、粗如小指的甘草：“在下就演一演‘八卦封门刀’法中四大套路之一的‘快刀三十六式’吧。”说毕，轻轻将甘草在刀脊上放稳。

雄龟太郎等人不解马啸风所为，定定地望着刀身。

马啸风将搁着甘草的腰刀平端身前，五指一紧，暴喝一声，陡然发力，一柄短刀立被抡成一圈白光，在身前身后翻卷缠绕。只见白光越来越密，几欲遮住舞刀之人，凌厉刀风迫得堂内众人透不过气来。

蓦地，白光剧收。马啸风气不粗，色不变，端立当堂，仍持出刀前的姿势；神奇的是，刀脊上那段甘草一丝也没挪位，如同生根刀上一般。

观者咋舌，难以置信。

马啸风轻道：“见笑、见笑！”将甘草取下，放回竹笾。

马总捕头这路刀法，尽显“八卦封门刀”神髓，将充沛内力、精妙刀式、柔韧劲道、极致刀速一并汇入演示中。虽仅片刻，实已施出生平所学。

雄龟太郎方知，面前这位中国地方捕头，武功不在自己之下。他连连点头，抱拳深揖：“我的佩服——我的——投降——投降的。”

乔观云一旁点拨道：“雄龟先生，马总捕头选出的甘草一味，乃中药之首，能调和万材，包容融通，各种剂方都缺不了它呢。”

雄龟太郎应道：“我的明白、明白，我的不如这株草药，要向它学习的！多谢前辈指教！”俞念培率人上前，收了雄龟太郎、长谷小米的佩刀，甩出铁链将二人锁住，拖了要走。

雄龟太郎急急对马啸风道：“我女儿——小小的——生病的——中国将军的饶恕！”

乔观云迈步上前，帮着求情：“马总捕头，小岛川子确实病得不轻，她年纪尚幼，从未参与其父之事，现在已被我认作孙女，是否暂且让她留在小铺养病？”

“这事还要请关大人定夺。既然眼下小姑娘病重，那就劳烦你先医治着吧。不过，官府一旦要人，可得向你乔掌柜着落。”

“马总捕头放心，老朽愿以身家性命为小岛川子担保！多谢马总捕头！”乔观云心头一松，赔笑道谢。

雄龟太郎知女儿一时无虞，内心大定，即向乔观云鞠躬告别：“乔先生——我们走了。”

雄龟太郎主仆二人被带出了“永年堂”。

乔观云追上队后的马啸风，悄声问道：“马总捕头，恕老朽大胆问一声，雄龟太郎能存一命吗？”

“这个……这个很难说。不过，最快也得明年秋后处斩。就看这段时间里，朝廷有没有大赦令下来了。另外，我们也会向上峰讲明他主动投诚的事实，供量刑时参照。总之，全凭这老小子运气了。哦，乔掌柜，这倭头能降，你功不可没，衙门应当奖励呢。呵呵，武林中将‘仁’字奉为最高境界，利剑锋刃不及仁者之心呀！”

乔观云目送众人走远，转身回堂，对迎上前来的孙庆、姜兴道：“我去后院看看孙女乔川川，你二人快将歇业的牌子摘了。我们开药铺、做大夫的，不要误了病家才是。”

孙庆、姜兴闻言，探身出铺，欢声叫道："'永年堂'开业哉！'永年堂'开业哉！"

（2000年10月3—5日成稿）

（2016年修订）

逆徒

一

冬至夜临，寒意料峭。天未黑透，街巷弄中已是点点焰火；燃烧纸钱、祭祀先人的仪式隆重、意切：有人默然而祷，有人念念有词；有人黯然神伤，有人笑容可掬……唯有烟气同色同味，在微风中飘荡，时聚时散。

下午，衙门里发了饷银。总捕头马啸风捱到掌灯时分，出了苏州府大堂，直奔观前街“老陆家”熟菜店，拣喜欢吃的葱油爆虾、糖醋酥鱼、白切羊肉、卤汁豆干各称了半斤，兴冲冲回到家中。

妻子带着一双儿女常住乡间，马啸风办公事无所牵挂，居家时更是随意。他掩上房门，从床底下摸出一坛“状元红”老酒，摆好瓷盅，解开四只荷叶包，菜香酒香直冲鼻端。马啸风食指大动，仍不忘先洒酒于地，表了表不忘祖上的心意。他在衙门里供职，顾着身份形象，不宜像街坊邻居一样在家门口焚化冥器、冥币。一番忙毕，他即自斟自饮，有滋有味地吃喝起来。近几日，衙门里没有大案、急案，马啸风有暇品尝佳肴美酒，甚觉舒心，很是享受这番小乐胃（吴方言，小小的舒适安逸，自得其乐）。

马啸风呷着黄酒，想起上司关九州大人日前与他的一番对话。那天中午，二人在衙门里用饭，见马啸风吃得酣畅，关九州面有羡色：“啸风啊，你吃啥啥香，胃口好唻！本官可不行啰！近几年，牙口不齐，肠胃也弱，重油重味不敢多吃了，常常吃些泡饭、米糕、烂污面啥的。老太婆笑话我不是‘官老爷’，而成‘关老头’喽；劝我遇事笃悠悠些，比不得老早了。”

见自己最为信服的上司面生苦笑，马啸风宽慰道：“大人何以言老，正壮年呢！尊夫人那是体贴你……”

关九州摆手道：“啸风，你也别安慰我啦。老并不可怕，谁人不老？本官转眼将近耳顺之年，盼着早点退休，享几年清福呢！可不敢逞强啰！往后，苏州地面的安宁，要靠你等多多出力了。”

想到关大人所说，马啸风有些伤感，他真舍不得关大人告老离衙，微叹一气，仰面将半杯闷酒倒入口中。

那天，俩人聊得很交心，马啸风当时说了一句话，确是肺腑之言：“关大人在，卑职苦些累些，也不觉得有多大的压力。有大人操持、劳神，卑职自觉有靠，心里定得很。若是大人不管事……卑职就没有底气了。”

关九州闻言笑了：“你不要自轻如此。一个人的智力、能力往往发挥不到二、三成，剩余的，多在体内藏着呐，就是常讲的‘潜力’。人生在世，劳烦多，心思广，诱惑纷繁，难以专心致志、心无旁骛，‘潜力’开发不出来。若能发挥自身才能、智力的五、六成或再多点，就可成为惊世大才、人中精英。你依此理，多多揣摩，自有更大的发展。”

关九州所说，常在马啸风心间回响。此刻，三杯落肚，兴头渐起，马啸风感叹不已：“关大人呀关大人，卑职不仅视你为上司、父执，更为良师益友呀！我一定照你的话去做，努力开掘‘潜能’，不负你的期望！”

饮至半酣，长街隐隐传来马蹄声。那马奔跑甚速，片刻间，即到门外。马啸风不觉停了筷子，凝神细听。果然，蹄声戛然而止，马嘶未落，自家屋门已被“嗵嗵”擂响。

马啸风心想，大半是衙门公事到了。叹惜一声，酒兴顿消，离座启栓开门。

“二师兄!”当面言者，并非衙中差役，却是同门师弟——“八卦封门刀东南分堂”的老三江中月。

“江师弟，你怎么来了?”时近二更，师弟从市郊骤然而至，马啸风生起忐忑。

“师父……师父他老人家出事体了!”江中月神情焦虑，气喘吁吁，一时语促。

马啸风心中一沉：“师父出啥事体了？快说清楚……”

江中月顺了口气，急道：“今天傍晚，祭拜祖先祠堂后，大伙一块吃夜饭。不知怎的，师父才喝了几盅黄酒，就在饭桌上晕了过去，人事不省。师母又急又怕，慌了神。我只好叫风师弟守着师父，赶紧跑来找你……”

马啸风知道，师父雷九阳的儿子、大师兄雷天时夫妇长住西山，经营镖局，师父、师母身边只有孙女雷春燕陪伴。三师弟、四师弟年纪尚轻，突遇大事，难作定夺，故直寻自己而来。

师父刚至六旬，春秋方盛，又是习武之人，身体一向强壮，怎的说病就病成这样？马啸风心里纳闷。

“二师兄，你能回堂口看看师父吗？堂里乱着呢。”江中月提醒道。

“好，我先去堂口。你快到城东‘永年堂’药铺，找掌柜乔观云先生，就说我请他连夜出诊，给师父看病。哦，你同他一块来，载老先生共骑吧。”

江中月眼中闪过一丝犹豫，顿了顿道：“好吧……我去请乔先生。师兄，你可要快点赶去呀！”

与江中月别过，马啸风套上棉袍，跨马直驰坐落在城郊灵岩山南麓的“八卦封门刀东南分堂”堂口。

不到半个时辰，马啸风纵马奔到堂院高台前。他翻身下马，将缰绳交给迎上来的大门守卫，无心多话，登阶直往师父住处行去。

院内一片静寂，不见人影，不闻喧哗，并非江中月所说“堂里乱着呢”，倒似暗含肃然气氛。马啸风心系恩师雷九阳安危，无暇细思，匆匆而行。

蓦地，石径曲处，衣袂带风，一条人影“嗖”地越过丛丛灌木，落在马啸风身前丈处。

马啸风止步间，来人已躬身行揖：“小弟见过二师兄！”

径上之人正是四师弟风生树。

“哦，风四弟？”马啸风见风生树如此出现，不觉愕然。

“师父沉睡不醒，我担心堂口安全，便四处走走。方才听守门弟兄传讯，知师兄已到，急忙赶来相见。咦，三师兄没和你一块回来？”风生树听出马啸风语中生询，立作解释。

“我让中月请乔观云医师去了，随后可到。师父情况如何？啥人在他身边？快带我去看看。”马啸风见唯一留在堂口内的师弟没有守着师父，心中不快。

“师父病况还算稳定，只是一直昏睡。”风生树头前引路，伴马啸风踏进雷九阳所住院落。

“二师兄，你赶路辛苦，且宽去外袍，稍息片刻；我先去里间照看一下。”风生树走入厅内，伸手延请马啸风落座，又对一名垂手侍应的弟子道：“给二师伯敬茶，敬香茶哦。”说毕，自顾抬脚进了内屋。

马啸风不明情况，听风生树这么一说，只得暂且坐了下来。

随侍弟子奉上一盅热茶。马啸风细看不是原先伺候雷九阳的亲随王小旗，随口问道："王小旗给换了么？你是……"

"回二师伯，我是新入门的刘有田，王小旗到大师伯镖局报信去了。"

马啸风点点头，不再言语，揭开茶盅盖子，让茶散散热，又脱下棉袍，交刘有田挂在衣帽架上。

风生树从里屋出来，马啸风起身问道："师母可在师傅身前?"

"我担心师母急坏了身子，叫春燕陪她到内院歇着了。暖，你喝茶。"

"谁在里面照顾师父？王小旗给大师兄报信去了?"马啸风问道。

"师父跟前，这会是你弟媳小蓓守着。西山路远，估计大师兄还得有一会才能赶到。你喝了茶，就去看师父吧。"风生树催道。

马啸风不再言语，端起茶盅，饮了两口，抬手抹了抹嘴，快步走向里屋。

二

室内。砖地上，一盆炭火正旺，暖暖气息弥漫空间。

"八卦封门刀东南分堂"掌门雷九阳双目微闭，面容灰白，身复锦被，仰面而卧。

风生树的妻子花小蓓，坐在床旁矮凳上，闻声立起，向马啸风敛衽行礼："见过二师兄。"

小蓓是福建沿海的乡民，一年前，逃避倭难，北行途中与家人失散，孤身流落苏州地面，因小时在家乡练过几年功夫，便投入一家走江湖的杂耍班子谋生。一次在街头卖艺时，与风生树相识，两人一见钟情，半年后即在"八卦封门刀"分堂内行了结婚之仪。

马啸风仅在他俩婚礼上见过花小蓓一面，感觉这位弟媳俏丽中透着狡黠；听说她善使双匕，武技不在风四弟之下，又是主动追上门来的，便暗中递话师父雷九阳，请老人家得便时查查她的底细才好。今日相见，马啸风无话与小蓓多说，稍一颔首，径直走到雷九阳床前，端详起来。

看了片刻，马啸风探手入被，出指搭住雷九阳左手腕脉，屏息细判。

室内静极，依稀可闻庭院间风拂树梢声。

半晌，马啸风退出手来，将师父肩胛处被角掖了掖，转首望着风生树夫妇，低声道："师父中了毒。"

风生树夫妻俩对视一眼，脱口问道："中了毒?""你怎么知道?"

马啸风默然不答。

"二师兄，师父中了什么毒?"风生树小心翼翼地追问。

马啸风神情凝重，若有所思地看了看风生树、小蓓俩，正欲开言，江中月推门走了进来。

"乔老先生呢?"马啸风劈头便问。

乔观云是苏州府方圆百里地面的医药圣手，只要他能及时到来，师父所中之毒有望可解。

江中月摇了摇头，一声不吭，却朝风生树、小蓓轻轻一笑，三人脸上俱浮起一层异样的神态。

马啸风的心渐渐往下沉去，生出一丝惊惧。

"你……没有去请乔先生？哪能一回事?"马啸风沉声问道。

"要救师父，并不非得劳驾乔观云前来，二师兄就可办到。"江中月诡笑道。

"是你们给师父下了毒?"马啸风不敢置信。

风生树阴阴浅笑："二师兄稍安毋躁，只怕片刻，你就要和师父一般模样了。"

"你们也对我下了毒?"马啸风一震，立即斥问。

"刚才，你不是饮茶了么？虽然只是半盅，但也足够了。你试试提一下内力……怎么样，有点觉得了吗？”风生树嘲弄道。

“你们这样‘弄送’（吴方言，指不怀好意地搞些恶作剧捉弄人）恩师和我，实是犯上之举。到底想做啥？”马啸风难以接受眼前的情景，勃然大怒，但也在话语中留了分寸，只将此事看作过头了的戏耍行为。

半晌没有开口的小蓓“吃吃”笑起来：“二师兄，哦，还是称你马捕头吧，马捕头虽然机智过人，但这一次确实是我们若不说，你不可能明白的。”

小蓓说着重新落凳，装模作样地整了整衣裙、理了理发梢，正色道：“这可不是开玩笑，你只有答应一件事，方可保全雷九阳与你本人的性命，也就是保全‘八卦封门刀东南分堂’在江南武林中的一席之地，保全苏州府衙的官场威信。”

“呵，你们要造反呀！我答应什么事有这样大的价值？”马啸风又惊又惧，更是不解。

“苏州府大牢内不是关押着二十八个东瀛武士吗？你叫关九州把他们放了。”小蓓断然出语。

“将二十八个倭寇放了？”马啸风面生惑色：“这二十八囚，犯我内陆甚深，好不容易才得擒住，怎么可能凭你一句话就放了？你是什么人，竟敢要挟官府做这等违法大逆之事？”

见马啸风一头雾水，满面怒气，小蓓与风生树、江中月一起得意而笑。

“实话告诉你吧，本姑娘乃东瀛奈良大名鼎鼎的花流蓓子。”小蓓心中得意，脸上发光：“我是专为此事，奉本国高层命令，于一年前潜入苏州地面的。你和关九州果然了得，让东瀛武士到此尽折。我们只好用此种手段，迫使苏州府衙开监放人。我想，这次，关九州依理、按情也会答应的吧？他即使不念雷九阳，总会虑及你吧？而你，哪能将恩师全家的性命、自己性命弃之不顾呢？”

马啸风气贯胸膛，扫一眼江中月、风生树，怒斥：“你们二人竟然背叛师门，助纣为虐，甘做汉奸，还是武林正道中人么？还有一点中国人的良心吗？”

江中月回道：“二师兄，我们毒倒师父和你，只是迫你答应小蓓弟妹的要求，叫关九州放人，并非一定置师父与你于死地。只要官府放人，你与师父即可得到解药，重获自由，保证毫发无损。”

“你俩年纪轻轻，做下此等触犯大明法典之事，今后怎么办？”马啸风晓以利害。

“日后就不劳二师兄操心了。此事一毕，我和江师兄全家也随即离此山野之地，移居东瀛。”风生树语含轻松，尽显得意之色。

“你们甘愿受这东洋婆娘的唆使，父母、师父多年的教诲全忘了吗？”马啸风对二位师弟的剧变痛心不已。

江中月、风生树笑而不答。花流蓓子则接言：“马捕头原来是个死脑筋，男人再逞英雄，还能扛得过‘利’‘色’二字？此事成功后，江师兄可得白银一万两，东瀛美女十名，更要称雄一方岛屿。风郎么……”蓓子面生媚笑，出言放浪：“风郎不仅也能得到巨赏，还可以长久拥有本娘子。我能让他快乐无比，这你不会懂的，你那乡下婆娘能有什么味道……”

“住口！原来一切因你而起。你这歹毒的贱人！”马啸风怒火中烧，戟指蓓子。

“哟，你可不能激动，要不，血中之毒散得更快。我们的交易没说成，你就和雷九阳一样了，那还有什么好玩的。”蓓子戏弄道。

马啸风突然想起一事：“大师兄马上就要到了，你们是逃不掉的！”又转目蓓子道：“雷天时乃八卦封门刀东南堂口第一高手，武功远胜在下，足可与东洋九段武士一敌。你的如意算盘打错了。”

“哈哈，这种好事你就别想了。”江中月道：“你以为我们睏扁了头

(吴方言，意睡的糊里糊涂，头脑不清)，会去通知雷天时？告诉你，王小旗此刻早被扎成一只肉粽，在柴房里躺着呢。要不，哪能让刘有田给你敬上那盅‘香茶’呢？再说，就是想去告诉雷天时，也做不到呀，他夫妻俩正护着一趟镖往京城赶呢。出去四天了，算算已在二三百里开外。怎么样，我们会选日子吧？”

风生树接道：“堂口已在我与江师兄手下的弟子控制中，亲近雷九阳的家伙，全被拿下关押了。眼面前，你性命交关（吴方言，意生死悬于一线，极度危险），还指望外援？谁会此时来救你俩？马啸风，省省心吧！”

事情说穿后，江中月、风生树言语再无顾忌，对师父、师兄直呼其名、恶语相向。

三

马啸风感到了事态的严重，更为师母与小春燕担忧，一时说不出话来，急切中，决心冒险一试。

马啸风突然仰面大笑，声震屋瓦。

见马啸风内力仍然充沛，三人吃了一惊。

“你……你没有……中毒？”风生树嚅嚅发问。

马啸风扬起右袖，一块湿痕赫然在目：“你那点‘货色’都在这里呢！”

原来，马啸风茶一入口，即抬手抹嘴，将茶水悉数吐入袖内。

“你……不可能……你不可能知道茶中有毒。”风生树嘶声道。

“那时，我当然没有吃准茶里含毒，但我在喝茶前，已对你们的花头经（吴方言，指忽悠别人的小名堂、小花样），起了疑心。”

三人面面相觑，不明所以。

江中月不信道：“你别吓人，此事我们谋划日久，哪里会有什么破绽。”

“哼！一切行歹之徒都自以为门槛精来唏（吴方言，精于算计，善打小算盘），其实，既图不轨，哪能作到天衣无缝呢！我不妨拆穿给你们听听吧。”

花流蓓子不服气道：“好，你就说说！”

“江中月急吼吼上门报信，我叫他速去延请名医乔观云老先生，他竟似不太情愿，这有违常情，此乃一；我进得堂口，一路行来，不见人踪，师父的贴身弟子也已换过，自是不愿让我与熟人接触，采取了措施。风生树还不放心，以巡视为由，四处监察。请问，此刻什么事情放不下，非得舍下师父，在外转悠？这不符常理，此为二；师父突然重病、生死难料，最为亲近的师母、孙女却都不在他身边，这更背人伦，此即三；还有，江中月催我回来操持大局，我纵马赶到，风生树却推三阻四，不让我立即进屋看望师父，并一个劲劝我喝茶，难道眼面前喝茶这么重要吗？有了这四点疑惑，我还敢放心无虑地将茶汤灌进肚里？马某人闯荡江湖二十载，刀头喋血、掌下缉凶，没有一点见识，能在苏州府总捕头位子上坐得稳么！”

马啸风一席话，说得三人怔在当堂。江中月、风生树此时方信，师父日常夸赞二师兄所言不假了。比起年长十五岁的二师兄，江中月、风生树感到了自身的稚嫩。恼羞中，二人不由抽出了佩刀。

马啸风行得伧促，刀不在身，但毫无惧意：“二位的武艺根底，我十分清楚，你俩联手，也不一定胜得过我。”

花流蓓子双袖一翻，亮出两柄尺长锋刃：“要是再算上我呢？”

马啸风毫不示弱：“我若想走，恐怕非你三人阻止得了。”

江中月凶恶道："雷九阳的老婆、孙女已被我媳妇看住，雷家三人是死是活，全看你是走是留了！"

马啸风双目喷火，出语决绝："你们若对师傅一家造成极度伤害，本捕杀无赦！一个也不放过！"

蓓子粉脸生寒，一指床上的雷九阳，狠声道："这时，还要耍官腔？你若先动，老儿立死！"

马啸风相信妖女说得出做得到，一时没了计较，僵在当堂。

倭女蓓子见马啸风默然无语，知他终是心有所忌，放不下雷家老小的安危，便收刃入袖，换了副口吻："马总捕头是个明白人，好好想一想吧。"

江中月、风生树深知二师兄刚烈倔强，疾恶如仇，本门武功了得，虽然眼面前没有发作，但决不会轻易屈服的。二人不再出言相迫，却仍紧攥刀柄，不敢稍懈。

马啸风脑中急转，将眼前情势迅疾盘划：师父昏迷不醒，师母及孙女又被分押另处，江中月婆娘也身具武功，一旦闻警，师母与春燕确有性命之危。他难能逞一时之勇，放手当堂搏杀。可是，倭女的要求有违大明法典，有辱官府声威，更损国人颜面。马啸风了解上司关九州的脾性、做派，他万万不会应允的。再说，师父身家性命、"八卦封门刀"分堂存亡，在自己心中重如泰山，但在官府眼里就是另一番分量了。马啸风吃了十多年公门饭，深知官衙量情、决断，与百姓处世、行事，用的不是同一柄标尺。

马啸风明白，面临之事超常棘手，自己陷入了困境、凶境。

让马啸风略感宽心的是，师父雷九阳虽然全无知觉，但性命却一时无虞。

马啸风行走江湖，习武缉凶，所知博杂。适才为师父把脉，已经觉出，雷九阳脉相虽弱，但平稳顺畅，暗含潜力，所中之毒只是令他昏睡，却无碍性命。

审时度势，马啸风心情渐趋平复：看似倭女掌握了局面，但她一定比自己更急。因为，阴谋一旦实施，执行者总是企盼尽快成功，远离现场的。

在无法可施的境遇中，马啸风选择了权宜之计——以“拖”待“变”。

“哼，你俩这副‘吃相’（吴方言，指人的神情、状态）真是难看。我现在打不能打，走不能走，用得着这么紧张吗?”马啸风对江中月、风生树冷冷一笑。

花流蓓子见马啸风神情有缓，便朝江、风二人递了个眼色，语气也平和下来：“大家都把刀子收了，原本同门兄弟，能不伤感情最好。马总捕头，下面就看你的了。”

马啸风道：“你拿师父全家的性命要挟我，算是捉到了我的痛脚，马某佩服。你我本是异族，你又属奉命行事，为主效力，虽使出卑下伎俩，在下倒也理解。”马啸风话锋一转，直视江中月、风生树：“可是，你俩少时投入师门，承受师恩，却做出这等不忠不义的事来！见利忘义，轻易变节，我实在为你们羞愧!”

江中月脸上红了一红，硬声道：“雷九阳夫妇固然待我们不薄，但也只是穿衣吃饭、教习武艺而已。这十多年，我们在堂口操持劳作，实际上同长工扛活有什么两样?”

“大师兄与我出道较早，离开本门，历练江湖；师父、师母对你俩犹如亲出。再说，师父年事渐高，日后，本门还得要你俩发扬光大……接过掌门之位也是可能的……”

“你不要说得这样好听。”风生树打断马啸风话语：“雷天时是雷九阳的独子，又是大师兄，本派掌门非他莫属。即使他一心操持镖局，无暇再图掌门之位，要让只会让给你，哪里轮到我们弟兄？我俩在堂口内熬到死，终归‘踏空’。”

马啸风不以为然，驳斥道：“愚兄在衙门里担着公职，哪里还能兼及江湖之事？对‘掌门’之位，即便有心也无力呀！”

江中月鼻子里轻哼一声：“你现在不要说得这么好听。过个十年、八年，你年岁一长，衙门里干不动了，领一份养老俸禄，再回来接过堂口大权，风光下半辈子。我们有出头之日么？别花头经十足，拿我俩当傻瓜了！”

“实话对你讲吧，小蓓弟妹已经安排停当。我等离开此地，风师弟即与她到东瀛本土快乐；我也能统众千人，镇守外岛。称王称霸的日子，不比在这里苦熬一生强上千百倍？”江中月说得激动，一气言尽，面显憧憬之色。

“倭寇狡诈凶残、无信无义，你们拿这倭女所说当真？只怕做了两只‘寿头’（吴方言，意为傻瓜、呆鸟）。”马啸风怒火上涌，脱口嘲讽。

“小蓓与我结为夫妇，岂会害我？你纵然挑拨离间也没有用的，我看你还是识相点好。”风生树说着话还不忘与蓓子眉眼传情，看也不看马啸风。

听二人此番言语，马啸风知他们阅历浅显，已被“名利”“美色”迷住心窍，万难回头了。他心中长叹一声，绝了劝说之意，也断了同门之情，将二人彻底视作犯案歹徒。

沉默半晌，马啸风转道：“让我再看看师父。”走到床前，伸手入被，执住雷九阳右手。

马啸风深知强敌环视，自己孤掌难鸣，只有待师父解了体毒，清醒过来，局面方有可能扭转。他不动声色，静静凝视师父面容，暗中试着将内力缓缓度送到雷九阳掌间。

一试之下，马啸风感觉所输内力并无阻碍，知晓师父体内气机正常，经脉有序，信心大增。不由想起关九州日前在饭桌上的感慨，暗叹不已：

关大人说得对，是人终会衰老。唉，师傅也日渐老去了！以往多么强势的人物，此时，无助地躺在床上，生死还在他人掌控中。真是难以想象哇！又记起关九州“潜能”之说，暗自提劲：“我要调动‘潜能’，应对当下局面，决不能被情势困住。”

马啸风当即采取作为，在三人眼皮下，几番催动真力，以助雷九阳。

花流蓓子见他凝固般定定看着雷九阳，心中生疑，催促道：“行了，你再看也解不了他所中之毒。只有答应我们的条件，才能救他一命。”

马啸风有意示弱，垂头丧气道：“师父中毒这样深，还有救吗？我即使与你们合作，恐怕也难挽回师父一命了。”神情尽显沮丧。

蓓子担心马啸风认为雷九阳已然无救，铁了心不考虑自己所提的要求，忙道：“雷九阳死活，真的全在你一句话。不过，他一时半会死不掉的，我们下药分寸拿捏得恰到好处。”

马啸风见蓓子中计，口风里露出雷九阳所中确非毙命之毒，心中石头落下；又担心时间久了，自己所为被她识破，便抽手出被，直起身来。

一瞬间，马啸风不及转体，背脊“凤尾”“精促”二处穴位突遭偷袭，半边身子立生酸麻。他忙回首，只见蓓子阴然道：“马总捕头，你武功高强，心眼又活，我实在难以放心，只好先点了你这两处穴道。”见马啸风欲运气解穴，她又笑道：“东瀛点穴独技，与你们不同，你不要妄想自解了。四个时辰之内，你不能与我等交手，否则气血逆行，废了半边身子。”

马啸风本对倭女蓓子保持警觉，不料仍因关心师父过切，一时大意，遭她背后出手，封了大穴。“这歹毒的妖女！今朝步步不顺，真是撞到‘赤佬’了！”他气得满面通红，却知其言不假，不宜贸然发作，心中愈加不敢小觑倭女了。

四

马啸风穴位被点，江中月、风生树松了口气，不再作势拿态，各自送刀归鞘，寻椅坐下。

花流蓓子料想马啸风还不会俯首帖耳任己摆布，她另有计较。

花流蓓子出生东瀛奈良府花流家族。父亲花流依田继承祖上产业，管理着几千公顷的山产，还经营一家食坊，资产富裕。每当春天，漫山遍野樱花盛开；再逢秋来，红枫簇簇，半空映赤。这两季，花流依田最为忙碌，指使数十庄户人家，养蜂采蜜；食坊赶制、销售樱花酱甜米糕；或提炼枫糖，烘焙枫糖饼干。花流依田操持酿售的樱花蜜、樱花糕、枫糖饼干好评传开，销量日增，成了当地特产。依田经营方略日渐出名，被奈良商会派驻中国福建，疏通两地商务。

花流依田留下妻子、大儿经营家中产业，带着女儿花流蓓子和一众人员来到中国，在官府登记注册，成了一名外籍商人。没几年，他被东瀛权贵选中，以商隐身，兼及获取、传递中国政情、军情、商情，以特殊人员身份，为东瀛权贵效力了。

花流蓓子在中国长大，一口汉语说得流畅，又熟悉中国风俗、民情，十八岁即参与父亲收集、整理情报的工作。

苏州地区整肃治安、打击倭寇的举措十分见效，令犯境倭盗心生忌惮。几股寇首说动当局，加强了中国东南一地的“内应”力量。花流蓓子便从福州随灾民“流落”到了苏州，并有心挑风生树嫁了，在“八卦封门刀东南分堂”潜居下来。

接获苏州府衙欲将所押二十八名倭寇移交京城刑部的情报后，东瀛当局启动了“花流蓓子”这枚预先投置到位的“伏棋”。

要犯转狱，远行千里，当然重兵押解，途中难以劫持，也无逃走可能。那么，还是乘犯人未动，在苏州地头打主意吧。于是，蓓子操纵“八卦封门刀东南分堂”发生了剧变。

四更声起，蓓子打破室内沉寂，对江中月、风生树道：“夜已深了，劳烦江师兄去嫂子那里，叮嘱她留点神。老太婆和小丫头也不能出差错，没有她们，马总捕头更不会将我们的话放在心上了。生树，你到四处看看，督促守夜值更的弟子不可懈怠。然后，你俩就去歇着，明天事情不会少的。”

“你一人在此行吗？这里可有两个人呢。”风生树对妻子独自留下不甚放心。

“老家伙不和死了一样么？马总捕头这会就是想欺负我这个小女子，恐怕也力不从心了吧？”蓓子嘻笑浪言，见风生树仍磨蹭不动，催促道：“我要和马总捕头商写致关九州的信函，你俩照我所说去做吧。”

风生树对娇妻又爱又怕，见江中月已抬步出门，只得起身跟了出去。

马啸风知江、风二人已被倭女降住，两对夫妻作了一路之人，可叹师父、师母忠厚处世，与虎狼朝夕共处，疏于防范，毫无察觉，以至今日变生肘腋，几陷绝境，不由长吁一口浊气。

见马啸风忧郁的模样，花流蓓子对所图更具信心了。她直截了当地劝道：“马总捕头，写信吧，这是最好的解决方法。”

马啸风执意拖延，无话找话道：“你真是东瀛女子吗？中国话说得这么地道，我难以相信呢。”

蓓子“扑哧”一笑：“我若不是东瀛女子，犯得着冒杀头之险，迫你们放出那二十八个人？中国话是自幼练出来的。像我这样的人，本国多的是，不算什么的。”

马啸风暗惧东瀛首脑人物染指华夏之心深沉，竟早已训练出各色人等，混迹海盗、行旅、商贸人员队里，潜至中国作恶犯事。

“我的本名叫花流蓓子，托父亲大人功绩之庇，已被皇室列名宫中侍官，本待此地事务一了，即可回国，到皇室任职。皆因苏州一带几成我东瀛武士伤心之地，首领方派我乔装至此，设法委身‘八卦封门刀’堂口。哦，为什么专挑贵堂？当然是掌握到你的履历啰！后来的情况你已清楚，不需多说。此事一旦办妥，我即入宫，成为皇家事务人员。这是本国至高待遇，多少平民可望不可得呢！当然，事若不成，则只能自裁当场。所以，我是没有退路的，你一定要答应我的要求！”

花流蓓子已知马啸风远非二位师弟可比，索性将真情全盘托出，以示自己志在必得，半点都不可能退让的。

说毕，蓓子起身在火盆里添了几块煤炭，使得火头更旺；再去取来纸、墨、笔、砚，一一在马啸风面前铺展开来。

马啸风虽然久经江湖，这种被迫给上司关九州写信的事，却是第一次遇到。他靠在椅背上，双手把臂，闭上双眼，脑中乱糟糟的，没个头绪。陡然生旺的盆火又令他遍体生出热来。他烦躁顿起，不由暗自吐纳气息，以缓情绪。

蓓子见马啸风没有写信的意思，眨眨双睛，决定另出邪招，摧毁这名捕快的精神，彻底消解他的气势。

“媚术”，本是蓓子受训时的重要一课，稍一施展，便将风生树牢牢捏在掌中，对她言听计从，以至甘愿背叛师门，效力倭人。她暗地里又与江中月有染，许以重利，令这对夫妇也归顺过来。今夜系最后一搏，花流蓓子重操故技，祭出“美色”之剑，欲斩马啸风于胯下。

蓓子稍一酝酿，面颊生春，双眸荡光，红唇湿润，风骚立现；接着，徐徐褪去外衫，松散裙摆，轻步移到马啸风身前。

“马总捕头是不是累了？暂不写信也罢，小女子陪你调息一番，振作精神，好么？”嗲声柔语中，伸出玉腕，在马啸风肩胛按了按。

马啸风正顺息缓气、闭目苦思，并未听进蓓子的言语，直到左肩被她一触，方启目细瞧。

睁眼间，马啸风吓了一跳：蓓子几乎与他贴身而站，半截粉红肚兜遮不住雪肩尽显、丰乳半袒，如兰气息浸面而来。

马啸风见妖女行事全无羞耻之念，不及开言，慌忙起身走避。

花流蓓子跟步近前，眉眼流波，双乳颤颤，软声道："马总捕头，你那两位师弟，武功、才智远不及你。你若能去我东瀛，定受重用，比在这里作一个小小捕头好得多。"说着，双唇微启，香舌半吐，伸出两条玉臂，环向马啸风颈间："我喜欢成熟的男子。你这么健壮，一定比那两个小白脸有味、耐战多了。再说，不是你的缘故，本姑娘也不可能踏入贵堂的。这就是我俩的缘份呀……"

马啸风苦于穴道被封，只有平日二成功力，又无佩刀在手；东瀛妖女身手滑溜，竟然赤膊上阵，如此开打，成何体统？若是不打，今日让她粘上身来，马总捕的名头就彻底折损，即使重回衙门，又如何在一众衙役、三班捕快面前发号施令？再吃不得公门饭了。马啸风对半裸妖女推不行、挡不得，知道一旦与她肌肤相触，犹被八脚章鱼吸缠包裹一般，再想挣脱就难了。

退步中，马啸风灵台不乱，急智陡生。

"慢、慢、慢！不就是要在下写信给关大人吗？我正在思考词句，你又何必如此？马某一向自律，不喜苟且之事；再讲了，你若这样，我哪里还有心思写信。"

听马啸风一说，花流蓓子媚笑道："你既然答应写信，小女倒不好意思打扰你了。我俩的事就先放放，日后再说，可好？"

马啸风忙道："夜深寒重，你快穿上衣服，免得受凉。"

蓓子知道马啸风这类正道中人，自视英雄，爱惜羽毛，深恐污了名声。虽然见他终不被自己姿色所惑，有点悻悻然，但听他答应写信，所用伎俩已然生效，便媚笑着慢慢将外衫套上了。

马啸风坐到桌前，抄起笔管，心里苦笑：“关大人，马某不才，只好将这桩难事呈上，劳你处置了。”

花流蓓子叙述内容后，加重口吻提醒：“你只需照我所说来写，不要玩什么花样，更不得暴露我等行藏。”

“总得要关大人知道我的处境，不答应你们要求的后果吧？这样才能促使他决策放人。也要让关大人好给上司有所交代，自家有个落场式。中国官衙里的‘潜规则’，你不懂的。”

花流蓓子面生迟疑，却也没有吱声。马啸风便不理她，提笔书去，一会将信写成，递给蓓子。

蓓子将信中所述推敲几番，见大都是自己的原话，没觉得有什么不妥，心里满意，将笺折了，装入封内：“你在封皮写明‘速交关大人亲拆’几个字，并落上你的名款，好让关九州不致误了时辰。”

一切忙妥，天已透出白亮。蓓子传唤外厅值守刘有田，给马啸风送上热茶，笑道：“这杯茶你放心喝吧，保证没有掺料。待关九州一坐堂，我便叫江中月将信递进去。你先歇上一、两个时辰，后面就看你的造化了。”

马啸风明白，此信一经送出，师父全家与自己的性命，都交到关九州手上攥着了。可是，关大人又怎会应允这妖女的条件，开监释放那二十八个倭囚呢？

马啸风脑海里波起浪生，虽然一夜未眠，却无半点睡意，便走到雷九阳床前，给师父搭起脉来。现在，他所能做的，也就只有这件事情了。

五

早晨，苏州知府关九州刚在衙里坐定，差役进前递交一件信函："启禀大人，方才有个男子，在大堂门口交给小的此件，说是马总捕头报来的急函，要小的立即送大人过目。"

听说马啸风差人送信，关九州略觉诧异："哦，送信之人呢？"

"小人接过此信，那人即转身离去……小的该死，不知大人还要召见他，没有留他下来……"

"信使从哪里来，又往哪里去了？你认识他么？"

"他从南街过来，又沿原路而返。小人实是从没见过。"

"好，你出去吧。"

关九州拆阅来信，越看越是心惊，反复读了三遍，才将二页纸笺搁在案上。

沉思有顷，关九州令人传来副总捕头俞念培，将马啸风之信给他看了。

俞副总捕持件细读：

关大人钧鉴：

卑职现被倭人扣住。若得脱身，唯需大人于今日酉时前，将所拘二十八名倭犯悉数放出，送往浏河镇码头，交至一艘桅杆悬挂三盏红灯的大船上。否则，卑职万难再见大人一面。卑职虽死不足惜，还当累及恩师夫妇及其孙女三人矣。

又及，大人不必费心寻找卑职所在，只待二十八囚上得大船，卑职

逆徒

与恩师一家自能脱难。

四命共悬，望大人细察、慎断！

卑职　马啸风顿首敬呈

俞念培阅罢，惊怒不堪："关大人，倭寇真是嚣张至极，竟敢将马总捕头扣为人质、要挟官府。怎么办？"停了停，又诧道："咦，马总捕头武艺高强，怎会没有一点动静就落入倭寇手中，还被他们迫得写信？这不像马总捕头所为。大人，是否有诈？卑职先去马家看看，或分派人手四处找找？"

"我也正琢磨呢。从字迹看，此信确是出自马啸风之手，不会有假。大概是啸风根本没机会出手，人家就捏住他的'罩门'了。"

"'罩门'？"俞念培不解。

"信中不是写着'还当累及恩师夫妇及其孙女三人'么？他们就是啸风的'罩门'。否则，以他性格，断不会写出这样的信来。"

"倭贼以'八卦封门刀东南分堂'掌门人一家性命威胁马总捕，再拿马总捕头生死要挟官府？"俞念培恍然道。

关九州点点头："是这样。倭贼算定啸风不可能不顾及其师一家，而官府也不会轻易将一名忠勇尽职的总捕头断送掉。否则，公门中人谁敢信赖衙门？谁敢把性命托与上司？此番伎俩果是毒辣！"

"大人要……放了那班倭囚？"俞念培吸口凉气。

关九州主政苏州府衙多年，对倭情了然于胸。

东南数千里海域，倭人频犯，朝廷大军奔波征战，往往顾此失彼，一直难以掌控局势。倭盗常年在海上漂泊、行恶，对潮汛、风向、海况等航行知识了如指掌，驾船扯篷技能了得，行踪飘忽、诡诈百出，擅长避开明军主力，生存理念韧性顽强。倭寇中还混有大量中国籍人士，其间不乏熟悉地形、地貌、民情、军力者，有他们出力献谋，倭群如虎添翼，应对围剿、伏击，乖巧滑溜，难以尽歼。另外，倭人地方势力丛生，武装盗匪自成建制，竟有数百股众，出没大明漫长疆域，令各地防不胜防。朝廷、军民皆苦于倭患，虽全力抗击，耗费大量资财，折损大批人力，收效却不明显。

这二十八名倭贼，皆系惯盗、冠酋，侵犯甚深，直至江南金陵府东郊，气焰嚣张，官军费尽艰辛方捕获得手。若悉数放回，遗患无穷；再来祸犯，想重新捕捉，则难上加难了。

“倭贼真是睏扁了头。放了二十八囚？哼，想都不要想！”俞念培愤道。

“这批遭押倭囚，个个血案累累，乃是待押刑部审讯问斩的重犯，若是放了，朝廷岂能罢休？追究下来，本府及全家、全族的性命都搭进去也难善了；马啸风则绝无活理，你等也脱不了干系。人是万万放不得的！”关九州毫不含糊地应道。

“那现刻，马总捕头他们岂不要……岂不要……”俞念培难以再说。

关九州负手踱了几步，回到桌前，目光落在信笺上。

“要想既不放人，又不折损马啸风等，只有一个办法——救人！”关九州神态决然。

俞念培听得真切，忙道：“救人？救马总捕头？救雷掌门一家？怎么救法？又到哪里去救他们？”

“凡被倭贼绑架的人员，都要救！马总捕送出此信，定经贼人过目，他岂能明白写出所处地点？但以我对啸风的了解，他肯写此信，总会借机有所作为的。”

关九州将信笺拿起，再次研读、细思。

俞念培静立一旁，盼望关九州能从字里行间看出更多的内容来。

约莫一盏茶功夫，关九州扪须微笑了。

“大人，是否有所发现？”俞念培眉眼立振。

“嗯。‘八卦封门刀’东南分堂掌门人雷九阳武功了得，苏州地面不作第二人想，怎么会弄得全家面临险境？最大的可能，就是遭到了暗算。能出其不意、攻其不备者，当然是他信赖的人。雷九阳深居简出，难得会友，只有本门中人才能近他身旁。看来，堂口里面出事了。”

“会不会雷九阳外出时……”俞念培帮助关九州推测。

“若是在外面出事，街巷间不会没有一点传闻的。你看，信中写有‘四命共悬’，即可能暗示四人同在一处。这么多人，只有置身自家堂口内，外面才不生一点动静。还有，据衙役说，送信之人是从南街而来，又沿南街回去的。‘八卦封门刀’分堂口设在灵岩山畔，不正在苏州城……？”

听关九州一说，俞念培不作他想：“好，地方算是知道了。”

关九州仍盯着信看，口中念念有声：‘望大人细察、慎断……细察……啸风要本官‘细察’什么呢？”

蓦地，关九州双睛一亮，指点着“恩师夫妇及其孙女三人”一行字迹道：“这个‘三’字比前面‘三盏红灯’的‘三’字墨浓线粗，似有意描画突出；另外，‘三人’一词和前面‘恩师夫妇及其孙女’，有重复累赘之感，除非是有意强调……莫非，啸风暗示，倭贼为三个人么？”关九州望向俞念培。

俞念培大声道：“做这类见不得光的勾当，谅倭贼人手多不了。大人，我带队伍去围了‘八卦封门刀’分堂口，救人擒贼吧？”

“不可以。兴师动众，倭贼一闻风声，必先加害啸风、雷老爷子他们。你盲目硬闯，实是送他们早死。”

“那……望大人早作定夺！”俞念培担忧马啸风安危，难抑焦虑。

“念培莫急，待我想一想。”

关九州凝聚心神，思索救人之策。

好一会，关九州谋划方定，开言道：“念培，你带二十名弟兄立即动身，前往浏河镇，暂且落脚乡保家中，酉时一到，前去江边码头，将点有三盏红灯笼的大船扣了，船上人员一个不漏，全都押解到此，待本府细审。”

“遵命！大人，那马总捕那里……”

“本官自有安排。”

“这个……”俞念培欲语又止。

“本府亲自前去营救马总捕头和他师傅一家。你总可放心了吧？”关九州笑道。

“当然、当然！大人前去，卑职再无半点担忧。只是衙里弟兄留下不多，大人……”

“不是只有三个倭贼么？要不了大批人手，人多反易走漏风声，打草惊蛇。你尽管定定心心去浏河码头拿人吧，我自有主张。”

俞念培不敢再说，一揖辞出，刚走到门口，又被关九州唤住：“念培，你先传我命令，要兵马指挥使李将军立即调拨二百军士，设两道防线，警戒大牢四周。倭贼既有心要救那二十八囚，就得提防他们玩弄‘明修栈道，暗度陈仓’的把戏。否则，你我在外行事，家里反被人抄了，岂不既误了大事又将脸面丢净么？难不成，本官退休前，还要给六扇门里留个话把、江湖中添段笑谈，让人家说我老头子吃没轻头（吴语，指不谨慎、不稳妥、不知轻重）？呵呵呵……”

六

黎明时分，马啸风搭过雷九阳腕脉，心里生出疑惑。从脉相看，师父的气息并无涩滞，平稳有律；再看师父面容，灰白褪去不少，近似常色。算来中毒已近五个时辰。凭师父的内力，是可以在体内自行排毒、逐渐醒转的。可雷九阳仍是没有知觉，这妖女的迷药当真邪门?

马啸风“凤尾”“精促”二处穴位被点，真气阻塞，不能再给雷九阳输送内力，只好暗祈师父早点醒转，尽快恢复功力，与自己共渡难关。

看着天色透出亮意，马啸风心中默语：唉，漫长的一夜总算过去了。他度过了数十个“冬至”，今天才真正感到，“冬至”之夜，确实是一年中最长的夜，曙光姗姗来迟。

雷九阳系山东滕县姜屯乡房山村人氏，家中有薄田十余亩，日子尚可过得去。父亲见有余裕，叫他十岁时拜在两名乡间武师门下，习练拳脚功夫。二十岁过，雷九阳技艺根底扎得坚牢，便遵师嘱，以武会友，常在江湖上走动，被朋友荐入河北沧州“八卦封门刀”总堂口习艺。总堂主周春生十分赏识这位朴实、憨厚、吃苦耐劳的山东小伙子，将他纳为关门弟子，悉心指导。八年后，雷九阳尽得周春生所传。

一日，周春生招来爱徒，诚言：“九阳，我也没什么新东西可以教你了，你艺已成，只需日日练功，以求精进；若能苦心钻研，有所创新则更好。并非为师不留你，只因本门弟子甚众，又一向以周家子弟承接门派为旨，你在此发展有限，只怕误了前程；不如归去，自己另创事业的好。”

于是，雷九阳辞别师门，回到家乡，侍奉二老，娶妻生子，并以“八卦封门刀”正宗传人名誉，开馆授徒，先教儿子雷天时，又收同村少年马啸风。一晃十年过去，感觉家乡天地狭小，便携儿雷天时、徒弟马啸风移居江南，在苏州城外寻屋住下。若干年后，父母年迈辞世，雷九阳变卖家中田地房产，筹得资金，并获沧州总堂授权，创建了“八卦封门刀东南分堂”，成为武林一支。

雷九阳收进江中月、风生树为徒后，儿子雷天时、爱徒马啸风已是艺成，不久，二人先后离开分堂口，一个开设镖局，自立江湖；一个投入公门，缉恶捉凶。

雷天时夫妇在西山创立的“天时”镖局，生意风生水起，二人甚是忙碌，无暇常回堂口多待。

马啸风做事巴结（吴方言，积极、肯干之意），生性悍勇，十多年后凭功绩升至苏州府衙总捕头、正七品衔；各类案件层出不穷，马总捕头为地方安宁尽心竭力，更是难回师门一聚。

“八卦封门刀东南分堂”掌门雷九阳，蛰居深院，很少在江湖上走动，名头不如当上镖局局主的儿子响亮，也不及在公门中效力的徒弟马啸风威风。但他远离尘务，一心习武，对“八卦封门刀”技法钻研得十分透彻，虽然年届六旬，功力却在年富力强的雷天时、马啸风之上。也正因为他性喜静修，不闻俗事，疏于治理，让江中月、风生树得以在堂口擅权，并被东瀛妖女花流蓓子设法钻进，以逞毒计。

近年，“八卦封门刀东南分堂”内悄然发生的变化，雷天时、马啸风懵然不察，直至酿成灾祸，堂口竟被一员倭女控制，当作一枚威胁官衙释放倭囚的筹码。

马啸风心中微叹，想来也是本门该当此劫。

自江中月送信始，花流蓓子喜悦之情难以收抑。虽然耗费心机，一夜未眠，却全无倦意。她叫人将早餐送至外厅，让马啸风与她和风生树共食。

席间，蓓子亢奋不已，笑语连连，大谈东洋风情典故。风生树听得神向往之，巴不得夜色立临，好与妻子登船出海，早赴仙山。

见花流蓓子眉飞色舞、轻狂张扬，马啸风恨得牙根生痛，一语不发。他还是第一次遇上这样歹毒、放浪、妖媚的年轻女性：看似柔弱娇艳的东瀛小女子，布下这么大一个“局”，控制了“八卦封门刀东南分堂”，公然胁迫官府释放倭囚，弄得我这个总捕头灰头土脸、一筹莫展。自己不但因投鼠忌器不能擒凶斗恶，还一时疏忽，让她点了穴道，更被她毫无羞耻强行投怀送抱的行止，迫得给关大人写信，真是出道以来的奇耻大辱！

马啸风不由联想到前二年，灵岩禅寺抱月和尚遭倭女之累的事来。只觉，面前的花流蓓子邪恶、心机比水月鲤娘更胜几分，真是没有最坏，只有更坏。低估倭贼，遗祸无穷呀！

置身自家师门的马啸风，第一次感到了孤独、无助，丝丝茫然浮上心头。

马啸风喝了一碗稀粥，再难下咽，推开碗筷，起身离桌。

“马总捕这么大块头，吃得太少，当心身体哟。”花流蓓子假惺惺生惜微叹，见马啸风欲往外院，又道：“马总捕头，你不能出此厅门。老实说，我们对你不放心，你可是‘八卦封门刀’堂口里有影响的‘二师伯’哟。”

蓓子知道马啸风不敢脱身离去，只是担心他随处走动，与门内弟子接触，说破她的真相和动机。那样，不要官府前来拿人，自己就在堂口里藏不住了，正在进展中的行动也必然夭折。花流蓓子年纪虽轻，城府却深，虽然眼下顺风行船，心里并无一丝放松。

“马总捕头把心放稳了，捱到今晚，我们的人一上船……”

马啸风打断蓓子话头，存心气她：“你确信关大人见了我的信，就一定放人吗?”

“那就看马总捕头在关老儿眼中的分量了。他若到时不放人，你即使能够活命，还会跟着他干吗?”蓓子反唇相讥。

“这妖女果真厉害。”马啸风一惊，他确实闪过此念。关九州若是放了在押倭贼，以换取他与师父一家性命，有背大节，非马啸风所愿。关九州如坚不放人，听任自己死与活，也令马啸风心寒。这点隐秘，乃是人性的弱点，他压在心深处，却被花流蓓子轻言点破。马啸风无以应对。

蓓子见马啸风脸色阴晴不定，难测他究竟心思，知他比两个师弟老辣得多，不敢言语锋芒太盛，换副笑颜道：“马总捕头，你既然给关九州写了信，我不会难为你的，事毕，一切随你之意。你我各为其主，本无积恶宿怨嘛。”

风生树对这位二师兄向怀惧意，听妻子语中蓄软，也知趣地示好：

“二师兄，日后你我各奔东西、各图所谋，也不必非要伤了同门之谊，留点相逢余地不更好么？”

花流蓓子兴致正浓，意犹未尽，突地朝马啸风深深一笑：“马总捕头武功高强，性又刚烈，用你们俗语说，‘留得青山在，何愁没柴烧？’到哪里都有出头的机会。本娘子对你身手还是了解的。你我曾有幸战过几招的呀！”

马啸风心中一动，回味蓓子所言，又扣其末句深品，霍然一惊：“哦？你……你是那日在寒山寺门外卖炒白果的……难怪你与风生树成婚时，我即觉你似曾相识。万万想不到，你竟钻入本门堂口来了。”

蓓子讥讽而笑：“马捕头终于认出本娘子啦？那天初遇，我是易了容的。你日后不识‘弟妹’，也不奇怪啰！不过，你刀斩马首之举，果决豪勇，有壮士断腕魄力，常人少此胆识，我佩服至极，难以忘怀呢！今日分手在即，说出真情，也免你蒙在鼓里一辈子。”

听蓓子嘲讽，马啸风胸中隐痛，自责不已，深悔双目不亮，察人不明，几番遭这倭女耍弄。

“本娘子也是‘陆家亲’一员，阿末头哦（吴方言，即兄弟姐妹中最小一员）。虽然年纪最轻，但身负上司派我监督吴可和那几个杀胚的责任，也蛮辛苦的。可惜，枫桥渡口功败垂成，‘陆家亲’也不复存在，功亏一篑呀。今日可不同喽，马总捕孤家寡人落了单，别再心存侥幸哟。”蓓子语含调侃，神情得意。

马啸风懒得与她多说，紧闭双唇，只在厅上踱步。

花流蓓子见状，有点无趣，忽地想起一事，问风生树道：“你昨晚在雷九阳酒里下了多少药？”

“不就是你交给我的那包么，我全都倒进壶中了。”

“按照药酒的比配，雷老儿今早就该清醒了。”蓓子道。

“会不会剂量大了点？”风生树猜测。

“我是将药量略增了一些，但六个时辰后，药性自行消退，中毒之人逐渐醒转。雷老儿怎的毫无反应，死脱了一样？”花流蓓子不解。

“要不，经酒送服，药性发挥得厉害？”风生树道：“再说，他年纪一大，抗药力也差了，又要醒酒，又要解毒，够老头子受的。”

“这个……”蓓子拿不准，含糊应道。

马啸风听在耳里，也觉雷九阳有点蹊跷，难道他是装睡不醒，示敌以弱？若是这样，我的处境就并非倭女估量得那样差，她也不是胜券在握。再说，关九州接信后绝不会没有对策的。对这位上司的能力，马啸风颇具信心，关大人智慧远胜自己，处置事情分寸拿捏准确，从不顾此失彼、偏执违拗。若论及关大人与自己的私谊，马啸风也不会相信他会抛弃自己。

马啸风心里涌出一股温意，为自己曾经有过的困惑生愧。更令他高兴的是，被贼女封住的“凤尾”“精促”二穴，气息正在疏通，僵麻之况稍减。马啸风是武学行家，虽然不会破解东瀛点穴法，但知道，无论用什么手法闭住的穴位，时间一长，都会被人体自身的血流、气息冲解开的。

马啸风信心升起。他告诫自己，不能让妖女觉察到被封的穴道正在缓解，要麻痹她，让她继续以强者、胜者自居，争取利用时间来换得局势的变化。

马啸风拖着步子，挪走到花流蓓子跟前，苦着脸道：“我为你们写的信送出多时了，为何还不解开我的穴道？”

“如果说，你的师弟是两只兔子，那你就是一条老虎，虎兔不同笼，眼下暂处一室，能一样对待吗？这是看得起你，你就忍着点吧。”花流蓓子对自己这个比喻甚感妥帖，说完笑了笑。

风生树虽然听蓓子将自己比作兔子不以为然，但也迎合妻子，咧嘴笑起来。

马啸风无奈地摇摇头，晃动身子走开去。

七

花流蓓子将马啸风视作猛虎，那她自己就是一匹狼、一只狐、一条蛇。当年，她接受“组织”极限训练时，首领就反复强调：你只有像狼一样凶狠、诡诈，像狐一样机灵、狡猾，像蛇一样潜藏、恶毒，才能发挥出最大的能量，才能战胜对手，包括比你强悍的对手，完成一切任务。

花流蓓子自幼被“组织”选中，送往大海深处一座孤岛上，接受全封闭地狱式“重造”，掌握一名“忍者”必须具备的技能——徒手格斗、短刃搏击、长泳攀高、绝境生存、潜形隐身、男女裸处……武技、体能、生理、意识诸方面都经受了寻常女性难以承受的过程；直至，自己也觉得真的变成了“母狼”“妖狐”“毒蛇”。在中国历练几年后，倭人贵族集团已将她备选宫中，成了一名完成特殊任务的女官。

此刻，花流蓓子心里很定。一切都按照计划进行：迷倒雷九阳、软禁其夫人、孙女；控制堂口、封锁消息；诓来马啸风、迫其写信……接下来就是赶往浏河镇。她并不担心暴露行踪，被官府围追堵截。有这班人员在握，不信关九州不放她出海。不论情况如何变化，自己都是立于不败之地的。

江中月送信回到“八卦封门刀”分堂口，花流蓓子吩咐他守着马啸风、雷九阳。

“江师兄，劳你在这里看着点，大家轮换休息。我与生树先回屋待一会。有什么事情，你一发声，我们就会赶过来的。”蓓子后一句话是说给马啸风听的，她不能不防着这只“猛兽”，虽然，他此时此地难以发威。

进了卧室，花流蓓子顺手插上门栓，大力将风生树推倒在床，扑上身，抱着他一阵热吻；接着，急切切扯下他的裤子，狠劲在其壮硕的臀股前后抚摸、抓捏……

沉重的压力与将临的成功感，交织、煎熬着花流蓓子，激得她欲火攻心，急需找具男身，以求一泄。

这是与风生树做最后一次“夫妻”了。今晚上了船，你的作用就完结，本娘子则没有你这个“丈夫”了。让你再美一次吧，因为，此刻我需要你。愚蠢的家伙，懂得什么！

见风生树欣喜地卖力迎合她，花流蓓子脸上狐媚浪笑，口中长呻短吟，腹内则讥讽不止。当然，她是不会杀了风生树的。这段时间的“夫妻生活”，风生树对她百依百顺，听话之极，倒是个好丈夫。只是与此人长相守、共白头，则降低自己的层次，还误了锦绣前程。再说，中国男人缺乏情趣，处久了，也无味呢！

花流蓓子骑在风生树身上，摇臀晃乳，恣意折腾，心里仍计算不已。

见花流蓓子离去，马啸风心里松快了一些。这个妖女颇具手段，难怪两个师弟被她诱骗得晕头转向。

“江中月，想不到你与风生树走得这么远，不仅丢尽了师父和本门弟子的脸，更折损中国武林中人的颜面。不过，你此刻悬崖勒马，或许还来得及回身减罪！”

“悬崖勒马？”江中月反诘道：“我为什么要勒马？不早对你说了吗，东瀛大官许诺赠我钱财、封我地盘、授我权力。在这里，我能得到这些吗？男子汉大丈夫不能做‘大佬倌’，不能活得风光八面、扬眉吐气，人前人后有啥脸面？”

“你真糊涂！卖国求荣，背弃民族大义，风光得了多长辰光？犯得可是死罪！”马啸风加重语气。

“我不识多少字，也不懂什么‘大义’。二十多年来，我只知吃饭、练武、睡觉，若不求变，今后也只能这样过一辈子了。我和风师弟两家，几辈子生活在社会底层，都是小人物。说句难听话，只有烘大卵、捧臭脚（吴方言，指巴结、逢迎有权有势者），方有可能出人头地。花流蓓子既然把机会送来了，我不抓住，才是真正的糊涂。你是公门中人，开口‘大义’、闭口‘名声’，我可没你这多想法。何况，船至中流掉头难。走到这一步，抽手不干，蓓子放不过我，官府也放不过我，两头落空，岂不是糊涂到家了吗?”江中月振振有词，说个不休。

“你不要害怕花流蓓子，你若帮我一把，我绝对拿得下她。至于衙门里，我可以去说说。你与风生树不一样，你可有两个孩子呀!”

“正因为我有两个儿子，不能让他们再像我一样，一辈子活得稀松平常。何况，即使我帮你，也不一定对付得了风生树夫妻俩，你死了这心吧。”江中月不耐烦了。

“你真相信，倭人会让你与风生树享受荣华富贵?他们是利用你俩!”

“赌上一次吧，我是宁可信其真不愿信其假的。”江中月仍是执迷不悟。

“你们走不掉的，你不了解苏州知府关九州大人。关大人足智多谋赛过老法师（吴方言，指谋略、能力超于常人的贤士智者），还弄不过你们?”马啸风无奈，把最后的话语说了出来。

“这点，花流蓓子已经分析过了。只要你的性命在我们掌握中，关九州就不至于硬做；而你因顾忌雷九阳一家性命，也不会逞强。以上两个环节扣住，我们这桩事情，顶坏也不过有惊无险。”江中月笑道。

马啸风难以驳斥，连声叹道：“一厢情愿、一厢情愿呀!”

江中月见马啸风无话可说，心里得意，又道：“话说回来，有一点你可以放心，只要我们能如愿脱身，我自己不会、也不让花流蓓子加害师父全家。我江中月不是禽兽之性，只是想后半辈子过得好一点罢了。”

马啸风点点头：“你能有此一说，总算良知没有完全泯灭。马某先谢过了。”

“喔哟，到底是师兄弟，谈得挺热乎嘛。”随着话音，花流蓓子挽着风生树款款进屋。她云雨方毕，目蕴风情，面带桃花，兴头甚高，也没细究二人所说何语，直对江中月道：“江师兄，你与嫂子将随身细软打点一下，再叫下面预备好四辆带篷马车。吃过中饭，眯上一会，我们就去浏河镇。天擦黑前，要赶到的。雷九阳夫妇和春燕丫头都带上，当然，也得烦劳马总捕头随我们走一趟。有你们四人同行，路上就平安了。”

花流蓓子看一眼床上躺着的雷九阳，对风生树道："咦，这老头子怎么还没醒来，当真睡过去了？"

蓓子话音未落，一声苍劲的嗓音传来："对老年人可要尊重一点喔。啥格老头子不老头子的？这是你可以称呼的吗？放肆！"

屋内四人一怔，循声往敞开的房门望去。

一位身着灰色长衫的三髯老人，施施然走进屋来，如同在自己家里一样洒脱、从容。

马啸风面对来者，一时语哽，目中生潮。

江中月下意识攥住佩刀铜柄，结结巴巴、语不成句："关……关……关……"

"不是关、关、关，是关——九——州。"灰衣老者淡淡一笑，自报家门，还不忘调侃一句："你倒是应当尊我一声'关大人'哟，怎么也和这小娘子一样不懂礼貌呀？"

八

蓓子那日在枫桥畔，因"阻援"有责，没有功夫正眼瞧过关九州模样，万没想到进屋老者，竟是苏州知府大人，顿时花容失色，呆了呆，突将袖中双刀亮出，喝道："关九州，你真敢来此送死？"

江中月抽刀之手僵在半途，面如死灰，口中嘟囔："要死快哉，奈么完结（吴方言，要死了，这下完蛋了）。"

关九州充耳不闻蓓子的呵斥，连眼睛也不转向她，径朝马啸风点头示意："你的信，本府收到了。"

马啸风已恢复常态，急忙深施一揖："卑职见过关大人！大人，卑职惭愧……"

关九州抬手阻道："马总捕头无须多说，此事你何错之有？"

马啸风道："关大人，你乃千金之躯，岂可孤身犯险？卑职给大人添难，真是该死！"

"刘有田、刘有田！"花流蓓子突然警悟，关九州怎能悄无声息地闯入堂口核心之地，忙唤当班值守。

"你呼叫外厅那人吗？他正在地上趴着，一时半会动弹不了的。哦，你可是要探究在下是如何进来的？可以告诉你，雷九阳是我老朋友，'八卦封门刀'分堂口，我曾多次拜访过，熟门熟路，何人又能阻我？"

关九州剖析马啸风来信后，知是"八卦封门刀"分堂口内生乱，也料定歹人不多，若出兵围剿，担心倭贼闻风而逃或铤而走险，置人质于死地。反复思量后，决定少许捕快、衙役随后缓进，自己微服匹马，先行闯堂，从"八卦封门刀"分堂口后院逾墙而入，避开巡守人员，直奔雷九阳住处。

关九州身手非凡，行事谨慎，光天化日之下，偌大一个堂口，无人察觉他已潜入。待外厅的刘有田看这老汉面生，正要发问，已被他隔空出指，点了哑穴、麻穴，瘫倒地砖上了。

"你只身敢到此地，好大的胆子？"花流蓓子想不到这中国官员行事竟如江湖高手一般。

"我既是钦封苏州知府，苏州地面哪寸地方不敢去、不能去？"关九州哂道："倒是你们贼胆包天，做下这等歹事！"

"你究竟放人不放人？"花流蓓子想起正事。

"这本该由我问你才对。你等劫持善良百姓、禁拘朝廷命官、威胁要挟官府、援手倭寇囚犯，数等大罪一并犯了！还不束手就擒，听候处置？"

花流蓓子觉出外面并无喧哗，料关老儿只是一人前来，虽然惊讶他胆量非凡，却也没有惧怕之心，又见江中月、风生树已经缓过魂来，执刀而立，怒目直视关九州，觉得胜机仍在己手。她定了定神，威胁道："关老儿，这里不是苏州府大堂，你少给本娘子耍官腔、摆官威。你找到这里，可不一定还走得出去。若不按我信上所说去做，明天苏州府衙里不仅没有马总捕头，也没有你这个‘知府大人’了！”

“哦，既然有这种可能，那就让我先看一眼老朋友吧。”关九州说着走到床前，俯首细瞧雷九阳，还出手在他额上抚了抚，片刻返身，对马啸风道：“啸风，你右边身子怎的不太利索？”

先前，马啸风一揖施礼时，关九州已看出他举止有异，故而发问。

“回大人，卑职不防，被这妖女偷袭，点了‘凤尾’“精促’二处穴道。只是过了四个时辰，已无大碍。”马啸风如实相告。

“啸风呐，小心驶得万年船。你跟我多年，还记不住这话么？再说，和这班家伙共处一室，你怎不处处时时留点神？大意呀，太大意了。”

“大人教训的是。”马啸风面红耳赤、满面惭色，自嘲道：“大人，昨夜冬至，大概是卑职摸黑出门，触了霉头，撞上‘赤佬’了！”

“习武之人还怕妖魔？既然遇上了，就不要客气，降服他们吧！”关九州这句笑言令马啸风心头生热，不由笑了一笑，大声应道：“遵命！”

花流蓓子对这中国官员行事方式不解，不知关九州葫芦里卖得什么药，见两人一问一应，旁若无人，心头生恼，寒着脸尖声道：“关老儿，你装神弄鬼，真要逼我在此杀人么？”

江中月也壮起胆，跟着威胁：“关九州，你自己找死来了，还乱话三千？雷九阳的老伴和孙女，都被我媳妇看住了。只要我啸声一发，她俩顷刻丧命！”

“江中月，你不是向我保证，决不加害师父一家的么？”马啸风立即出言指责。

“那也要看在什么情况下啰。这种场合，你还看不出三四？我哪里还有保证不保证的！”江中月狡辩道。

“雷掌门的家眷关在别处？这倒有点麻烦。”关九州不慌不忙道：“只是，你老婆能听到你的啸声么？”

“什么意思？”江中月听不大懂，脱口反问。

“江兄，不必再和他们啰嗦。小蓓，关九州既然送上门来，反倒更好，一并抓了，看官府放不放人！”风生树一门心思只想和花流蓓子东渡享乐，胆边生恶，狂言不已。

“雷掌门有这两个徒弟，真是老来一劫呀!”关九州摇首叹息。

花流蓓子被风生树一言点醒，目露杀气，厉声道：“关老儿，你敬酒不吃吃罚酒，怪不得本娘子了!”身形一闪，双刀如电，直刺关九州胸腹。

关九州见这女子出手便是夺命死招，也不敢小觑，两条衣袖一卷，迅将双刃裹住，同时，十指立紧，扣向蓓子双腕，使出自己拿手招式“袖里乾坤”。

花流蓓子两柄锋利雪刃，一入关九州袖内，竟然无处着力，难以进得半分，更觉双腕如探熔炉，热辣刺痛，心生激灵，忙松指弃匕、滑腕缩臂，倒翻丈外。

一招间，花流蓓子被迫弃械，鬓角凌乱，气息生喘，险被关九州擒住，吓得心中扑通乱跳，方知，这官老儿竟是身负绝技之人。

关九州没能拿住花流蓓子，也感这女子功夫诡异，抖落袖中双刃，正欲再擒，只见蓓子一步纵到雷九阳床前，双腕一探腰间，亮出一对八寸五分长的短刀，刀刃闪烁寒光。

“‘守刀’？原来你是倭女?”关九州见花流蓓子所握的竟是东瀛武士贴身短刃——“守刀”，方才知晓这年轻女子竟是倭贼。

“大人，她是东洋妖女，名叫花流蓓子。”马啸风连忙告诉关九州：“去年，倭贼图谋劫持戚将军，就是她扮作卖白果的乡姑，半途阻击卑职的。”

“哦？你这妖女屡次三番在我国土上行恶作怪，太过放肆!”关九州怒不可遏：“今日休想再逃!”

花流蓓子双刀点向雷九阳咽喉，对江中月、风生树道：“你们将关老儿绑了，他若出招，雷九阳毙命当场!”

“你们是三个人，我们也是三个人，我看还是一对一的公平。”关九州一指风生树：“马总捕头，他就交给你了。雷掌门，切莫怪罪，老夫今日要代你教训教训这两个不成器的徒弟了。”

关九州好似根本不将雷九阳死活放在心上，话音一落，便向江中月一掌拍去。马啸风也跟着飞起一脚，将风生树迫退两步。

花流蓓子见恐吓之言全然无效，杀机立起，双刀一动，正欲送进雷九阳喉间，忽觉眼前一亮，雷九阳双目陡开，闪出两道精光，随着一声炸响，身上所盖薄被硬如铁片般弹起，劈头盖脸向她扫来。

花流蓓子惊慌中躲闪不及，右臂让被角扫中，剧痛如遭火灼，握刀之手立软。危急关头，她左手仍进，拼着受伤，也要一击刺杀雷九阳。她下意识知道，雷九阳一旦参战，己方就必败无疑了。

昨晚，雷九阳半壶黄酒下肚，脑中渐生眩晕。“以前从未如此，难不成真的岁数大了?”他心中生疑，无暇细思即晕了过去，只来得及蓄一口真气护住心脉，不至完全失去知觉。马啸风到后，给他度进真力，助他体内气机勃发，加快自行排毒，意识逐渐恢复，无将亮时，他已能运脑思索，也将室内众人言语听得清清楚楚。

雷九阳身为一派掌门，历练远胜小辈，除了武技高强，腹中之谋也有超人之处；稍有清醒，已知变生肘腋，为倭女所乘，虽然心里焦急不堪，但明白全家老小命悬一线，若有不慎，难度此劫。于是，索性装睡不醒，以静待变。关九州神般到来后，雷九阳终于舒出一胸闷气，知道“八卦封门刀东南分堂”有救了。心头一松，脸上泛起生机，神态自起变化。

关九州何等样人，一见雷老爷子躺着的模样，便知其心思，也甚感欣慰，即生“决战当场、立地擒凶”之念。花流蓓子不懂他所说的“都是三人，还是一个对一个”的话意，雷九阳却明白了。他早将真力聚起，战端一开，突然爆发，飞起盖被，伤了蓓子臂膀。

雷九阳真力虽足，但毕竟年纪大了，长时间躺着不动，身骨僵硬，急切间，手脚不灵，见花流蓓子左刀刺来，闪躲不及，只得行险，一收下颏，张开嘴巴，硬生生将刀尖咬在齿间。

花流蓓子见局势大乱，心头生慌，出力收刀中不忘朝江中月喊道：“杀、杀！一齐杀了!”

江中月听出蓓子话意，便执刀护住门户，长吸一气，嘬唇欲啸。

关九州知啸声一起，雷九阳妻子及孙女立将丧命，哪能容得江中月这口气出，立即一掌拍向江中月面门。

江中月气涌丹田，直冲嗓门，正欲破唇而啸，一股大力扑面击来，直灌鼻口，呛得他几乎窒息，忙将口中之气散了。

江中月急换新气。不料，关九州另一掌又辟面打到，硬将他口中之气再次压进胸腔。

江中月二啸不成，已被关九州进至身前。他心胆俱裂，施出平生所学，将一口佩刀乱舞，再也无力发声了。

马啸风两处穴道已然半解，功力虽不及平日一半，手中又无佩刀，但他临敌经验丰富，出腿挥臂，腾挪闪躲，将风生树迫在一端。

雷九阳借花流蓓子运力拔刀之机，收腰盘腿，赫然坐起，一掌劈向蓓子握刀左臂。

花流蓓子早从风生树口中知道，雷九阳已经练成掌刀之功，此时见他掌沿如削，泛出一片白光，锋利气机割肤而至；自己若不收臂，这只手腕就要被他卸下了，慌忙松手弃刀，退出二步。

雷九阳“咻”地吐掉齿间短刀，跃下床来。

江中月、风生树长年跟随雷九阳学艺，对他本怀敬惧之心；此刻，见他威严凛凛、紫面生怒，二人魂飞胆裂，战志顿消。关九州乘势一掌击中江中月腰肢，打得他一个趔趄，伏倒桌旁。

“风生树，你还敢动手?”雷九阳浓眉一展，霹雳大喝。

风生树看一眼花流蓓子，手中之刀再递不出去，被马啸风一脚踢翻在地。

蓓子见大势已去，闪身急向门外窜去，却被关九州双袖迫回。雷九阳对她恨极，掌刀一放，直劈其颈，竟欲取她性命。

在两大高手夹击下，花流蓓子只当已命休矣，脑中一恍，竟无意识到底先抗击谁人之招。

关九州一边收手，一边急呼：“留下活口!”

雷九阳闻言知意，略一偏手，厉烈杀气过处，花流蓓子发结被削，断发乱飘半空，她瞬间面色苍白，呆如木鸡，再不敢动。

雷九阳这时方得空闲，与关九州、马啸风见过，摇摇头惭愧道：“关大人，家门不幸哪！今日亏你赶到，否则，雷某一生可被这几个小畜生断送了。老话说‘冬至大如年’，瞧雷某人这‘年’过的，恰如走了一趟‘鬼门关’！”

“呵呵，下官这次拜访贵堂，没能从正门进入，乃是翻越了后院围墙，失礼得很。下官这厢赔罪了！还望雷掌门不要见怪喔！”关九州面生笑意，同雷九阳施礼相见。

雷九阳被关九州所说逗得“呵呵”生乐，忙不迭还礼道：“关大人说哪里话来！不过老朽真没想到大人会如此这般光临舍下呢！也是老天保佑本堂逢凶化吉，降下救命菩萨跳墙佛。关大人赛过活神灵哪！”

“那二十八个倭囚断不可放！但老友遇难，岂可坐视？下属遭危，哪能不救？本官是非来不可呀！雷掌门一生过了多少沟沟坎坎，这‘鬼门关’不仍没难倒你么？好，你我俩老头待会再聊，先去看看夫人和孙女吧。”关九州劝慰道。

雷九阳变颜呵斥风生树、江中月：“二个没料的畜生（吴方言，“没料”系取不出可用之材的木头，即废物一根），把你师母、燕燕关在哪里了?”

江中月颤声道：“师父，我糊涂、糊涂！脑子坏掉了。这就带你去见师母她老人家。”

江中月的妻子隐约听见打斗之声传来，因不闻江中月啸声，不知如何施为，正偏促不安；突见雷九阳闯了进来，身后则是自己畏畏缩缩的丈夫，她一切都明白了。

江中月夫妇跪地长叩，向师尊请罪。

雷九阳直奔内室，见老伴与孙女春燕虽满面惊惶，但安然无恙，方才松了口气。

雷九阳一出，“八卦封门刀”分堂口立即波平浪伏，恢复旧序。王小旗也被从柴房救出，重回雷九阳身边伺候。他知道情由后，气得一脚踢向花流蓓子，口中怒骂："操你东洋婆子的老娘!"众人哄笑声中，苏州府一众捕快赶到，涌进门来，将花流蓓子、风生树、江中月夫妇等一并用铁链锁了。

"雷掌门，今日关某人要带走江中月、风生树。得罪了!"

"关大人切莫客气！这两个不肖之徒，罪有应得。也是雷某失察、少教，还得劳烦关大人代为清理门户。惭愧、惭愧!"雷九阳感慨不已。

"你这妖女，躲得了初一，躲不了十五，终归没有逃脱！当然，皇宫是去不成啰！懂吧，作恶到头终有报，只分来早与来迟!"马啸风想起前事，狠声训了花流蓓子几句，又见捕快队伍中没有副总捕头俞念培，不由问向关九州："咦，这等大事，老俞怎会不来参与?"

"俞副总捕率人去浏河镇了，那边不是也有一拨家伙等着收拾吗?"关九州说着，走到花流蓓子跟前："你要见那二十八个在囚同伙吗？不必等到今晚酉时了，待会，你就在苏州府大牢与他们相见吧。过几天，一块解去京城候斩。想来，做鬼路上不会孤单喽。"

花流蓓子面如土色，一言不发，脑袋垂落胸前。

马啸风、雷九阳被关九州说得心里痛快，"哈哈"开怀，昨晚以来蓄积在胸的憋屈之气，至此尽吐。

（成稿于 2001 年 5 月 3－5 日）

（2016 年修订）

全书 2017 年改定

后记

记忆中，自识字始，我即喜欢阅读。由于年龄增长、文化提高、工作变动，阅读的广度、深度也不断发展。不曾料及的是，30 多岁后，接触到新武侠小说，便情有独钟，较长时间将其精彩者选为主要读物之一。

对新武侠小说的感想、评价，凡读者都能见仁见智谈上一番。我自觉和各位大同小异，在此就不赘言。我只想就文坛、媒体方面时不时出现的新武侠小说褒贬之争，说一句自己的体会：喜欢新武侠小说的读者，可能有诸般原因，但有一点是大多数人共同的，即性格中或多或少蕴有“为人豪爽、快意恩仇、超脱凡尘、富于幻想”的成分。而排斥新武侠小说者，往往难以理解或忽视了读者的此番心理。其实，不同的读者，自有不同的阅读喜好，但很少会局限于只读一类作品的。如果在评价武侠文化时，能考虑到喜爱者的心理、性格、多点阅读方向，不同观点的人就容易沟通了。

我因爱好和工作关系，青年时期，撰写并发表了不同文体的作品，以人物通讯、报告文学为主，计数十万字。曾获“全国优秀新闻工作者”荣誉称号。在饶有兴趣地读了十多年新武侠小说后，一时难觅中意之作，便滋生了不妨自己也写一写的念头。自 1994 年始，我工作之余试着创作新武侠小说。几年后，陆续写出《虎惊》《天决》《命门》《破隐》四部长篇。1997 年，新华出版社出版了我的《无敌神捕》系列，收入以上四部作品。

接着，《南京日报》又在“作品连载”专栏里，陆续刊出了《命门》《破隐》及另外两部中篇小说。

2001年，上海、台北文化人士联办的《大侠与名探》丛书问世，给大陆广大新武侠文学爱好者提供了一块难得的阵地，也提高了我写作的积极性。在丛书编辑部鼓励、支持下，我坚持创作新武侠小说，方才有了现今的二十四部中、长篇作品、六本系列小说集。

本书收入的六部中篇小说，2001年时，由香港语丝出版社冠以《高手无败局》之名结集出版，在海外发行。十六年后，作者对全书作了大幅修订，增补六万余字，扩充篇幅、丰满人物、细化情节；并且更改了各篇名，突出六部小说的一体性；还在文中糅入吴方言，添加吴风俗等元素，尝试强化区域特色，进一步提高可读性，增强趣味性。

令我高兴的是，老友吴达宣先生为此部小说撰写了评论文章。其鼓励之语，让我汗颜，促我奋进。

我写武侠小说，一是基于个人爱好；二是深感武侠文化是中国特色传统文化之一，近几十年来，却在海外光大流行。虽然，绝大多数读者在大陆，而大陆作家中创作新武侠小说者甚少、甚少，缺乏有影响的代表作，不能不说是一种遗憾。其实，一些人的眼中有纯文学、通俗文学之分，实质上，文学本身没有高低贵贱之别。刻意割裂者，只能暴露出心态的狭隘、见识的偏颇。窃以为，纯文学写不好终不是好文学，通俗文学也能出精品。

文明、法制社会，当然不宜轻提“以暴制暴”，但应培育善良人们的血性、烈性；人类倡导“和谐”，社会向往“稳定”，也只有夯实、筑固勇敢、正义的磐石，邪气恶俗才难寻嚣张之隙。

正派、正气、雅俗共赏的新武侠小说，应该担负部分上述责任。

长期阅读的实践，令我有所感悟，文学作品的表现风格，有沉稳，也有奔放；有冷静，也有热情；有清淡，也有浓烈；有简约，也有醇厚；有柔和，也有雄浑……

文学作品的存在方式，则应当是孤傲、沉潜、静穆、坚毅。她欢迎所有喜爱她的读者，不愿也不能被形形色色的浮躁、喧嚣包围。

同样，一名作者，不论其作品孰优孰劣，他首要自持的立世态度，应和笔下作品的存在方式一样：孤傲、沉潜、静穆、坚毅。在写作道路上，他必须要做的只有两件事——一是尽可能搜捡出作品中存在的不足；二是竭尽思考如何写好下一部……

作者除了与这二件事有所关系的话语，其余均可不予理睬，不屑计较。这也是作者在金钱、名声、价值、褒贬等诸般世俗观念前，保持初衷，八风难移的不二法门。

当我手抚已经出版的六部小说，虽知拙作资质平平，不能尽如人意；但也敝帚自珍，胸中竟升“有了这几本书，天下万物皆可抛”的痴气。

当下，舆论侧重经济，民众注意力转换、分散；又及，生活节奏加快，压力日增，人们的阅读方式趋于多样化、新颖化，纸质文学作品的市场遭到瓜分。

金庸搁笔，梁羽生、古龙逝世，少了扛鼎、领军人物，十数年罕见“大作品”出现，新武侠小说这一文学种类日渐式微，难觅多年前的“红火”盛况。

然而，怀揣信仰、不忘追求的文学爱好者、创作者，不会被诸般“表象”遮蔽目光、因时思迁。“风物长宜放眼量”，是一种修养，是一番气度，是一得见识，是一类品行，更是一项智慧。吾向往之！

精益求精，呕心沥血，方可写出好作品；义无反顾，坚韧不拔，才能开创大事业。

人类的进化、成熟、发展，即与文化的萌生、壮大、丰富息息相关，浑然一体，不可分离。

我们正处在舒心岁月中。只要沉稳心神，仔细瞧一瞧，公允评一评，今天的社会，多彩多姿，重音重响。耳濡目染者，均可感知：中国的文化艺术，前所未有地普及、兴旺——多少人在著书立说，多少人在绘画习字；多少人在摄影篆刻，多少人在编剧排戏；多少人在捏泥塑像，多少人在琢玉雕石；多少人在翩舞放腔，多少人在品藏鉴古；多少人在进修深读，多少人在寄情山水……无所事事、脱离社会、游戏度日、虚掷生命者，日渐稀少。全民族的学习兴趣、人文追求提升到崭新的高度；各种文化态势，应运而热，繁荣绽放；人民群众的精神生活、兴趣爱好，焕发出旷世之盛。

继《剑胆琴心》之后，不过一年，我又出版了这部《谁欲试刀》。愉悦的心情里，也藏着隐约的遗憾：生活中对我帮助、教诲最多的亲人、我写作道路上的严师益友——亲爱的父亲大人，逝世已近六年了。老人家再不能翻开这两本书，对我耳提面命、评析指导。但冥冥之中，我深切地感应到，亲爱的父亲仍在遥远的天国，默默关注我的一切。

此时此刻，我向父亲大人倾诉衷肠：儿初心不改，笔耕不辍；意念如磐，不愧余生！

春风暖雨中，埋首耕耘吧；秋晖玉露时，才是喜拥收获的日子。

抬望眼，弹指二十年、五十年、一百年……

人类航船，遵循自然规律，在历史长河中鼓浪前行。哦，潮平两岸阔，风正一帆悬！

我心畅慰，满怀欣然……

作者

2017. 11. 16